AF200484

Von John Kellermann sind bereits
folgende Titel erschienen:

Deutsche Ausgaben:

Das Gold-Komplott ISBN 978-3-7412-6167-1
Die Snow White Verschwörung ISBN 978-3-7504-1884-4

Englische Ausgaben:

The Gold Conspiracy ISBN 978-3-7412-2652-6
Operation Snow White ISBN 979-8-6070 6407-5

Videotrailer zum Buch:

https://www.youtube.com/watch?v=vwxRNfWH5Qw

Pressestimmen: Das Gold-Komplott

*„ ... durchgehend spannend, genau recherchiert und systema-
tisch zu Ende gedacht."*

Handelsblatt

„... ein beklemmend reales Bild ... kurzweilige Lektüre."

€uro

*„Rasant, verstrickt, verschwörerisch ... In Manier eines Dan
Brown treibt der Autor seinen Protagonisten durch die Bundesrepublik."*

Journal Frankfurt

„Ein Polit-Thriller, dem nie die Puste ausgeht."

Huffington Post

**JOHN
KELLERMANN**

OVER & OUT

Die Snow White
Verschwörung

Thriller

Bibliografische Information
der Deutschen Nationalbibliothek:
Die Deutsche Nationalbibliothek verzeichnet diese
Publikation in der Deutschen Nationalbibliografie;
detaillierte bibliografische Daten sind im Internet
über dnb.dnb.de abrufbar.

2. Auflage 2020
© 2019, 2020 John Kellermann
www.john-kellermann.de
Umschlaggestaltung: eichfelder artworks

Herstellung und Verlag:
BoD - Books on Demand, Norderstedt
ISBN: 978-3-7504-1884-4

Vorrede

Berlin, 2019

Der Leser, der dieses Buch in den Händen hält, muss wissen, dass alles meiner Phantasie entsprungen ist. Ähnlichkeiten mit existierenden Personen und Sachverhalten können jedoch nicht vollständig ausgeschlossen werden. Aussagen über die Zukunft bleiben, unabhängig von ihrem Wahrheitsgehalt, immer Fiktion. Um Beteiligte und Informationsquellen zu schützen, habe ich die Personennamen geändert. Die meisten Orte sind real.

Das, was jetzt folgt, beginnt in naher Zukunft.

gez. John Kellermann

Sonntag

Alles ruhig in Deutschland. Auch in der übrigen Welt schien nichts Aufregendes passiert zu sein. Auf den ersten Blick sah es aus, als würde eine ereignislose Woche vor der Tür stehen.

Niemand, der an diesem Sonntag in Berlin unbesorgt unterwegs war, hätte geglaubt, dass sich sieben Tage später das ganze Land massiv verändert haben würde. Berlin in einem Zustand, als befänden wir uns wieder in einem Krieg? Absolut undenkbar!

Einer aber wusste, dass es mit dieser Ruhe bald vorbei sein würde, und zwar komplett. Peter Redman, CIA-Koordinator für Europa, saß mit geschlossenen Augen in der Amerikanischen Botschaft. Redman wusste genau, was geschehen würde.

In den 22-Uhr-Nachrichten brachten es alle Sender als Top-News: Altbundespräsident Matthias Röhler war heute im Kreise seiner Familie gestorben. Sein Tod kam für alle überraschend, hieß es.

Redman atmete tief durch. *Endlich! Operation Snow White nimmt Fahrt auf!*

*

Sonntag, Berlin-Dahlem. Zwei Stunden vorher. Der Anruf erreichte Dr. Klaus Schulz fünf Minuten vor acht. Schulz stand in seinen besten Jahren, beruflich und privat lief alles ausgezeichnet, die Arztpraxis florierte, und seine Erfolge wurden sogar von kritischen Kollegen anerkannt. Um sein Privatleben beneidete man ihn. Andrea, seine zwanzig Jahre jüngere Frau, hatte ihm zwei bezaubernde Kinder geschenkt, welche die Grundschule in Dahlem besuchten.

Ein klarer Herbstabend. Der Wind wehte Kühle aus dem Osten heran, um diese Jahreszeit in Berlin durchaus normal. Soeben hatte Dr. Schulz den dunklen Grunewald durchquert, seine LED-Stirnlampe leuchtete die entscheidenden Meter vor ihm aus, die nötig waren, um Hindernissen frühzeitig ausweichen zu können. Der Wendepunkt seiner kleinen Joggingrunde lag vor ihm. Er hatte die Havel erreicht.

Ein kurzer Blick auf seinen Fitness-Tracker zeigte ihm: Grundlagenausdauer. Puls 160. Zurückgelegte Entfernung 6,2 Kilometer. Das Training wirkte.

Sein Handy klingelte. Er verlangsamte das Lauftempo und blieb schließlich mit Blick auf die nachtschwarze Havel stehen. Es war seine VIP-Nummer, die nur wenige Patienten kannten. *Anrufer unbekannt*, zeigte das Display. Obwohl er keine ärztliche Rufbereitschaft hatte, meldete er sich sofort.

„Ja bitte?"

*

Die schmucke Villa am Rande von Dahlem war hell erleuchtet. Vom großen Saal aus hatte man am Tage einen phantastischen Blick auf den Hundekehlesee.

Drinnen verströmte ein Kachelofen behagliche Strahlungswärme. Matthias Röhler, 78 Jahre alt, ehemaliger Präsident der Bundesrepublik Deutschland, genoss seinen Ruhestand.

Röhler nippte an einem Glas Chianti, er fühlte sich hervorragend. Geistig waren seine Frau und er noch top fit, das bewiesen sie nicht nur beim Schachspielen. Er lächelte in sich hinein. Gelegentlich versuchten seine beiden Enkel, ihm gemeinsam Paroli zu bieten. Sie hatten keine Chance, es sei denn, er ließ sie mit Absicht gewinnen, um ihnen den Spaß nicht zu verderben. „Schachmatt, Opa!", riefen sie dann begeistert, sprangen im Zimmer herum, klatschten sich ab und fühlten sich dabei wie kleine Könige. Der Ex-Bundespräsident gönnte es ihnen.

Röhler und seine Frau liebten sich noch wie am ersten Tag, nach fast fünfzig Ehejahren eine tolle Bilanz. Liebevoll blickte er hinüber zu ihr. Sie hatte es sich mit der Schwiegertochter auf der beheizten Bank vor dem Kachelofen bequem gemacht.

Bettina Röhler schaute kurz auf und lächelte zurück, als sie den Blick ihres Mannes wahrnahm, bevor sie ihr Gespräch fortsetzte.

Eine tolle Frau, dachte er, *und noch immer wunderschön.*

Die Untersuchung gestern bei seinem Hausarzt hatte ihm bestätigt, dass alles in Ordnung war. „Tadellose Gesundheit, die Blutwerte ausnahmslos im grünen Bereich!", lautete das Lob von Dr. Schulz.

Der Ruhestand tat Röhler gut. Vor zehn Jahren, gegen Ende seiner zweiten Amtszeit, hatte das ganz anders ausgesehen. Die vielen Reisen, der pralle Terminkalender, das Repräsentieren – der Stress hatte seinen Tribut gefordert. Auch ein Bundespräsident ist eben kein Übermensch. Zwei Herzinfarkte innerhalb eines Jahres hatten ihn fast das Leben gekostet. Aber gestern versicherte ihm Dr. Schulz mit Überzeugung, mit seiner gegenwärtigen Konstitution würde er noch die Neunzig schaffen. Mindestens! Wahrscheinlich sogar mehr. Mit Dr. Schulz hatte er seit Jahren einen Leibarzt an seiner Seite, dem er blind vertraute, wie man so schön zu sagen pflegt.

Die Haushälterin der Röhlers deckte den kleinen Saal für das Abendessen ein. Akribisch richtete sie die Bestecke auf der weißen Tischdecke aus. Dann ging sie in die Küche, holte den gusseisernen Bräter aus dem Ofen. Heute gab es, der Jahreszeit entsprechend, gemischten Schweinebraten mit Äpfeln, Zwiebeln und Kartoffeln. Sie öffnete den Deckel, der feine Geruch von Oregano und gebratenen Äpfeln stieg ihr in die Nase. In den vergangenen Jahren bei den Röhlers hatte sie viele prominente Freunde der Familie bekocht. Ihre Kochkunst galt als geradezu legendär.

Mühelos schnitt das scharfe Küchenmesser durch den saftigen Braten. Die Röhlers hatten sie immer gut behandelt, fast wie einen Teil ihrer Familie.

Ihr Handy vibrierte.

Rasch wischte sie sich die Hände ab und meldete sich. Sie hörte den Anrufer das vereinbarte Codewort sagen, daraufhin ging sie zum Medikamentenschrank. In der Küche pulverisierte sie die Tablette in einem Mörser aus Carrara-Marmor. Es war 20:35 Uhr.

*

Zwei Straßen entfernt wartete Dr. Schulz in seinem Auto auf einen Anruf, frisch geduscht und mit gepackter Arzttasche.

Der Notruf der Haushälterin erreichte ihn um 20:50 Uhr. *Der Herr Bundespräsident hat plötzlich das Bewusstsein verloren. Vermutlich Herzinfarkt!*

Zwei Minuten später erreichte Dr. Schulz die Villa. Ein Personenschützer nahm ihn in Empfang und führte ihn eilig hinein.

Der Altbundespräsident lag mitten in dem kleinen Saal auf dem Boden, um ihn herum, ängstlich und planlos, seine Familie und die Hausangestellten. Auf dem Tisch standen noch die Reste des Abendessens.

Dr. Schulz kniete nieder und öffnete seinen Arztkoffer. In fünf Minuten würde der Rettungswagen hier sein. Er schickte alle Anwesenden aus dem Raum. Als er mit dem Patienten allein war, schob er behutsam seinen Zeigefinger unter den rechten Augapfel und löste ihn etwas aus der Augenhöhle. Der Augapfel fühlte sich an wie eine warme, gelartige Masse und gab den Blick in die leere Augenhöhle frei, die Augenmuskeln und der Sehnerv waren gut zu erkennen.

Die Zeit war knapp. Dr. Schulz wusste, in wenigen Minuten würde die harmlose Tablette ihre Wirkung verlieren und der Bundespräsident erwachen. Während er das Auge mit der linken Hand vorsichtig hielt, nahm er mit der rechten eine fertig aufgezogene Spritze aus seinem Koffer. Es eilte, jede Sekunde konnte ein Mitglied der Familie hinzukommen.

Ohne zu zögern, führte er das aus, was er sich schon dutzende Male in Gedanken ausgemalt hatte. Die scharfe Nadel drang tief in den Sehnervkanal ein, die Durchtrittsstelle zwischen Augenhöhle und Gehirn. Der Kolben der Spritze schob sich langsam nach vorne. Der tödliche Inhalt der Spritze ergoss sich direkt in Röhlers Gehirn.

Dr. Schulz hörte die Sanitäter über den Flur eilen, das Geräusch der Fahrtrage, das Klackern des zusammenfaltbaren Aluminiumgestänges und das Rappeln der Hartgummirollen auf den Terrakottafliesen im Entree. Er zog die Kanüle heraus, mit einem Griff war der Augapfel wieder an seiner Stelle, alles ohne einen Tropfen Blut.

Die Tür flog auf, der Notarzt und zwei Sanitäter stürmten in den Raum. Dr. Schulz informierte sie schnell und präzise: *Verdacht auf Herzinfarkt!*

Ohne weitere Worte legten sie den Patienten behutsam auf die Trage. Die Schnellverschlüsse schnappten zu, und die Sicherungsgurte sorgten für festen Halt.

Der Bundespräsident atmete ruhig. In seinem rechten Auge bildete sich eine kleine Träne. Dr. Schulz wischte sie mit dem Zipfel seines Arztkittels vorsichtig weg, bevor der Notarzt die Sauerstoffmaske fixierte. Auf der Fahrt ins Krankenhaus würde er, bedauerlicherweise und trotz der schnellen Hilfe der anwesenden Ärzte, nur noch den Tod feststellen können.

*

Berlin, Siegessäule. Für Azad waren die letzten Tage unendlich lang gewesen. Er konnte nichts tun – außer warten, warten, warten.

Seine rechte Hand steckte in der Jackentasche und umklammerte sein Handy. Er zog die Hand kurz raus und warf, heute schon zum x-ten Mal, einen prüfenden Blick auf sein Telefon: Empfang und Ladezustand waren gut. Mühsam unterdrückte Azad ein Gähnen und rieb sich die juckenden Augen.

Heute war er mit Dilara, seiner Schwester, lange durch Berlin gestreift. Trotzdem verging die Zeit gefühlt nur im Zeitlupentempo.

Sie liefen immer direkt an der Spree entlang. Am Tage fuhren hier Touristenboote wie auf einer Schnur aufgereiht hin und her, duckten sich unter den flachen Brücken durch. In den letzten Stunden hatte Azad kein einziges Schiff mehr gesehen, die aufkommende Dämmerung schien alle verschluckt zu haben.

Sie liefen weiter. Das matte Licht der trapezförmigen Laternen spiegelte sich auf dem Wasser, tauchte den Fußweg vor ihnen in schummeriges Licht. Es hatte den Anschein, als zöge die beiden etwas magisch in Richtung Bellevue, dem Amtssitz des Bundespräsidenten.

Bald darauf erhob sich vor ihnen die imposante frühklassizistische Fassade des weißen Schlosses aus dem dunklen Abendhimmel, angestrahlt vom Licht Dutzender Scheinwerfer. Die geradlinig geschnittene, majestätische Form des Schlosses beeindruckte Azad. Hier wohnte also Deutschlands Staatsoberhaupt!

Sie liefen am massiven, grau gestrichenen Metallgitter entlang, das nach wenigen Metern von einer Steinmauer abgelöst wurde. Einundfünfzig Vorsprünge hatte die Mauer, zählte Azad in Gedanken mit. Genau einundfünfzig waren es. Auch die versteckten Überwachungs-kameras und das elektronische Auge, das den toten Winkel hinter einer Mauerecke abdeckte, fielen ihm auf. Normalerweise entging ihm nichts. Er wusste aus Erfahrung wo er das fand, was er suchte.

Sie gingen weiter.

Mitten im Englischen Garten klingelte Azads Telefon. Endlich! Seine bleierne Müdigkeit war sofort wie weggeblasen. Seit zwei Wochen hatte er diesem Anruf entgegengefiebert. Jetzt hatte das Warten hoffentlich ein Ende. Es wurde Zeit zu handeln.

Abrupt blieb Azad stehen und hielt sich das linke Ohr fest zu. Er konnte den Anrufer kaum verstehen, denn die vier im Halbdunkel entgegenkommenden Jugendlichen grölten lauter als eine Horde volltrunkener Matrosen. Etwa drei Meter neben Azad nutzte einer von ihnen die Gelegenheit, sich ungeniert an einem Baum zu erleichtern, ohne seine lautstarke Unterhaltung auch nur für eine Minute zu unterbrechen. Angewidert drehte sich Azad zur Seite und drückte das Handy fester ans Ohr. Er durfte kein Wort verpassen, jedes entgangene Detail konnte den Plan gefährden.

Als der von seiner Last befreite Pinkler Azad ent-deckte, entschuldigte er sich lautstark bei ihm, um dann lachend und grölend seiner Truppe hinterher zu laufen.

Nicht einmal eine Minute dauerte das Telefonat. Azad steckte das Handy in seine Jacke zurück und wandte sich wieder seiner Schwester zu. Aber sein Blick ging ins Leere.

Besorgt sah er sich nach allen Seiten um.

Dilara?

Er schaute nach links Richtung Siegessäule – niemand, kein einziger Spaziergänger weit und breit. Auch keine Dilara. Was jetzt? Den Weg zurückgehen? Die Jugendlichen waren hinter der nächsten Wegegabelung lärmend Richtung Spree verschwunden. Vielleicht hatten sie … Azad lief hinter ihnen her. Schnell holte er sie ein. Von Dilara keine Spur.

Verdammt, ich hätte sie keine Sekunde aus den Augen lassen dürfen! Vielleicht habe ich sie verloren, als ich zum Telefonieren stehengeblieben bin, oder vielleicht ist sie wegen dieser grölenden Meute geflüchtet. Aber wohin?

Er traute sich nicht, laut nach ihr zu rufen. Nur kein Aufsehen erregen. Azad drehte wieder um, von einer Ahnung getrieben, hastete er Richtung Siegessäule.

So geht das die ganze Zeit, dachte er bedrückt. *Immer muss ich für uns beide denken. Aber ich kann doch nicht pausenlos auf dich aufpassen, Schwester! Tag und Nacht, von morgens bis abends, wie auf ein Kind.* Seit ihrer Ankunft in Berlin waren gerade einmal zwei Wochen vergangen. Ihm erschienen sie wie zwei Monate. Dieses ständige Warten. Und immer die Angst um Dilara.

Azad blieb stehen und lauschte. Täuschte er sich, oder hörte er aufgeregtes Hupen von Autos? Ja, es wurde immer intensiver, schaukelte sich schließlich zu einem Hupkonzert hoch. Instinktiv sprintete er in die Richtung, aus welcher der Lärm kam. Sein Puls raste.

*

„Auf der mittleren Fahrbahn des Großen Sterns steht eine orientierungslose Person …", meldete der Berliner Polizeifunk.

*

Irgendwie war das Mädchen aus dem irakischen Dorf in den vierspurigen Autokreisel rund um die Berliner Siegessäule geraten.

Doch Dilara spürte keine Angst.

Wenn sie sang, konnte ihr nichts passieren. Gar nichts. Ganz kindlich stand sie da, der kühle Ostwind trug die alte Melodie aus ihrer Heimat in die Berliner Nacht und wehte ihr die langen schwarzen Haare vors Gesicht.

Bremsen kreischten. Vollbremsung! Knapp hinter ihr kam ein Transporter zum Stehen. Wie von einem Stromschlag gelähmt, hockte der Fahrer in seinem Fahrzeug, starrte auf die junge Frau, die so urplötzlich vor seiner Windschutzscheibe aufgetaucht war. In der diffusen Tunke aus Dunkelheit und Autoscheinwerfern hatte er sie erst in allerletzter Sekunde wahrgenommen. *Pures Glück, dass ich sie nicht erwischt habe,* schoss es ihm durch den Kopf. *Und wenn mir dann noch einer hinten reingerasselt wäre, Halleluja ...*

Dilara sang!

Ihre Eltern hatten immer gesagt, sing! Wenn du Angst hast: sing! Und das galt bis heute. Die hupenden Autos konnten ihr nichts anhaben. Sie schloss die Augen und sang noch lauter.

Ein Streifenwagen befand sich, alarmiert von einem besorgten Autofahrer, längst auf dem Weg zum großen Stern.

Dilara wusste nichts vom Berliner Polizeifunk. Sie war mit ihrem Bruder Azad spazieren gegangen. Und auf einmal war er verschwunden. Warum hatte er sie alleingelassen? Wie sollte sie ihn jetzt wiederfinden? … Sie war einfach weitergegangen, immer geradeaus.

Das langanhaltende brüllende Hupen eines Autos schreckte sie aus ihren Gedanken hoch. Sie drehte sich um und sah, dass der Transporter höchstens einen Meter hinter ihr zum Stehen gekommen war.

Die Autos um sie herum hupten wild. Mit aggressiven Gesten und Schmähworten machten die Fahrer ihrem Ärger über diese anscheinend verrückte Person, die dort auf der Fahrbahn umherirrte, tüchtig Luft.

Dort, wo sie gerade war, mitten in dem lautstarken Lindwurm aus Blech, Auspuffdämpfen und Reifen, der sie umgab, blieb das Mädchen stehen und sang.

Dilara sang.

So hatten sie es vereinbart. Ihr konnte nichts passieren. Einfach stehenbleiben und singen.

*

Mit jedem Meter, den Azad näherkam, schwoll der Lärm an. *Verdammt!* Er hetzte weiter, getrieben von einer Ahnung, die ihn in Panik versetzte. Der Kreisel! Vierspurig führte er um die Siegessäule herum. Wenn Dilara, naiv und unerfahren, wie sie war, … er mochte den Gedanken nicht weiterspinnen.

Und dann sah er sie, mitten auf dem runden Monster aus Fahrbahnen. Bewegungslos stand sie da und sang ein altes jesidisches Volkslied. Azad kannte das Lied. Jeder zuhause kannte es. Bei ihnen im Dorf wurde immer gesungen, zu jedem Anlass. Alte Familiengeschichten wurden nicht erzählt, sie wurden gesungen. Liebesgeschichten wurden gesungen. Die Überlieferung des Glaubens – gesungen. Alles wurde gesungen.

Und da stand sie, Dilara, zerbrechlich und zart, mitten auf der Straße in einem ihr wildfremden Land und sang.

Wild mit den Armen fuchtelnd, bahnte Azad sich mühsam eine Gasse durch die Autolawine.

Als er die mittlere Spur erreichte, ergriff er fest ihre Hand und zog sie an sich heran, eng und beschützend. Mit Dilara im Schlepp bahnte er sich den Weg zurück.

Dilara hörte sofort auf zu singen, als sie seine Hand spürte. Azad war endlich wieder da. Das Lied hatte ihn zurückgebracht. Ihre Eltern hatten Recht gehabt. Das Lied wirkte.

Zum Glück ist noch keine Polizei da, dachte Azad und zog sie weiter mit sich. Auf keinen Fall durften sie hier in Deutschland auffallen. Dann würde alles ins Wanken geraten.

Nach knapp einhundert Metern waren sie wieder im Englischen Garten, von der Straße aus nicht mehr zu sehen. Azad blieb für einen kurzen Moment stehen. Der Halbschatten des Bismarck-Denkmals gewährte ihnen Schutz. Er umarmte Dilara zärtlich. Sie zitterte am ganzen Körper.

Azad merkte, wie ihm eine Träne warm die Wange hinunterlief. Er verkniff sich mühsam das Schlucken und versuchte, ruhig zu atmen. Wie sollte es nur weitergehen? Hier in Berlin kannte er niemanden, der ihnen helfen konnte. Er allein war für Dilara verantwortlich. Sie hatte doch nur noch ihn. Und das machte sein Vorhaben noch gefährlicher, als es sowieso schon war.

Ihr Zittern ließ langsam nach. Azad nahm ihre zierliche Hand. „Schwester, komm."

*

Berlin, Amerikanische Botschaft. Das Büro von Peter Redman war dunkel. Nichts deutete darauf hin, dass um diese Zeit noch jemand anwesend war. Doch dann zerfetzte sein gellender Fluch die abendliche Stille im Gebäude.

Die polnische Reinigungskraft, die gerade den Flur wischte, zuckte erschrocken zusammen. Es dauerte ein paar Sekunden, bis sie sich gefangen hatte, dann hob sie den Schrubber wieder auf, der ihr vor Schreck auf den Boden gefallen war, und verdrückte sich in den nächsten Flur. Nur weg von hier! Ihr war der bullige Mann mit dem großporigen, immer etwas mürrischen Gesicht noch nie geheuer gewesen.

„BLOODY HELL!!!", dröhnte es erneut aus dem Büro des Amerikaners, der wegen seiner cholerischen Ausfälle bekannt und gefürchtet war. Während der vergangenen Stunde hatte er bewegungslos dagesessen und die Wand angestarrt, das draußen in abendlicher Beleuchtung erstrahlende Berlin keines Blickes würdigend. Dann war er plötzlich aus seinem Bürostuhl hochgesprungen. Zwar hatte sein Bewegungsablauf nicht mehr die Geschmeidigkeit früherer Jahre, doch seine Explosivität hatte es immer noch in sich.

Redman drehte durch!

Als erstes musste die Bodenvase mit den Trockenblumen dran glauben. Von einem kräftigen Fußtritt in die Höhe beschleunigt, flog sie krachend gegen die Wand und zerschellte. Doch das war nur der Auftakt für einen Wutanfall, der in seiner Intensität einem texanischen Tornado nicht nachstand.

Wenige Minuten später: Redman schaltete die Deckenbeleuchtung an. Der alternde CIA-Crack kniff die Augen zusammen, blinzelte, bis er sich an die Helligkeit gewöhnt hatte und nahm emotionslos das Chaos zur Kenntnis, was er im Halbdunkel angerichtet hatte: Alle Gegenstände, die auf seinem Schreibtisch gelegen hatten, die Bilderrahmen, der Inhalt des Papierkorbs, alles lag im Raum verstreut, als sei soeben eine Herde Büffel im Blindflug hindurchgeprescht. Nur das handsignierte Filmplakat an der Wand hing nach wie vor an seinem Platz – *Ein Mann sieht rot.* Charles Bronson schien ihm wohlgefällig zuzunicken.

Schwer atmend wuchtete sich Redman wieder in seinen Bürostuhl. Seine Leute waren solche Stümper! Richtige Anfänger! Aber vielleicht konnte man wenigstens aus den Fehlern lernen. Schritt für Schritt ließ er die vergangene Woche Revue passieren, Tag für Tag und aus allen Perspektiven.

Stupid German Gold! ärgerte sich Redman. *Aber warum muss gerade in dieser Woche alles hochkochen? Warum gerade jetzt? Jetzt, wo sich uns eine einmalige Chance für Operation Snow White bietet?*

Dabei war in der Vergangenheit immer alles glatt gelaufen. Die Milliardenwerte der in den USA gelagerten alliierten Goldreserven hatten die ganzen letzten Jahrzehnte dazu gedient, den Geldbedarf der CIA am Kongress vorbei zu decken. Niemand konnte von der Agency verlangen, sich jede Geheimoperation mühsam durch den Kongress genehmigen lassen zu müssen. Aus Sicht der CIA dauerte das immer zu lange, es warf zu viele Fragen auf und führte zu unnötigen Mitwissern. Unter diesen Umständen zerschellten zahlreiche Operationen an der Bürokratie, bevor sie überhaupt begonnen hatten. Aber die Strategie mit dem Verkauf des fremden Goldes pufferte alles, und zwar unbürokratisch und geräuschlos. Die Echtheit der Goldreserven in den Tresoren der Fed konnte von den Medien-Fuzzis nie wirklich in Zweifel gezogen werden. Die von Zeit zu Zeit wiederkehrenden Gerüchte entpuppten sich am Ende immer als ungefährlich für die Agency. Warum auch besorgt sein, die Amerikaner würden Deutschland niemals die Möglichkeit zur Kontrolle vor Ort geben, nicht mal stichprobenartig. Und dabei würde es auch bleiben.

Trotzdem war in dieser Woche der lange befürchtete GAU passiert: Deutschland hatte drei Tonnen seines bei der Fed, der Zentralbank der Vereinigten Staaten, in New York gelagerten Goldes, zurückgefordert. Eine Alibi-Aktion der Deutschen zur Beruhigung der Bevölkerung – seht her, unser Gold ist bei den Amerikanern in guten Händen. Nichts Aufregendes also, alles sah nach einer reinen Routinelieferung aus. Die Agency ließ die wertlosen Duplikate aus der Fed entnehmen und gleichzeitig identische echte Barren für die Lieferung produzieren. *Aber statt die verdammten Duplikate zu entsorgen, liefern wir sie nach Deutschland! Und ausgerechnet dieser Transport geht durch einen Überfall verloren!*

Redman hatte die für den Transport Verantwortlichen noch am selben Abend gefeuert. Den Rest ihrer Dienstzeit konnten sie seinetwegen in New Mexico bei vierzig Grad im Schatten Erdmännchen jagen. Ihm sollten sie besser nie wieder über den Weg laufen. Er schlug mit der flachen Hand im Takt der Silben auf die Lehne seines Bürostuhls. *NIE-WIE-DER!*

Trotzdem ließ sich der Fehler nicht mehr rückgängig machen und führte, vorsichtig formuliert, zu unschönen Ermittlungen von Polizei und Presse.

Vielleicht war es reiner Zufall? Egal! Dieser Journalist Manx und seine Freundin sind uns mit ihren Recherchen deutlich zu nahe gekommen. Aber statt sie aus dem

Verkehr zu ziehen, haben unsere Vollidioten einen Unbeteiligten eliminiert. Was für eine Blamage! Redman schäumte innerlich. *Wenn irgendetwas davon an die Öffentlichkeit durchsickert, ist hier die Hölle los,* das war ihm völlig klar. *Dabei waren wir heute Nachmittag ganz nah dran. Manx hatten wir verhaftet und diese Online-Schnüfflerin, diese Lena Eck, saß mäuschenklein vor unserer Nase in der Botschaft und war uns ausgeliefert.*

Aber dann? Wie eine Amateur-Truppe hatte sich die Agency vorführen lassen. Redman ließ die Verhandlung, die er mit Manx und Eck geführt hatte, zum x-ten Mal auf seinem inneren Bildschirm ablaufen, in Zeitlupe.

„Lieber Himmel!", murmelte er resigniert.

Hatte er die richtige Entscheidung getroffen? Würde die Drohung der CIA wirken? Er brauchte die Entscheidung genau zu dem Zeitpunkt. Er musste den Rücken frei haben für eine Aktion gegen die der Etikettenschwindel mit dem Gold wie ein Kinderstreich wirkte.

Dieser Manx und seine Hacker-Braut hängen an ihrem erbärmlichen Leben, beruhigte er sich selbst. *Nein, sie werden nichts veröffentlichen, keine einzige Zeile! Und wir werden trotzdem jeden Schritt von ihnen lückenlos überwachen. Finden wir auch nur ein einziges Stichwort im Netz, sind sie für immer erledigt.*

*

Kaum hatte Lena Eck am Nachmittag die Amerikanische Botschaft verlassen, ließ Redman den Countdown anlaufen. Erst die Telefonkonferenz mit dem CIA-Hauptquartier in Langley/Virginia, dann die Entscheidung. Kurz nach 18:00 Uhr stand fest: Grünes Licht für Operation Snow White! Redman gab sofort alle notwendigen Befehle.

Jetzt hieß es warten.

Den ganzen Sonntag hatte Redman in der Botschaft verbracht. Erschöpft von seinem Wutanfall ließ er sich zurück in seinen Bürostuhl fallen. Das weit geöffnete Hemd gab den Blick auf sein graues Brusthaar frei. Die perlmuttfarbigen Knöpfe hatten seinem Wutausbruch nicht standgehalten. Einen davon entdeckte Redman eine Handbreit neben dem Festnetztelefon. Ohne zu zögern griff er den kristallenen Briefbeschwerer, der auf dem Boden lag, und zerschmetterte das Zielobjekt mit einem wuchtigen Schlag.

Zufrieden lehnte er sich zurück.

Irgendwo im Raum schrie ein Handy nach seinem Besitzer. Sein Handy. *Spiel mir das Lied vom Tod,* jammerte eine Mundharmonika.

Redman wuchtete sich hoch, schob mit dem Fuß hektisch einige Überbleibsel seines Wutausbruchs zur Seite, bis er das Telefon aufgestöbert hatte. Er bückte sich und nahm den Anruf in der Hocke entgegen.

21:20 Uhr zeigte das Display.

Der Anrufer hatte soeben den Tod des ehemaligen Bundespräsidenten bestätigt. Redman richtete sich auf und schaltete den Computer ein.

In den 22-Uhr-Nachrichten brachten es alle Sender: Altbundespräsident Matthias Röhler war heute im Kreise seiner Familie überraschend gestorben.

*

Hamburg-Berlin. Verdammt nochmal! Warum fuhr der Zug nicht weiter? Warum hielt der ICE in Berlin-Spandau? Markus Manx rutschte unruhig auf seinem Sitz hin und her. Er war so nah am Ziel. Er musste unbedingt zur Botschaft der Amerikaner.

„Ausweiskontrolle!" Zwei Bundespolizisten betraten den Waggon. Auch das noch!

Der erste Beamte begann, die Personalausweise der Reisenden zu überprüfen, am Gürtel eine Pistole, Schlagstock und Handschellen. Der zweite Beamte, eine Maschinenpistole in den Händen, der Lauf zeigte locker Richtung Boden, sicherte seinen Kollegen. Aufmerksam schweifte sein Blick über die Fahrgäste. Zwischen beiden Polizisten ein mächtiger deutscher Schäferhund.

Noch zehn Minuten bis Berlin Hauptbahnhof! In Markus keimte Panik auf. Gegen ihn lag ein Haftbefehl vor. Mist, den hatte er total verdrängt! Er raffte seine Sachen zusammen, stopfte sie hastig in den Rucksack und schlich sich aus dem Abteil. Unauffällig spähte er in den nächsten Waggon. Keine Kontrollen. Er setzte sich in die Waggonmitte. Der zeitliche Vorsprung musste doch für die zehn Minuten bis zum Berliner Hauptbahnhof reichen ... Hoffentlich fuhr der Zug bald an!

Mit einem piepsenden Geräusch schlossen sich die Waggontüren. Na endlich! Aber der ICE bewegte sich keinen Millimeter. Markus beugte sich so nah an die getönte Scheibe, dass seine Nasenspitze fast das kühle Glas berührte. Mit einer Hand schirmte er die störenden Lichtreflexe ab, er wollte sehen, was draußen passierte. Bestürzt zuckte er zurück – an beiden Seiten des Bahnsteigs patrouillierten Polizisten mit Maschinenpistolen!

Jetzt erreichten die beiden Kontrolleure mit dem Hund seinen Großraumwagen und begannen mit der

Ausweiskontrolle. Der Zug stand noch immer mit geschlossenen Türen in Spandau.

Markus wollte aufspringen, nur weg von den Polizisten. Aber auch von der anderen Seite näherte sich jetzt eine Kontrolle. Er saß in der Falle. Welche Möglichkeiten blieben ihm noch? Er musste doch dringend zur Amerikanischen Botschaft. Eine Verhaftung war das Schlimmste, was ihm jetzt passieren konnte. Er rutschte immer tiefer in den Sitz.

„Ausweiskontrolle!" Die Stimme des Polizisten klang korrekt aber kalt.

Auf Markus' Stirn bildeten sich Schweißtropfen. Mühsam widerstand er dem Reflex, sie abzuwischen.

Der Polizist zog den Ausweis durch ein Kartenlesegerät, nicht größer als ein Taschenbuch, und wartete. Abwechselnd blickte er ruhig auf Markus und das Display. Das Warten, bis sich der Kartenleser mit einem kaum hörbaren Summen zurückmeldete, kam Markus wie eine Ewigkeit vor.

Der Polizist drehte sich zu seinem Kollegen um und wies mit einem auffordernden Kopfnicken auf Markus. Der stämmige Mann fasste seine Waffe fester, stellte sich breitbeinig in den Gang. Auch der Schäferhund hatte verstanden, spitzte die Ohren und wartete auf einen Befehl.

„Fass!", brüllte der Bundespolizist. Mit wildem Knurren stürzte sich das mächtige Tier auf Markus …

Neeeeiiin! Von Panik gepeinigt, wild um sich schlagend, fuhr Markus im Bett hoch. Es dauerte eine Weile, bis die Realität ihn wiederhatte. Kein Schäferhund in Sicht! Markus setzte sich auf die Bettkante. *Ein Albtraum, zum Glück nur ein Albtraum! Trotzdem bedenk-*

lich, dieser Horrortrip, fand er. *Jetzt verfolgen mich die Erlebnisse der letzten Tage schon bis in den Schlaf.*

Irgendwie kein Wunder bei der verrückten Woche, die hinter ihnen lag. Aber nun wollte er Hektik und Gefahr hinter sich lassen, das hatte er Lena versprochen. Ihr Kingsize-Bett stand in einem über dreißig Quadratmeter großen, stilvoll eingerichteten Raum. Allenthalben hanseatisches Flair, schneeweiße Daunenbetten mit einem Duzend Kissen in weiß und beige. Sie waren in Hamburg, *Hotel Atlantic,* erkannte er mit einem Blick auf die Alster, auf der sich das Mondlicht und die Lichter der Laternen spiegelten.

Der Blick auf sein spindeldürres Journalistenbudget spiegelte etwas ganz anderes wider. Angesichts dessen fühlte sich Markus in diesem Superior-Zimmer irgendwie deplatziert. Aber versprochen ist versprochen. „Kleine Wiedergutmachungsaktion für heldenhafte Hackerinnen" hatte er Lena zärtlich ins Ohr geflüstert, als er ihr stolz den Buchungsbeleg für das Zimmer präsentierte.

Er blickte auf die Uhr – kurz vor Mitternacht. Er ließ sich zurück ins Bett fallen, drehte sich auf die Seite und betrachtete Lena. Sie schlief, Snoopy, ihr Plüschtier, fest im Arm haltend. Er streichelte ihr leicht die Wange, bedacht darauf, sie nicht aufzuwecken.

Aus der Gold-Geschichte sind wir raus, dachte er, bevor ihm die Augen wieder zufielen. *Das ist auch gesünder,* resümierte er galgenhumorig. *Mit der CIA legt man sich besser nicht an. Wenn man Glück hat, kommt man mit üblen Träumen davon ...*

*

Berlin, Hellersdorf. *Endlich ist es soweit,* dachte Azad. Der Anrufer hatte ihm den nächsten Schritt genannt. *Cottbusser Platz* zeigte der Schriftzug an der Haltestelle. Er zog Dilara mit sich aus der U-Bahn.

In der U5 hatte Azad viele Sprachen gehört, auch Arabisch und Kurdisch, einige andere Gesprächsfetzen konnte er nicht einordnen. Deutsch wurde dagegen selten gesprochen.

Sie verließen die U-Bahnstation und folgten einem spärlich beleuchteten Fußweg. Nach wenigen hundert Metern wichen die ordentlichen, verputzten Plattenbauten unsanierten grauen Betonklötzen. Wie zahnlose Ungetüme standen sie da und verbreiteten eine trostlose Atmosphäre.

Eine ehemals als Sitzbank vorgesehene Konstruktion aus Stahl und massiver Douglasie, bis zur Unkenntlichkeit verkohlt, hatte offensichtlich Anwohnern als Lagerfeuer gedient. Ähnlich erbärmlich sah es unter dem kahlen Silber-Ahorn aus, der daneben stand. Zwei alte Fernseher, mehrere Autoreifen und ein zerschlissenes Stoffsofa teilten sich ihren letzten Ruheplatz.

Azad zog einen Schlüssel aus der Tasche. Sie waren angekommen.

Der Weg zu ihrer Wohnung im siebten Stock führte durch das finstere Treppenhaus, der Aufzug war defekt. Es stank. Bewohner, die es sich leisten konnten, hatten den Wohnblock schon vor Jahren verlassen. Wer aus Not geblieben war, sorgte sich nur noch um sich selbst. Aus anderer Perspektive betrachtet: das perfekte Versteck für jemanden, der triftige Gründe hat, menschliche Kontakte möglichst zu meiden.

Oben angekommen, verriegelte Azad die Wohnungstür von innen. Auf Augenhöhe ermöglichte ein fingerdickes Loch den unmittelbaren Blick ins Treppenhaus.

Abgespannt blieb Azad im kahlen Flur stehen. Dann ließ er sich langsam, den Rücken an der Wand, bis auf den Boden rutschen und atmete tief durch. *Endlich ist das zermürbende Warten vorbei!*

Kurz darauf galten seine Gedanken schon dem nächsten Schritt: Waffen und Sprengstoff besorgen.

Er hatte sich die Details aus dem Telefonat eingeprägt. Ganz deutlich sah er jetzt die Konstruktion aus Metall vor Augen: Die Querstreben, den Brückenboden, die stabilen Widerlager, auf denen die Brücke ruhte. In Gedanken konnte er beinahe die Umgebung riechen.

Aber wie an den Sprengstoff kommen? Fest stand bisher nur eines: Das Material sollte bei einer Brücke deponiert werden. Bei welcher, hatte der Anrufer nicht erwähnt. Zum Schutz, falls sie abgehört würden. Wenn die Meldung eintraf, wo genau es versteckt war, würde er es holen. Vielleicht schon morgen, vielleicht aber auch erst in einigen Tagen.

Azad zog die Knie an. Das ewige Warten hatte ihn unendlich ermüdet, aber schlafen konnte er seit Tagen nicht mehr richtig. *Du musst aufmerksam bleiben*, ermahnte er sich. Heute hatte er nochmal Glück gehabt.

Dilara beobachtete ihn. Ohne ihre Jacke auszuziehen, ging auch sie langsam in die Hocke und setzte sich neben ihn.

Azad starrte mit leerem Blick auf den Boden. *Das Warten hat ein Ende*, hallte es in seinem Kopf nach. Ohne hinzusehen spürte er, dass Dilara ihn mit ihren großen dunklen Augen von der Seite ansah.

„Gut, alles ist gut", sagte er liebevoll und drehte sich zu ihr hin. „Soll ich dir eine Geschichte erzählen? Von früher?"

Dilara sagte keinen Ton. Ein angedeutetes Blinzeln ihrer Augen reichte, und Azad fing langsam an zu erzählen. Geschichten, die er wohl schon hundert Mal erzählt hatte. Immer wieder. Immer die gleichen Geschichten. Wie es war, damals, zu Hause: Wie sie mit den Eltern Geburtstag feierten, mit Blumen in den Haaren. Wie sie mit ihren Freunden aus dem Dorf Fangen spielten. Von ihrem kleinen Haus. Azad erzählte. Das Erzählen beruhigte auch ihn. Mit jedem Satz wurde seine Stimme ruhiger, melodischer, fast singend.

Er spürte, wie sich ihr Kopf langsam auf seine Schulter senkte. Ihr Atem war kaum hörbar, sie schlief. Er erzählte ruhig weiter, während er sie ganz vorsichtig hochhob und im Nebenzimmer auf eine Matratze legte. Er war kräftig und sie leicht wie ein Kind. Viel zu dünn für ihre fast achtzehn Jahre. Er zog ihr die Schuhe aus und deckte sie mit einer Steppdecke zu.

Vor zwei Wochen hatte Azad diese Wohnung in demselben trostlosen Zustand übernommen, wie sie jetzt noch war: nackter Fußboden, ein paar Möbel aus Plastik, zwei Matratzen zum Schlafen, die Dusche defekt, an der Decke baumelten nackte Glühlampen.

Dem Kioskbesitzer am Berliner Hauptbahnhof hatte Azad nur seinen Namen genannt, der hatte ihm ohne ein Wort ganz unauffällig einen Briefumschlag über den Tresen geschoben. Als er den Umschlag später öffnete, hielt er Schlüssel und Adresse für diese Wohnung in der Hand. Das war es. Sein Auftrag: Warten!

Azad dachte an den nächsten Morgen.

Montag

Berlin, Hellersdorf. Ein Klang wie von einem winzigen Glöckchen, alle drei bis vier Sekunden. Azad lag wach auf dem Rücken und lauschte dem Geräusch, das seit Stunden in die Stille hineintröpfelte. Irgendwann hörte er, wie jemand auf der glatten Betontreppe ein Stockwerk tiefer über etwas stolperte und fluchend seinen Weg fortsetzte.

Azad schlug die Decke zurück und ging ins Bad. Er ließ kaltes Wasser in seine Handflächen laufen, schöpfte es sich ins Gesicht und genoss für einige Sekunden die wachmachende Kühle. Die Morgentoilette war damit erledigt.

Er ging in die Küche, ließ Wasser für den Tee in einen Topf laufen, stellte ihn auf den Herd und wartete, bis sich auf dem Topfboden kleine Luftblasen bildeten. Als sie größer wurden, sich lösten und nach oben sprudelten, goss er das Wasser in die verschrammte Teekanne.

Wenige Minuten nach ihm war auch Dilara aufgestanden und setzte sich auf den Plastikstuhl ihm gegenüber. Außer zwei mit heißem Tee gefüllten Gläsern lag eine aufgerissene Packung Butterkekse auf dem Tisch. Dilara beobachtete Azad. Nachdem dieser sich einen Keks genommen hatte, griff sie sich ebenfalls einen und begann, langsam die Ecken abzubeißen.

„Alles gut?" Azad sah sie aufmerksam an. Ihre nach vorn fallenden Haare verdeckten nur einen Teil der Narbe, die von ihrem rechten Auge fast bis zum Mundwinkel führte. Es hatte lange gedauert, bis der tiefe Schnitt angefangen hatte zu heilen. Azad meinte, an der Farbe der grübchenartig nach innen gezogenen Narbe ihren Gemütszustand erkennen zu können. Etwas stimmte nicht mit ihr, das erkannte er sofort.

Ohne ihren Kopf zu bewegen schaute Dilara zu ihm hoch und biss die letzte Keksecke ab.

„Dilara, was versteckst du?"

Ihre Hand schob sich noch etwas weiter unter den Tisch.

Auch diese Bewegung entging ihm nicht.

Keine Reaktion.

„Dilara, zeig mir deine linke Hand!" Azads Stimme wurde bestimmter. Fordernd streckte er ihr seine Hand entgegen: „Zeig her!"

Langsam zog sie ihre Hand unter dem Tisch hervor und bewegte sie widerwillig Richtung Tischmitte.

Vorsichtig entwand Azad ihren Fingern eine ausgeblichene Ansichtskarte und drehte sie langsam um. Dort klebte ein Bild, ein Kinderwagen, offenbar ausgeschnitten aus einem Prospekt.

„Woher hast du die Karte?"

Dilara drehte sich mit dem Oberkörper zur Wohnungstür und blickte runter auf die Türschwelle.

Azad hatte verstanden. Jemand musste die Karte soeben unter der Haustür durchgeschoben haben, denn als er in die Küche gegangen war, lag dort nichts, es wäre ihm sicher aufgefallen.

Azad stand auf, öffnete leise die Tür und lauschte für einige Sekunden ins Treppenhaus hinaus. Alles ruhig, weit und breit nichts zu hören.

Er schloss die Tür wieder, setzte sich zurück an den Tisch und betrachtete die Karte näher. Das altersgelbliche Motiv zeigte eine alte Fabrik, daneben eine Brücke, deren Stahlbögen sich über einen Fluss spannten. Azad brauchte nur wenige Minuten, um sich jedes Detail einzuprägen: Die stählernen Rundbögen, das Muster ihrer Verstrebungen, die Brückenköpfe, eingerahmt von zwei quadratischen Stein-Pylonen, der kuppelähnliche Abschluss der Pylone.

Charlottenburg – städtisches Elektrizitätswerk mit Siemenssteg erklärten fette Buchstaben in altdeutscher Schrift am unteren Kartenrand.

Eine deutliche Botschaft, dachte Azad. *Diese Ansichtskarte ist das fehlende Puzzleteil.* Plötzlich spürte er das Blut in seinen Adern pulsieren. *Hier rumzusitzen ist jetzt keine Option mehr, du musst raus,* drängelte es in ihm.

„Komm", sagte er zu Dilara und stürzte den letzten Schluck Tee hinunter.

Azad hatte sich freiwillig für diese Aktion gemeldet. Die Zusage kam umgehend. Freiwillige gab es bei ihnen in der Einheit genug, aber was sie dringend brauchten, waren Techniker, Mechaniker – Kämpfer, die auch Bomben bauen konnten. Azad erfüllte diese Auswahlkriterien. Er besaß ein überdurchschnittliches technisches Verständnis, erwies sich während der Ausbildung als mit Abstand geschicktester und ideenreichster Bastler. Und er hatte Geduld bei allem was er tat, wurde selten nervös, geriet nie in Panik, fand immer eine Lösung. Ein weiterer, nicht weniger entscheidender Grund waren seine Sprachkenntnisse. Aufgrund seiner guten Schulbildung sprach er auch Englisch, und als einziger Deutsch.

Als sogenannter Schläfer sollte er nach Berlin gehen und dort warten. Solange warten, bis er einen konkreten Auftrag zugeteilt bekam. Das konnte Wochen dauern. Oder sogar Monate.

Das einzige Problem dabei war Dilara gewesen. Es hatte lange gedauert, den Gruppenführer davon zu überzeugen, sie mitzunehmen. Eine Frau, ohne Kampfausbildung, noch dazu schwer traumatisiert. Kaum vorstellbar für eine wichtige und noch dazu lebensgefährliche Mission wie diese. Sie hatten lange und erbittert gerungen in der Gruppe. Die Zustimmung erfolgte erst, nachdem junge männliche Flüchtlinge zunehmend in den Fokus der deutschen Polizei rückten. Die Wahrscheinlichkeit für ein junges Paar, sich unter dem Polizeiradar durchzubewegen, war deutlich größer.

Azad zitterte seit Wochen, dass Dilara sie verraten könnte. Bedrängt oder bedroht, würde sie garantiert nicht standhalten. Der IS führte einen Vernichtungskrieg gegen ihre Volksgruppe, und ihrer beider Ende wäre besiegelt, wenn ihre wahre Herkunft ans Licht käme. Grund genug, ihr gerade in diesen Wochen keine einzige Sekunde von der Seite zu weichen. Die beiden Pässe in seiner Hosentasche gaben ihnen eine neue Identität als irakische Sunniten, hatten sie gerettet, zumindest für den Moment.

Sie brachen auf. Azad wollte so schnell wie möglich zu dieser Brücke. Er musste wissen, wie es aktuell vor Ort aussah, musste erkunden, wo genau er das finden würde, was die Organisation für ihn deponiert hatte. Für den

Transport hatten sie garantiert auch eine Lösung. Ihm fiel das Bild des Kinderwagens auf der Postkarte ein. Sie dachten an alles, sie machten keine Fehler.

Nach wenigen Minuten blieb Azad plötzlich stehen. Er war auf etwas getreten. Er bückte sich und hob das runde Etwas auf.

Eine Kastanie.

Er schaute sich zu beiden Seiten um. Kein Baum weit und breit. Vielleicht hatte ein Kind die Kastanie irgendwo gesammelt und dann hier verloren. Er betrachtete die rot-braune Frucht, ließ sie langsam in seiner Hand kreisen. Kühl und feucht fühlte sich die glatte Schale an, samtig rau dagegen die helle Unterseite. Schließlich ließ er den Fund in seiner Hosentasche verschwinden.

Heute wurde es in Berlin nur langsam hell. Der Morgennebel hing wie ein feuchter, muffiger Schleier zwischen den heruntergekommenen Häusern.

Halt jetzt bloß die Augen offen!

*

Berlin, Amerikanische Botschaft. Abrupt stoppte der Botschaftsdiener im Türrahmen, als sei er in eine Pfütze aus Pattex getreten. Das Chaos und der abgestandene Geruch in Redmans Büro verursachten ihm kneifendes Unbehagen. Ganz offensichtlich angeekelt legte er seinem Vorgesetzten die morgendliche Presseschau auf den Schreibtisch.

Redman haderte mit sich und der Welt. Die zurückliegende Woche war für ihn ohne Zweifel ein persönlicher Tiefpunkt gewesen. Nichts hatte so funktioniert, wie es sollte. *Verdammt, bin ich der Chef einer Loser-Truppe?* Er stützte die Ellenbogen auf und rieb sich über die juckenden Bartstoppeln, die aus seinem Doppelkinn sprossen. Die vergangene Nacht hatte er im Büro zugebracht und dem Startschuss für Operation Snow White entgegengefiebert. Zu viel stand auf dem Spiel, er wollte in Sekundenschnelle erreichbar sein, wenn man ihn brauchte.

Redman war völlig übernächtigt. Und nun, sozusagen auf nüchternen Magen, auch noch das Geschmiere dieses Medien-Gesindels. Ein rascher Blick auf die Presseschau – eine zehnseitige Zusammenfassung von Meldungen des vergangenen Tages – genügte ihm, um wieder in den Wut-Modus zu schalten.

Peking zieht seine Flotte im Süd-Chinesischen Meer zusammen! verkündete die *Washington Post* auf der Titelseite. Die Headlines anderer Printmedien schlugen in dieselbe Kerbe. Es roch förmlich nach Pulverdampf.

„Shit!", brüllte Redman und feuerte die Presseschau vehement Richtung Tür. Die weißen Blätter schneiten auf den Botschaftsdiener nieder, bevor der Mann den rettenden Ausgang erreichen konnte.

Redman knirschte mit den Zähnen. Seine Loser-Truppe machte ihn krank, einfach nur krank. Und die Chinesen machten ihn noch kränker. Er atmete tief durch, während er mit der Zunge über die oberen Schneidezähne schrubbte, um den pelzigen Geschmack im Mund loszuwerden.

Diese verdammten Chinks! Durch den Bau von immer neuen künstlichen Inseln versuchten sie, ihre territorialen Rechte auf See auszuweiten. Jedes Jahr weiter und weiter, Chinesen denken langfristig. Angeblich, so die offizielle chinesische Sprachregelung, hätten sie, historisch betrachtet, Anspruch auf achtzig Prozent des umstrittenen Seegebiets. Redman wusste, dass riesige Rohstoffvorkommen im Südchinesischen Meer vermutet wurden: Erdöl, Gas und Erze – eben deshalb war die Führung in Peking so aggressiv. Hinzu kam, wer das Meer vor ihrer Haustür beherrschte, kontrollierte fünfzig Prozent des weltweiten Seehandels und hatte Zugriff auf reiche Fischgründe.

Und jetzt zogen die Generäle der Volksbefreiungsarmee ihre neuen Flugzeugträger-Verbände dort zusammen, forderten damit die USA heraus.

Die Zeiten ändern sich, dachte Redman. Er sah in Gedanken den ersten Flugzeugträger der Chinesen vor sich. Die *Liaoning,* Baujahr 2011, hatte er noch als schwimmenden Schrotthaufen bezeichnet. Doch anders als früher bauten sie heute schwimmende Festungen aus Stahl, ausgerüstet mit unglaublicher Feuerkraft. Zudem hatte Peking einige kleine Atolle in der Gegend ausbauen lassen, sozusagen zu betonierten Kriegsplattformen. Damit war endgültig klar: Die USA allein konnten die Chinesen nicht mehr stoppen.

Nun standen den Amerikanern drei mächtige Feinde gleichzeitig gegenüber. Die Russen bedrohten massiv das europäische Gleichgewicht, und die Islamisten legten ihre Finger auf das arabische Öl. Die Chinesen hatten gerade noch gefehlt. Amerika brauchte jetzt alle Verbündeten, auch die europäischen. Aber diese waren noch immer mehr Last als Hilfe. Wenn Europa weiterhin derart unwillig und rüstungsmüde blieb, ließ sich kein einziger Krieg gewinnen.

Verdammt! Redman schlug frustriert mit der Faust auf seinen Schreibtisch.

Die Zeit lief ihnen davon.

Mit einem aggressiven „Ja!", reagierte er auf das Klopfen an der Tür, blieb aber sitzen und betrachtete grußlos den jungen Mann, der sichtbar unentschlossen auf der Schwelle verharrte.

Redman hatte um 07:00 Uhr vor dem Büro der internen Personal-Agency gestanden. Er brauchte dringend einen Ersatz für den gefeuerten Aaron, und zwar sofort. Seine sogenannte rechte Hand hatte in der letzten Woche genug Mist gebaut und befand sich auf dem Weg nach Washington. Dort würde er erfahren, dass zukünftig eine andere Funktion auf ihn wartete. *So ist das im Leben!*

Nancy, die für ihn zuständige Personal-Betreuerin, erschien wie immer auf die Minute pünktlich zur Arbeit und empfahl ihm, noch bevor sie den Mantel ablegte, eine gewisse Claudia als Assistentin.

„Sie ist Mitte Dreißig, erfahren, mehrsprachig, plus, plus ..." Im Nu lag die bereits vorbereitete Personalakte vor Redman auf dem Tisch.

„Frauen sind unentschlossen und flatterhaft", murmelte Redman, etwas zu laut, und ohne einen einzigen Blick in die Unterlagen geworfen zu haben.

„Waaas?", fuhr ihn Nancy streng an.

„Ach, vergessen Sie's", wiegelte Redman ab.

Sie schickte ihm dann diesen jungen Mann: Gunter. „Wie Günther, nur ohne Fliegenschiss und tie-eytsch", kommentierte Nancy trocken.

Seit 07:35 Uhr war Gunter sein Mann, optisch wie Redmans eigener Klon, aber etwa halbes Gewicht. Um 07:36 Uhr hatte er ihm erste telefonische Instruktionen gegeben, und jetzt stand er leibhaftig vor ihm in der Tür.

„Was ist los mit Ihnen, kommen Sie rein!" Ungeduldig winkte Redman ihn näher. Es dauerte einige Sekunden, bis Gunter bereit war, die sichere Deckung des Türrahmens aufzugeben. Nicht umsonst sprach man von

Redmans Büro hinter vorgehaltener Hand als der *Höhle des roten Löwen*.

„Und? Habt ihr ihn gefunden?"

Gunter legte ihm einige lose Seiten auf den Schreibtisch. Viele Fotos, darunter etwas Text.

„Wir haben jeden Teil seiner Kleidung untersucht, die Nähte gelöst, das Futter rausgetrennt, die Schuhe zerlegt …"

Gunter machte eine Pause, um Luft zu holen.

Hoffentlich hat mir Nancy nicht den nächsten Vollpfosten geschickt, durchzuckte es Redman.

„Wir haben die Leiche gefilzt, den Mageninhalt untersucht, den Körper geröntgt."

„Und?"

„Nichts!"

Redman verdrehte genervt die Augen. „Sind wir uns zumindest einig, dass Lavrow gestern auf einem USB-Stick die Daten dabeihatte? Oder hatten die Kollegen Halluzinationen? Wenn Lavrow den Stick nicht mehr hat, muss er sich auf dem Weg zwischen Konferenzraum und Brandenburger Tor von ihm getrennt haben! … verloren, weggeworfen, verschenkt", setzte er sarkastisch hinzu. „Habt ihr die Strecke im Adlon bis in die Lobby untersucht? Fußleisten? Ablagen? ...?"

Gunter nickte bestätigend. „Alles! Selbst die Tonkugeln der Aquakulturen liegen ausgebreitet unten im Keller. Nichts! Jede Blume haben wir durch den Scanner gezogen! Nichts, gar nichts!" Das Hotel Adlon hatte sich bei der gestrigen Untersuchung sehr kooperativ gezeigt und ihnen auch das gewünschte Material vollständig überlassen.

Vielleicht war es ein Fehler, Lavrow im Hotel zu treffen, keimte ein Verdacht in Redman. Lieber hätte er die

Angelegenheit hier in der Amerikanischen Botschaft geregelt, aber aus Angst, nicht wieder heil rauszukommen, hatte Lavrow auf einen neutralen Treffpunkt bestanden.

„Dann besorgt, verdammt noch mal, alle Überwachungsbänder: Flur, Aufzug, Lobby, Pariser Platz einfach alles. Und seht euch den verdammten Mist genau an, Minute für Minute, Bild für Bild und in slow motion … UND MEINETWEGEN AUCH IN 3D", brüllte er mit hochrotem Kopf.

Gunter nickte erneut. „Hab' ich angefordert."

Was für ein Bullshit, gerade schien sich die Lage zu stabilisieren, da warf ihnen das Schicksal erneut einen Knüppel zwischen die Beine.

Nicht schon wieder, verdammt nochmal! In Redman loderte es.

*

Hamburg-Frankfurt. *Vier ungestörte Stunden. Nur für uns beide alleine*, dachte Lena, als sie in den Zug einstiegen. Sie freute sich auf die lange Fahrt. Doch der Intercity nach Frankfurt war schon im Hamburger Hauptbahnhof hoffnungslos überfüllt.

Markus zog sie in den Speisewagen. „Voilà, zwei Sitzplätze mit Bedienung", scherzte er.

Der Zug setzte sich bereits langsam in Bewegung. Als die Stahlstreben der Elbbrücke ihre zuckenden Schatten durch das Fenster warfen, standen bereits zwei duftende Café Crème vor ihnen auf dem Tisch. Der im wahrsten Wortsinn mörderische Stress der letzten Woche, ließ sie langsam aus seinen Krallen. Auf einmal öffnete sich sein Geist, der sich in den letzten Tagen ausschließlich mit der Frage beschäftigt hatte, wie sie die nächsten Stunden, Tage, Wochen überleben sollten. Tausend Themen fielen ihm ein, über die er noch mit Lena sprechen wollte. Sie redeten über alles Mögliche, leichte Kost, nur keine Politik.

Markus ließ sich vom immer wieder aufbrausenden Lachen von Lena, das jeder Unterhaltung etwas Magisches verlieh, bereitwillig verzaubern. Schließlich berichtete er ihr von seinen Recherchen der letzten Jahre. Ein wenig schämte er sich für die aus seiner Sicht magere Ausbeute seines bisherigen Lebens. Wenn sich seine vergangenen Jahrzehnte selbst für ihn, als wortgewandten Journalisten in wenigen Sätzen zusammenfassen ließen, ist das bedenklich wenig, empfand er mit einem Hauch von Resignation.

„Ich habe vor Jahren angefangen, einen Krimi zu schreiben", versuchte er, seine Bilanz aufzubessern.

Lena schaute ihn erwartungsvoll an.

„Los, erzähle."

Markus skizzierte das Grundgerüst seines Polit-Thrillers über den erwarteten Zusammenbruch des Finanzsystems. *Die Nacht der Notenbanken* sollte das Buch heißen.

„Es geht um die Nacht, als Italien merkt, dass es seine Schulden nicht mehr bezahlen kann. In dieser Nacht treffen sich in Berlin alle wichtigen Notenbanken zu einer Krisensitzung und beschließen einen Schuldenschnitt. Peng! Pleite! Anfangs sind noch einige Länder skeptisch. Aber wenn wir am nächsten Tag aufwachen, trauen wir unseren Augen nicht. Die Welt ist über Nacht eine komplett andere geworden. Nicht nur die hochverschuldeten Länder haben ihre Zahlungen eingestellt.

Alle anderen, auch Deutschland und die USA, nutzen die Gelegenheit, sich von ihren Schulden zu trennen.

„... und ruinieren damit die eigenen Bürger", nahm Lena den Erzählfaden auf.

„Genauso ist es. Am nächsten Morgen bilden sich vor den geschlossenen Banken Schlangen von Wartenden. Unser Finanzsystem bricht zusammen. Unruhen brechen aus. Es kommt zu Plünderungen ..."

Während Markus versuchte, das zusammenzufassen, an das er sich noch erinnern konnte, kam er sich mit einem Mal ein wenig lächerlich vor. „Ich bin nie über die ersten achtzig Seiten hinausgekommen", gab er zu und verstummte. „Ich schreibe längst nicht mehr an der Geschichte", setzte er hinzu, „eigentlich seit Jahren nicht mehr."

„Der Anfang klingt doch super, wirklich", ermutigte Lena ihn. „Schreib weiter. Gib nicht auf."

Von seinem Thriller hatte Markus bisher noch niemandem erzählt. *Komisch*, dachte er, *ich kenne sie erst seit einer Woche, und alles fühlt sich schon so vertraut an, dass ich ihr meine persönlichsten Geheimnisse anvertraue.*

Okay, anderes Thema. Markus wollte zum Thema Fußball switchen, auf den Platz in der Championsleague, den die Frankfurter Eintracht ergattert hatte.

„Sport?", lachte Lena amüsiert auf. Es gab Themen, die sie nicht interessierten. Doch aus allem, was sie sonst sagte, quoll Lebensfreude, da ließ sich ihr sportliches Desinteresse leicht verschmerzen. Lena beschäftigte sich viel lieber mit Computern, mit Datensicherheit und der Bedrohung durch eine totale Überwachung. Mit ihrem Privatleben beschäftigte sie sich offenbar weniger, zumindest sprach sie nicht darüber.

Er betrachtete sie: Zierlich, aber kein Magermodell und alles an der richtigen Stelle, fand er. *Pech im Job, Glück in der Liebe?* schmunzelte er in sich hinein. *Na, wir werden sehen, was die Zukunft bringt ...*

Lena schien seine Gedanken zu erraten.

„Hey? Was machst du? Begutachtest du mich etwa?"

Markus liebte ihre unbekümmerte Art. Sie lachte einfach alles weg.

„H'mpf." Markus fühlte sich erwischt und strahlte sie an.

„Du sollst mich nicht so anstarren!", sagte sie gespielt vorwurfsvoll, setzte aber sofort nach: „Seh' ich komisch aus?"

„Nö, im Gegenteil. Attraktiv, sehr attraktiv!", erwiderte Markus, während er ihr mit den Fingern langsam durchs Haar strich. „Vor genau einer Woche haben wir uns kennengelernt", sagte er versonnen.

„Und nun, was ist?", lockte sie.

„Ich liebe dich. Lass uns irgendwo neu anfangen."

„Neuseeland!", schlug sie scherzhaft vor und küsste ihn.

„Vielleicht", ging Markus auf ihre Neckerei ein.

„Sofort?", fragte sie keck.

„Was hältst du davon, wenn wir vorher noch einen Kaffee trinken? Bei Wackers?"

„Natürlich Honduras Marcala!" ... „Oder darf ich dich auf einen Espresso zu mir einladen?", schlug sie mit einem mehrdeutigen Lächeln vor und nahm seine Hand.

Markus sah sie fragend an. „Musst du nicht diese Woche bei deinem Geldscheinprojekt in München sein und Schwachstellen aufspüren?"

„Wie kommen Sie denn darauf, Herr Manx?"

„Ich dachte ..."

„Zu kurz gedacht. Die Kollegen sind erst mit den Vorbereitungen beschäftigt. Das dauert ein paar Tage. Währenddessen muss ich nur remote verfügbar sein. In München geht's dann Mittwochmorgen weiter."

Beschwingt verließen sie den Bahnhof Richtung Innenstadt. Markus legte seinen Arm um Lena. „Können wir einen kurzen Stopp in der Ulmenstraße einlegen? Ich brauche noch ein paar Sachen aus meinem Büro."

„Klar, bin sowieso echt gespannt auf Ihr Büro, Herr Enthüllungsreporter", spöttelte sie charmant.

„Ist nichts Besonderes", versuchte er ihre Erwartungen zu dämpfen. „Und wir können auf dem Weg etwas für heute Abend einkaufen. Ich habe eine Idee: Kennst du Ceviche?"

„Nein", sagte sie, „ bestimmt was Modernes, oder?"

Jetzt musste Markus laut lachen.

Lena boxte ihn leicht von der Seite in die Rippen. „Hey, warum lachst du?"

„Dein *modernes* Essen ist fünfhundert Jahre alt. Ceviche ist roher Fisch, kurz in Limettensaft und Gewürzen mariniert. Haben schon die Inkas gegessen."

Sie kauften vierhundert Gramm Wildlachs bei Hamsilos, und in einem kleinen Laden auf der Kaiserstraße Limonen, Mango, Ingwer, Knoblauch und ein Bund Korianderblätter.

In den Frankfurter Discounter nebenan wollte Markus nicht hinein. Vor Jahren hatte Amazon das *just walk out* Konzept entwickelt: Man geht in den Shop, nimmt sich die gewünschten Artikel aus dem Regal, legt sie direkt in die eigene Tasche und geht einfach wieder hinaus – just walk out! Das alles funktioniert ohne Einkaufswagen, Kassen, Personal. Ein Heer von Überwachungskameras registriert, welche Ware jemand aus dem Regal nimmt, die Abrechnung kommt als elektronische Quittung von Amazon.

„Totale Überwachung", begründete Markus seine Abneigung.

„Klar, aber die Entwicklung lässt sich wohl nicht stoppen", kommentierte Lena.

„Jetzt hab ich's. Sauvignon Blanc von Knewitz!", platzte es zusammenhangslos aus Markus heraus. Seine Gedanken hatten den Weg zurück zum Essen gefunden. „Könnten wir gut dazu trinken. Oder die Scheurebe von Wirsching."

Lena nickte begeistert. „Hört sich phantastisch an."

„So. Da sind wir." Markus blieb vor einem Altbau in der Ulmenstraße stehen, renovierungsbedürftig zwar, aber dennoch irgendwie liebenswert. Er öffnete Lena die Eingangstür. „Wir nehmen die Treppe", schlug er vor.

Lena strich im Vorbeigehen mit den Fingern über das ordentlich bedruckte Briefkastenschild *Markus Manx*. „Respekt! Sehr ordentliches Label", urteilte sie mit pfiffigem Unterton.

„Danke für das Lob!"

Oben angekommen, blickte sich Lena überrascht in seinem Büro um: Der Boden übersät mit aufgetürmten Recherche-Unterlagen, mit Artikeln vollgestopfte Regale und aus der Tiefe des mittleren Regals glotzten blinkende Nullen eines uralten Weckers wie rote Eulenaugen hervor.

Markus war Lenas Blick gefolgt. „Mad Max – ein Relikt aus meiner Jugend. Stromausfall." Er ließ den Wecker weiter im Takt blinken.

Ein Stapel von Artikeln zog Lenas Aufmerksamkeit auf sich. Lauter Zeitungsausschnitte, vergilbt, das Erscheinungsdatum über acht Jahre her, soviel ließ sich trotz Staubschicht erkennen. Mit dem Finger malte sie ein fettes *Lena* und ein Herz auf den oberen Artikel und pustete den Staub von ihrer Fingerkuppe in Richtung Markus. „Kannst du mich noch erkennen?"

„Leider nein, freche Fee." Lachend hob er ihre Jacke vom Boden auf. „Hier, dein Zaubermantel." Er hielt ihr die Jacke entgegen und mit der anderen Hand einen herausgefallenen USB-Stick.

„Danke! Ist nicht meiner."

Markus schaute sie fragend an: „Der fiel gerade aus deiner Jacke."

Lena griff sich das unscheinbare Medium und drehte es aufmerksam zwischen ihren Fingern. Mit dem Fingernagel klappte sie den Stick wie ein Mini-Taschenmesser auf. „Nein! Gehört mir definitiv nicht." Damit hatte der Stick ihre Aufmerksamkeit verloren und sie gab ihn Markus zurück.

„Komisch. Hast du eine Vermutung, wie das Ding in deine Jackentasche gekommen sein könnte?"

Sie umarmte ihn. „Spielt das eine Rolle?" Dann entwand sie den Stick seiner Hand, warf ihn in hohem Bogen in die offene Schlüsselablage neben der Tür.

„Sauberer Drei-Punkte-Wurf", kommentierte er. „Magst du einen Kaffee aus unserer sagenumwobenen Kaffeemaschine?"

„Nö! Schnapp dir deine Sachen, ich will zu Wacker's!"

Ohne zu zögern griff Markus sein Notebook. Daneben lag sein aktueller Artikel: *100 Millionen in Gold erbeutet – Größter Raubüberfall der Geschichte.* War seither wirklich erst eine Woche vergangen? Für ihn fühlte sich alles schon beinahe an wie aus dem Jahresarchiv hervorgezogen.

*

Berlin, Polizei Dahlem. Die Frau war total hysterisch. Aber wer würde in solch einer Ausnahmesituation kein ehrliches Verständnis dafür haben. Die Nachricht vom Tod ihres Mannes war erst wenige Stunden alt. Jetzt kümmerten sich gerade zwei Sanitäter von der Bereitschaftspolizei um die Frau und versuchten sie zu beruhigen.

Polizeioberrat Friedrichs runzelte noch immer die Stirn, als er das Großraumbüro betrat und die junge Polizeikommissarin Grote zu sich winkte.

„Absolut hysterisch!", wiederholte Friedrichs. „Die ist heute bereits zum zweiten Mal hier."

„Sperren wir sie doch zur Beruhigung für einen Tag in die Ausnüchterungszelle", antwortete Kaja Grote flapsig und musste sich auf die Lippen beißen, um ernst zu bleiben.

„Bettina Röhler, die Gattin des verstorbenen Bundespräsidenten? Sehr witzig!"

„Tatsächlich?"

Polizeioberrat Friedrichs machte sich keine Mühe, das lieblos zusammengerollte Gesprächsprotokoll, in die ursprüngliche Form zu bringen und drückte es der Kollegin in die Hand.

Bettina Röhler hatte gerade zu Protokoll gegeben, dass ihr Mann ermordet worden sei. Ein Traum, der sie in den letzten Monaten mehrmals überfallen habe. Auch habe sie nachts drohende Stimmen gehört. Die Angaben über den Traum hatten keinen Niederschlag im Protokoll gefunden, da Friedrichs ihn irgendwie nicht verstand. Auf einer Anzeige gegen Unbekannt hatte Bettina Röhler aber bestanden. Und falls die Polizei nicht sofort etwas unternehme, würde sie damit an die Öffentlichkeit gehen.

„Bloß nicht", stöhnte Friedrichs, „das wäre ein fettes Fressen für die Presse!", und lockerte die bereits schief sitzende Krawatte noch etwas weiter. Diese Nummer konnte ganz schnell nach hinten losgehen, wenn sie nicht aufpassten.

„Neueste Pressemeldung: Außerirdische nach dem Brexit jetzt auch für den Mord am Ex-Bundespräsidenten verantwortlich!", spöttelte er. Die flotte Lippe war im Normalfall nicht sein Metier. Aber dies war kein Normalfall.

Kaja Grote stimmte ihm bei, Smily-like und mit erhobenem Daumen.

Seit über zehn Jahren war Polizeioberrat Friedrichs verantwortlich für Abschnitt 45 Dahlem/Steglitz, dem wahrscheinlich ruhigsten Polizeibezirk in ganz Berlin. Und genauso ruhig sollte es hier auch bleiben. In seinem Abschnitt gab es acht Botschaften und über vierzig Residenzen von Botschaftern, Konsuln und Diplomaten. Friedrichs vermutete, dass eben deshalb der Fall des verstorbenen Bundespräsidenten bei ihm gelandet war und nicht bei den für Grunewald zuständigen Kollegen.

„Gerichtsmedizin. Hauspersonal. Arzt. Alle kurz befragen. Aber den Ball flach halten", schnarrte er im Weggehen Kaja Grote seine Anweisungen zu. Etwas Natürlicheres als einen Tod mit achtundsiebzig durch Herzversagen, für ihn schwerlich vorstellbar.

Die Polizeikommissarin schaute auf ihre Schulterklappe. Mit einem einsamen silbernen Stern rangierte man ganz unten in der polizeidienstlichen Nahrungskette – und fing sich immer die langweiligen Fälle. *Bälle flachhalten,* das hieß, keine spannenden Verhöre, keine Autopsie, keine Verfolgungsjagden. Und es bedeutete, den Fall innerhalb von vierundzwanzig Stunden final zu den Akten zu legen. Leider genau das Gegenteil von *Polizei am Limit* oder *Cobra 11 jagt gnadenlos die Bösen.*

Auf dem Weg zur Gerichtsmedizin betrachtete sie die Gesichter der Menschen, die an ihrer Autoscheibe vorbeihuschten. Wie Getriebene hetzten die Leute ihrem nächsten Ziel hinterher, dem Job, einem Date oder dem Feierabend. Mit dem Tod schien sich niemand zu beschäftigen.

Professor Beckmann zog das Leichentuch bis zum Bauchnabel des Toten hoch, als die junge Kommissarin, vorschriftsmäßig in blauen Plastikstulpen und Einwegkittel, den Raum betrat.

„Obduktion?", Professor Beckmann, einer der angesehensten Forensiker der Charité, legte das Klemmbrett mit dem Totenschein auf den Stahltisch und ließ seine Augen über den nackten Oberkörper des toten Bundespräsidenten gleiten. „Auf eine innere Beschau können wir verzichten!"

Die Leiche des Bundespräsidenten zeigte keine äußeren Anzeichen auf Gewalt- oder Fremdeinwirkungen. Nicht mal ein einziger blauer Fleck oder die kleinste Schramme auf seiner wachsweißen Haut.

„Vergiftung?"

„Hat die Blutuntersuchung zweifelsfrei ausgeschlossen", antwortete der Professor ruhig, während er den Leichnam wieder ganz zudeckte. Anschließend ließ er ihn in einem der Kühlfächer verschwinden. Er schaute unruhig auf seine Armbanduhr. Zum ersten Date mit seiner jungen Assistenzärztin wollte er nicht zu spät kommen.

Das winzige Hämatom im rechten Auge kann viele natürliche Ursachen haben. Er warf den weißen Kittel in den Wäschesack, streifte die Latexhandschuhe ab und verließ zusammen mit der Polizistin den Raum.

Für Kaja Grote bestand an der Aussage des Professors kein Zweifel. Sie war froh, aus der Rechtsmedizin schnell wieder heraus zu sein. Der in blau-weißen Polizeimarkierungen lackierte Corsa hatte keine zehn Minuten auf dem Behindertenparkplatz warten müssen.

Punkt eins war damit erledigt, eine Kopie des Totenscheins wanderte in die Akten. Doch bevor dieser Vorgang endgültig geschlossen werden konnten, mussten noch Schwiegertochter und Hauspersonal befragt werden. Kaja Grote seufzte. Sie verspürte nicht mal eine Messerspitze Motivation, sich mit der hysterischen Witwe zu treffen.

Als letzter Punkt auf der To-do-Liste stand ein Besuch bei dem Arzt, der den Totenschein ausgestellt hatte. Dann würde der Deckel der Akte Röhler für immer zuklappen.

*

Berlin, Siemenssteg. Azad erkannte das Bauwerk schon von weitem. Der graue, stählerne Rundbogen und die markanten Sandsteinpylone an der Seite.

Kein Zweifel, das ist die Brücke. Sein Puls beschleunigte sich. Er ärgerte sich darüber, für Nervosität war jetzt kein Platz. Er tat das, was sie während der Ausbildung im Stresstraining geübt hatten: ein paarmal tief einatmen, langsam wieder ausatmen. *Schon besser.*

Sie gingen noch ein Stück an der Spree entlang, bis sie die Brücke erreichten. Je näher sie kamen, umso kleiner erschien sie ihm. Auf der Postkarte noch ziemlich majestätisch, schrumpfte sie mit jedem weiteren Schritt auf die Größe einer normalen Fußgängerbrücke zusammen.

Der Weg, der direkt unter der Brücke hindurchführte, verengte sich nach und nach bis auf knapp einen Meter. Azad spürte Dilara dicht neben sich.

Wo würde jemand ein Paket unauffällig verstecken?

Azad hatte die Postkarte in Gedanken vor Augen. Kein Hinweis auf ein Versteck, kein Kreuz, nicht einmal ein Klecks oder ein unscheinbarer Markierungspunkt. Mit seinen Fingerkuppen und geschlossenen Augen hatte er die Karte am Frühstückstisch abgetastet. Vergeblich, nicht einmal einen mit dem Kugelschreiber eingedrückten Hubbel, für die Augen unsichtbar, hatte er entdeckt.

Sie erreichten die massiven Sandsteinpylone. Azads geschulte Augen scannten sie auf mögliche Verstecke ab. Keine Hinweise zu entdecken, keine auffälligen Steine, keine Luken, auch keine Anzeichen für Hohlräume – nichts.

Über ihnen, im Brückenboden aus grauem Stahl, führten baumdicke, silberfarbene Rohre über die Spree. Aufmerksam folgte Azad mit den Augen deren Verlauf, bis sie, nach einem scharfen Knick auf Kopfhöhe, in den Brückenauflagern verschwanden.

Der Bote hatte sich keine große Mühe gemacht, das Paket zu verstecken. Es befand sich gut sichtbar zwischen den silbernen Rohren, umhüllt von einer dunkelblauen Plastiktüte.

Azad nahm Dilara bei der Hand, und sie gingen zügig weiter. Im Vorbeigehen schätzte er das Paket auf die Größe einer Apfelsinenkiste. Möglicherweise zu schwer, um es ohne Hilfe weit zu tragen, aber ohne Schwierigkeiten zu erreichen.

Sie brauchten jetzt dringend etwas, um das Paket zu transportieren. Sofort fiel Azad die Abbildung auf der Postkartenrückseite wieder ein. Der Kinderwagen. Was wäre für ein junges Paar idealer, um eine Bombe unauffällig durch Berlin zu transportieren? ... Aber wo versteckt man einen Kinderwagen? ... Er beschloss, die Umgebung zu erkunden.

Sie passierten die Brücke. Ein paar Meter dahinter blockierten drei Altglascontainer den Weg. Einer der Sammelbehälter war bis auf einen erbärmlichen Rest abgebrannt, das grüne Altglas lag jetzt in großen Mengen herum. Anwohner hatten offensichtlich die Gelegenheit genutzt, ihren Sperrmüll daneben zu entsorgen.

Sehr gut, hier kommt selten jemand vorbei, kombinierte Azad.

Und tatsächlich, weit und breit war niemand zu sehen. Die Menschen mieden den Schandfleck.

Er sah sich das Durcheinander genauer an.

Wo würde ich einen Kinderwagen verstecken?

Er brauchte nicht lange zu überlegen. An einem der Container lehnten große Mengen von Pappen, leere Verpackungen für Elektrogeräte; Fernsehbildschirme, Kühlschränke.

Azad verstand die Message sofort. *Viel zu sorgfältig arrangiert für eine wilde Müllkippe!*

Er ließ Dilaras Hand los und ging näher.

Kurz darauf stieß er hinter dem Wall aus Pappen tatsächlich auf einen Kinderwagen, zusammengefaltet und in ordentlichem Zustand.

Mit wenigen Handgriffen machte er das Gefährt fahrbereit. Er schaute zu Dilara hinüber. Jetzt musste er höllisch aufpassen, so dicht am Ziel. Ein Zwischenfall wie am Vortag durfte nicht mehr passieren. Doch Dilara verharrte bewegungslos an der Stelle, wo sie stehengeblieben waren, als Azad die Container entdeckt hatte. Sie blickte völlig abwesend zu Boden.

Sie haben alles perfekt vorbereitet, sogar eine bunte Babydecke.

Dilara schaute auf, als ihr Bruder den Kinderwagen neben ihr absetzte. Azad hatte das Gefühl, dass ihre Gesichtszüge weicher wurden, als sie das Gefährt erblickte.

Langsam und zunächst zögernd löste sie sich aus ihrer Bewegungslosigkeit, fasste dann mit beiden Händen den Griff und zog den Kinderwagen behutsam zu sich heran.

Sie gingen zurück. Rasch hatten sie die Brücke und die Stelle mit dem blauen Paket wieder erreicht. Azad drückte sich entschlossen mit einem Fuß an einem Mauervorsprung des Brückenauflagers nach oben. Auf dem Bauch liegend, konnte er das Paket mit ausgestreckten Armen erreichen. Er griff fest zu und zog es langsam zu sich heran. Rotes Klebeband schnürte die Plastiktüte fest um den verborgenen Inhalt.

Gleich darauf entdeckte er die Aufschrift *ätzend* zusammen mit dem Symbol eines aus einem Reagenzglas auf eine Hand fallenden Tropfens. Das war eindeutig die Handschrift der Organisation. Genauso hatte man es ihnen beigebracht, um spielende Kinder davon abzuhalten, hinterlegte Pakete aus Neugier mitzunehmen. Ganz sicher, die Lieferung war für ihn.

Behutsam, das schwere Paket in den Händen, ließ er sich rückwärts langsam auf den Weg hinuntergleiten. Der Kinderwagen sackte tief in seine Federung, als er das Paket darin verstaute, und die bunte Babydecke über die gefährliche Fracht zog.

Niemand war in der Nähe, dem etwas hätte auffallen können. Wer hält sich schon ohne triftigen Grund im Umfeld einer wilden Müllkippe auf …

*

Dilara blieb unvermittelt mit dem Kinderwagen stehen. Azad beobachtete, wie sie die Babydecke mit der Hand liebevoll glattstrich. Ohne die krumpligen Falten bildeten die grünen und rosa Fleecestücke ein harmonierendes Patchwork-Muster, voll von roten Marienkäferchen im Wechsel mit Margeritenblüten. Zärtlich drückte Dilara den Rand der Decke an beiden Seiten in den Kinderwagen, bevor sie ihn weiterschob.

Ahnt sie denn nicht, dass unter der Decke kein Baby liegt, sondern eine Bombe? Azad spürte, wie ihm aufkommende Trauer über den geistigen Zustand seiner Schwester den Hals zuschnürte. Um sich abzulenken, fing er an zu erzählen.

„Weißt du, ich war mal in ein Mädchen verliebt", begann er, „die Tochter unseres Schmieds."

Dilara ging neben ihm her, den Blick starr auf den Kinderwagen gerichtet.

„Du kennst sie", fuhr er fort, während er sie von der Seite ansah. „Sie wohnten unten am Fluss. Das Haus, roch immer nach Feuer und Rauch. Selbst wenn man nur daran vorbeiging, kratzte einem der Rauch im Hals. Und da war immer dieses klirrende Geräusch, *Ping! Ping! Ping!* wenn der Schmiedehammer den glühenden Stahl auf den Amboss traf. Und das Wasser im Löschtrog glänzte giftig und bunt wie ein Regenbogen.

Sie sah ein bisschen aus wie du, etwas kleiner vielleicht", fuhr er nach kurzer Pause fort, „und sie trug immer hübsche, bunte Kleider für mich. Ihre Mutter hatte sie genäht. Und sonntags trug sie eine silberne Spange im Haar."

Dilara schob schweigend den Kinderwagen. Geschickt wich sie auf dem Weg liegenden Stöckchen und Steinen aus.

„Unten, wo sich der Fluss zwischen den großen Felsen durchschlängelt, dort haben wir uns getroffen. Wir haben uns geküsst. Ich wollte sie heiraten und ein ganzes Leben mit ihr zusammenbleiben."

Azad musste schlucken. Das lag nun schon Jahre zurück. Berlin sah für ihn auf einmal aus wie in Nebel getaucht. In Gedanken versunken, vergaß er für ein paar Sekunden seinen Auftrag. Er starrte auf seine Füße, die im feuchten Herbstlaub versanken.

Ich habe mich nie von ihr verabschiedet.

Ein Polizeiauto raste vorbei. Erschreckt von der Lautstärke des Martinshorns drehte Dilara sich zu Azad, starrte ihn mit großen ängstlichen Augen an.

Der Krach hatte auch Azad aus seinen Gedanken gerissen. Schweigend folgten sie der Straße nach rechts.

*

Berlin, Polizei Dahlem. Der Mann war ihr auf den ersten Blick unsympathisch! Warum eigentlich? Sportlicher Typ, vermutlich Ende Vierzig, und er schaute ihr freundlich in die Augen.

Du bist bloß neidisch, warf Kaja Grote sich vor und griff sich unwillkürlich mit der Hand an die Hüfte. Sie war halb so alt, aber dass ihr hellblaues Polizeihemd hier und da spannte, ließ sich kaum verheimlichen.

„Wer hat Sie alarmiert, Herr Dr. Schulz?", stellte die Polizeikommissarin ihre Eingangsfrage, obwohl sie die Antwort schon kannte. Die Aussagen der Haushälterin und der Schwiegertochter hatte sie schon vor zwei Stunden protokolliert.

„Wo waren Sie, als Sie angerufen wurden?", spulte sie lustlos den nächsten Punkt ihres Fragenkatalogs herunter.

Die Antwort klang plausibel. Als der Anruf eintraf, kam er gerade aus der Dusche, nachdem er vorher im Grunewald joggen gewesen war. Wo sollte man Sonntagabend kurz vor neun Uhr auch sonst sein.

Gähnend langweilig, die ganze Prozedur, fand Kaja Grote, aber sie tat so, als mache sie sich Notizen von den Antworten des Zeugen.

„Ist Ihnen gestern irgendetwas Ungewöhnliches im Haus des Bundespräsidenten aufgefallen?"

„Was meinen Sie mit *irgendetwas*?" Langsam schien Dr. Schulz die Fragerei zu dumm zu werden. „Wonach suchen Sie denn eigentlich?"

Eigentlich suche ich nichts, dachte Kaja. *Ich will mir nur diesen Fall möglichst schnell und ohne viel Schreibkram vom Hals schaffen.*

Zum Glück hatte sie noch zwei weitere Standardfragen parat. „Hat sich jemand auffällig verhalten?"

„Alle", antwortete Schulz mit überlegenem Lächeln, das nahe an der Hohngrenze flanierte. „In solchen Ausnahmesituationen verhalten sich immer alle Personen auffällig."

„Und medizinisch gesehen?"

„Nichts. Anzeichen für eine Vergiftung gab es keine. Der Schweinebraten stand noch auf dem Tisch, keine Vergiftungssymptome bei den anderen … war's das jetzt, Frau Grote? Ich habe eine Menge zu tun."

Kaja Grote nickte, sie hatte ihre Pflicht getan, er hatte pflichtgemäß geantwortet.

Sie drückte ihm ihre Visitenkarte in die Hand.

„Ich melde mich, wenn mir noch etwas einfällt", nahm Schulz, süffisant lächelnd, ihren Abschiedssatz vorweg.

Der Mann war ihr nach wie vor unsympathisch! Mehr noch als am Anfang.

*

Berlin, Hellersdorf. Wie überdimensionierte Spaghetti hingen die roten Klebebandstreifen, sauber durchtrennt, an allen vier Seiten vom Tisch. Das Paket, von seiner blauen Umhüllung befreit, lag auf dem Küchentisch: Braunes Packpapier umschloss eine längliche Kiste.

Immer zwei Paar Latexhandschuhe übereinander, das ist der beste Schutz, wenn du mit scharfkantigen Gegenständen arbeitest. Manche Sätze vergisst man sein Leben lang nicht. Und manche retten einem genau dieses Leben.

Azad betrachtete das Paket von allen Seiten. Kein Knick auf dem Papier zu erkennen. Wahrscheinlich auch kein Fingerabdruck, das gehörte zum kleinen Einmaleins der Spurenvermeidung. *Nicht am Kopf kratzen! Nicht im Gesicht jucken! Die Isolierung von Kabeln nicht mit den Zähnen abziehen!* Azad konnte die Anweisungen zur Spurenvermeidung aus dem Effeff herunterbeten.

Er setzte das Messer an, um das Paket zu öffnen. Er stockte. Im zweiten Hinsehen entdeckte er eine unscheinbare Wölbung unter dem Papier. Auf der Innenseite des Packpapiers hatte jemand einen winzigen Aufkleber angebracht. Dann huschte ein Lächeln über sein Gesicht, als er das Motiv auf dem Aufkleber erkannte. Nicht mal einen Finger breit, leuchtend rote Doppelflügel, dazwischen ein schmaler brauner Körper mit zwei zierlichen Fühlern. Ein Schmetterling auf einer Bombe. *Vielleicht ein winziges Zeichen der Hoffnung.*

Er versuchte, sich auf das Paket zu konzentrieren, setzte erneut sein Messer an und fuhr mit der scharfen Klinge zwischen die Papierschichten. Das braune Packpapier gab eine Kiste aus weißem Sperrholz frei.

Vorsichtig hob er den Deckel an. Angst hatte er keine. Genau genommen war ihm dieses Gefühl schon vor einigen Jahren vollständig abhanden gekommen, als eine andere Regung immer mehr Platz für sich in Anspruch genommen hatte. So groß seine Angst damals auch gewesen war, sein Hass war einfach noch stärker, hatte gewonnen und bis auf eine kleine Ecke in der die Liebe zu seiner Schwester zuhause war, vollständig von ihm Besitz ergriffen. Wenn er etwas fühlte, dann war es Hass.

Azads Gedanken schweiften ab. Vor seinen Augen spielte sich wieder der alte Film ab. Ein Flugzeug mit vier Propellern, das im Tiefflug über sein Dorf fliegt. Jenseits des ausgetrockneten Flussbettes wendet die graue Maschine, fliegt eine enge hundertachtzig Grad Kurve und landet in der Verlängerung der staubigen Dorfstraße. Ein Mann steigt aus, geht auf eine Gruppe von Leuten zu, die im Schatten ihrer Lastwagen warten und begrüßt deren Anführer sichtbar freundschaftlich. Azad kennt diese Leute nicht. Ihrer Kleidung nach stammen sie aus der Umgebung.

Eifrig laden die Männer große, schwere Holzkisten aus dem Frachtraum der Maschine und verstauen sie auf den Lastwagen. *Waffen!* schießt es Azad durch den Kopf, und fast parallel zu diesem Gedanken lässt der Mann aus dem Flugzeug eine der Kisten öffnen. Er holt ein Schnellfeuergewehr hervor, das er mit großer Geste dem Anführer der einheimischen Gruppe überreicht. Dann begutachten auch die übrigen Männer fasziniert die Waffe, bevor sie wieder an die Arbeit gehen.

Azad sah den Mann aus dem Flugzeug wie in Nahaufnahme vor sich. Dieser Mann hatte den Leuten Waffen gebracht, mit denen sie wenige Tage später Schreckliches angerichtet hatten, auch in seinem Dorf. Auch Dilara hatten sie schreckliche Dinge angetan. Dilara hatte sich mit allen Kräften dagegen gewehrt. Erst als der IS-Soldat ihr mit dem Kampfmesser langsam das Gesicht aufschlitzte, hatte sie aufgehört zu schreien. Seither hatte sie nie wieder gesprochen, nicht ein einziges Wort.

Azad sah alles noch genauso vor sich wie damals. Er spürte den Schmerz und die Verzweiflung, die ihn damals ergriffen hatten, bevor der Hass alles zuschüttete. Nein, für ihn war all das keine Vergangenheit, es war sein Leben. Er würde seine Familie rächen.

Monate später hatte er den Mann aus dem Flugzeug im Internet wiedererkannt. In nächtelangen Online-

Sitzungen hatte er sich alle verfügbaren Informationen über ihn geholt.

Azad kam wieder zu sich. Nur jetzt nicht ablenken lassen, so dicht vor dem Ziel. Kühlen Kopf behalten. Er musste sich nur immer auf den nächsten Schritt konzentrieren, dann konnte nichts schiefgehen. Und immer auf Dilara aufpassen.

Dilara hatte die ganze Zeit regungslos auf dem Plastikstuhl neben dem Tisch gesessen und ihn beobachtet. Azad war so tief in seinen Rachegedanken versunken, dass er ihre Anwesenheit beinahe vergessen hätte.

Doch jetzt verlangte das Paket seine ganze Aufmerksamkeit. Er hob den Holzdeckel an. Die luftdicht in einem Gefrierbeutel verpackte Waffe war eindeutig eine Beretta 92. Er nahm sie aus der Umhüllung. Die schwarze Griffschale aus Hartplastik lag gut in der Hand. Er betrachtete die Pistole von allen Seiten. Keinerlei Gebrauchsspuren, nicht ein einziger Kratzer zu erkennen. Er ließ das leere Magazin herausgleiten und legte es auf den Deckel der Kiste. Mit der linken Hand fasste er den Schlitten, zog ihn zu sich heran. Mit einem leisen *Klick* glitt der Stahlschlitten fast reibungslos zurück und spannte den Hahn.

Azad rieb Daumen und Zeigefinger der linken Hand aneinander und betrachtete den feinen öligen Film auf seinen Fingerspitzen. *Waffenöl,* bestätigte ihm seine Nase.

Er entspannte die Beretta und legte sie zu dem Magazin auf den Deckel. *Nur neues Material verwenden,* das hatte man ihnen eingeschärft, immer und immer wieder. So konnten keine Spuren zurückverfolgt werden, falls die Waffen in falsche Hände gerieten.

Der zweite Beutel enthielt einen Schalldämpfer und Ersatzmagazine, im dritten befanden sich acht Päckchen mit Neun-Millimeter-Munition.

Eine Styroporplatte schützte die zweite und deutlich dickere untere Lage des Pakets. Azad wusste, was sich darunter verbarg: Zeitgeber, Zünder, Sprengstoff! Behutsam legte er alle Einzelteile zurück und schob die Kiste oben auf den Küchenschrank.

Was war der nächste Schritt? Welches war das Ziel für die Bombe? Wann sollte es passieren?

Jetzt hieß es wieder warten.

Vorsichtig trennte Azad um den Schmetterling herum ein Stück des Packpapiers aus. Seine öligen Finger färbten den Rand des Papiers dunkel. *Ein roter Schmetterling auf einer braunen Blume.* Behutsam wie einen Schatz legte er Dilara den Schmetterling in ihre offene Handfläche.

Sie schaute den Schmetterling lange an, dann schloss sie ihre Hand und blickte hoch. Dunkle Augen, die vor Freude strahlten.

Azad meinte, ein leichtes Zucken ihrer Mundwinkel zu erkennen. *Versuchte sie etwas zu sagen?*

*

Frankfurt am Main, Kornmarkt. „Markus?", fragte die zittrige Stimme am Telefon vorsichtig.

„Stimmt was nicht?", platzte es direkt aus Markus heraus. Sofort war ihm aufgefallen, dass Jonathan Schreibers Stimme heute extrem anders klang. Der Redakteur der Hessischen Neuesten Presse hatte seine ruhige Art völlig verloren. Von Jonathan bekam Markus regelmäßig Aufträge zu Boulevardthemen. Spannende

Storys wie beispielsweise der Überfall auf den Goldtransport letzte Woche, das passte genau ins Themenumfeld der *HNP*.

„Du hast es noch nicht von den Kollegen gehört?"

Markus hatte keinen Schimmer, wovon Jonathan sprach.

„Wir werden erpresst. Gestern ging das Schreiben ein", fuhr Jonathan zögernd fort.

„Kann ich dir irgendwie helfen?", bot Markus vorsichtig seine Unterstützung an. Doch schon, bevor er den Satz vollendet hatte, bereute er seine Worte.

„Kannst du dich ein bisschen für mich umhören?"

Genau diese Frage hatte Markus befürchtet. Zu spät. „Ist die Polizei nicht der bessere Ansprechpartner?"

Aufgeregt unterbrach ihn Jonathan. Momentan gebe es triftige Gründe, die Polizei aus dem Fall herauszuhalten.

„Kannst du das machen, Markus, für mich?", schob er zögernd hinterher. Nicht ohne Grund. Eine ähnliche Recherche, damals im Offenbacher Rotlichtmilieu, und die daraufhin erfolgte Bedrohung seiner Familie hatte Markus seine Ehe gekostet.

Markus atmete tief durch. Jonathan hatte ihn völlig auf dem falschen Fuß erwischt. Sofort erwachten in ihm die schlimmsten Erinnerungen. Aber egal, worum es im Detail ging – durfte er seinen Freund jetzt hängen lassen?

„Bist du noch dran?", unterbrach Jonathan die eingetretene Stille.

Markus versuchte, vorsichtig vorzufühlen, ohne direkt *Ja* gesagt zu haben.

„Wer erpresst euren Verlag?"

„Nein, nein. Nicht direkt den Verlag. Die Erpressung gilt mir persönlich. Wenn ich die Artikel über den Spendenbetrug nicht sofort einstelle, wird etwas Schreckliches passieren!"

Markus kannte die Artikel. Die Enthüllungsstory der HNP war wie eine Bombe eingeschlagen: Bei einigen Hilfsorganisationen mit teils polizeibekanntem Führungspersonal versickerte ein erheblicher Teil der Spendengelder im Niemandsland. Nur ein Bruchteil erreichte die Hilfsbedürftigen. Ein Skandal riesigen Ausmaßes.

„Jonathan", versuchte Markus die Drohung zu relativieren, „die wollen uns nur einschüchtern."

„Hoffentlich hast du Recht. Vielleich bin ich wegen der Spendengeschichte zu nervös. Aber ...", Jonathan stockte. Und dann ließ er die Katze aus dem Sack.

„Sie haben Rabea entführt!"

Rabea, Jonathans Tochter, entführt! Markus fühlte, wie sich in seiner Magengegend jemand mit einem Schraubstock zu schaffen machte. So schnell ging das also! Nicht mal zwei Wochen hatten die angeblichen Spenden-Wohltäter nach der Veröffentlichung gebraucht, um ihre Häscher in Stellung zu bringen. Jetzt war es soweit, und offensichtlich war ihnen jedes Mittel recht. Rotlicht- und Spendenmafia unterschieden sich weniger, als man gemeinhin glaubte. Wenn es um das brutale Verteidigen ihrer Pfründe ging, unterschieden sie sich schon gar nicht.

*

Keine fünfzehn Minuten später stürmte Markus ins Büro der HNP und ließ sich Jonathan gegenüber in den Sessel fallen.

„Danke, dass du sofort gekommen bist", begrüßte ihn Jonathan.

Markus las den Erpresserbrief mehrmals durch und schaute fragend hoch, als Jonathan ihm die drei veröffentlichten Artikel hinhielt.

„Elf", erklärte Jonathan, „elf extrem unseriöse Vereine haben wir aufgedeckt und angezeigt."

Die Namen der schwarzen Schafe unter den Spendensammlern hatte er rot markiert.

„Unmöglich, die auf die Schnelle alle zu überprüfen", sagte Markus kopfschüttelnd. „Wer kommt deiner Meinung nach am ehesten in Frage?"

Jonathan kreiste vier Namen ein, die auf jeden Fall gefährlich schienen, drei davon saßen in Frankfurt und Umgebung.

„Der hier ist der Schlimmste." Jonathan machte ein fettes X neben BestCharity. Dr. Rombach, der Vorsitzende, hatte ihm vor wenigen Tagen im Vorbeigehen eine Drohung zugeflüstert, die fast identisch mit dem Inhalt des Briefes klang.

„Keiner weiß bisher, dass meine Tochter entführt wurde", sagte Jonathan, „außer uns beiden. Und den Tätern."

„Und vom Drohbrief?"

„Alle Mitherausgeber habe ich gestern informiert."

Markus schnappte sich die Artikel.

Der Schraubstock in seiner Magengegend zog sich noch enger zusammen.

*

„Pass doch auf!", pöbelte der Mann mit der prallen Einkaufstüte im Weitergehen. Rüde angerempelt, schreckte

64

Markus aus seinen Gedanken hoch. Fast wäre er an der Friedensstraße vorbeigelaufen. Doch dann sah er es, das überdimensionierte, blankgeputzte Messingschild, das die Kunden von BestCharity prahlerisch begrüßte.

Markus hatte keinen einzigen Ansatzpunkt, wer Jonathans Erpresser waren, er musste es auf einen spontanen Überrumpelungsversuch ankommen lassen.

„Frankfurter Rundschau!", bluffte Markus. Selbstbewusst hielt er der Empfangsdame für den Bruchteil einer Sekunde seinen Presseausweis vor die Nase. Seine Zeitung wolle wegen der vielen Katastrophen in der Welt eine aktuelle Beilage zum Spendenthema bringen, hatte er sich als Grund für sein Erscheinen zurechtgelegt. Sein Ziel: Irgendwie mit den Leuten ins Gespräch kommen. Vielleicht würde einer von ihnen Details offenbaren, die er nicht kennen konnte. Oder besser drohen, Forderungen stellen? Die ideale Strategie, wenn es sie denn gab, er hatte sie nicht parat.

„Ich habe einen Termin mit ihrem Geschäftsführer, Dr. Rombach", log er frech.

„Guter Versuch", antwortete die Empfangsdame mit lautem Lachen, „Herr Dr. Rombach ist diese Woche im Urlaub ... und ich koordiniere alle seine Termine, Herr Manx."

Das war es dann wohl!

Aber statt ihn hinauszuwerfen, griff sie zum Telefon. „Unsere Pressesprecherin holt sie in zwei Minuten ab", sagte sie freundlich, als sie ihr kurzes Telefonat beendet hatte.

*

Es wurde schon dunkel, als Markus bei Jonathan an der Haustür klingelte.

„Nichts?" Jonathan las Markus das Ergebnis vom Gesicht ab.

Markus nickte resigniert. Drei dubiosen Vereinen hatte er einen persönlichen Besuch abgestattet, alle drei hatten ihn eiskalt abtropfen lassen. Weiter als bis zur Empfangsdame war er nur bei BestCharity vorgedrungen. Aber da hatte die Pressesprecherin ihn nach fünf Minuten energisch hinauskomplimentiert, mit der Presse wollte niemand über den Spenden-Skandal reden.

Er war keinen Schritt vorangekommen. Und weiterhin taumelte dieses vermaledeite Fragenduo in seinem Kopf herum:

Wer erpresst Jonathan?
Wer hat Rabea entführt?

Markus las den Drohbrief nochmals durch, sezierte Wort für Wort. Irgendetwas passte nicht …

„Gibt es ein zweites Erpresserschreiben?"

Jonathan schüttelte langsam den Kopf.

„Die Bedingung fehlt!", analysierte Markus.

Als Jonathan ihn fragend ansah, fügt er hinzu: „Wir haben keine Bedingung für Rabeas Freilassung. Unter welchen Umständen lassen die Entführer Rabea frei? Keine weiteren Artikel zum Spendenbetrug veröffentlichen? Wenig plausibel, wer kann das schon überprüfen?"

Sie mussten etwas übersehen haben.

„Warum glaubst du, dass Rabea entführt worden ist?", fragte Markus direkt.

Jonathan schluckte. „Rabea war seit Freitag bei uns. Seit heute Nacht ist sie weg. Verschwunden!"

„Vielleicht ein Spontanurlaub?"

„Ausgeschlossen. Ihre Sachen sind noch da."

Jonathan reichte ihm einige Fotos.

Markus betrachtete das erste. Jonathan zeigte auf ein Mädchen in der Mitte, das entschlossen in die Kamera schaute: „Meine Rabea!", sagte Jonathan wie zu sich selbst, während er mit den Tränen kämpfte.

Trotzig-entschlossen stemmte das Mädchen auf dem Foto die Fäuste in die Taille, mit ihren Zöpfen wirkte sie jünger als vierundzwanzig.

Was war hier wirklich geschehen?

„Wann genau hast du sie das letzte Mal gesehen?", fragte Markus, als Jonathan die Tür zu Rabeas Zimmer öffnete. Auf der ordentlich glattgezogenen Bettdecke lag ihre gepackte Reisetasche.

„Blieb sie schon vorher mal ohne Abmeldung weg?"

„Ohne Computer und Tagebuch geht sie nie aus dem Haus." Jonathan nahm ein kleines Notizbuch vom Bett, fest zusammengehalten durch ein Gummiband, für zwei Euro in jedem Discounter zu haben, und reichte es Markus.

Sofort fiel ihm der braune Schmutz auf der Pappe des Buchdeckels auf. Ohne das Notizbuch aufzuschlagen, kratzte er verlegen mit dem Fingernagel etwas davon ab.

„Wir können nicht einfach ungefragt ihr Tagebuch lesen." Schon bei dem Gedanken daran fühlte Markus sich unwohl. Er spürte regelrecht, wie Rabea ihn aus der Ferne vorwurfsvoll ansah, ihre Fäuste protestierend in die Taille gestemmt.

„Wenn wir ihr helfen wollen ..." Jonathan machte keine Anstalten, das Tagebuch zurückzunehmen, das Markus ihm entgegenstreckte. „Vielleicht hat Rabea uns eine Spur hinterlassen? Eine Botschaft?"

„Gibt es noch mehr Tagebücher?"

„Nein", entgegnete Jonathan. „Rabea verbrennt ihre vollgeschriebenen Tagebücher sofort im Kamin."

Markus wollte nach dem Grund fragen, aber Jonathans Geste war ebenso ungeduldig wie eindeutig: Markus solle endlich das Tagebuch öffnen.

Markus fühlte sich wie ein Voyeur, als das abgestreifte Gummiband den Inhalt freigab. Vorsichtig klappte er den Buchdeckel auf. Einer Fledermaus, die ihn ärgerlich vom Innencover anglotzte, schenkte er keine Aufmerksamkeit und blätterte langsam weiter.

Schon nach den ersten Seiten stutzte er. Rabeas Leben bestand scheinbar aus unverständlichen Zahlenreihen, mit Datum und Uhrzeit versehen, seitenlang sorgfältig untereinander geschrieben. Einmal wurden die Kolonnen kurz durch ein getrocknetes Farnkraut unterbrochen, kommentarlos mit Tesafilm eingeklebt, dann spulten sich die Zahlenreihen weiter durch die nächsten Seiten.

Er schaute Jonathan fragend an, langsam Seite für Seite weiterblätternd. Einzelne Zahlen wurden jetzt durch Ausrufezeichen hervorgehoben. Erst wenige, dann immer mehr. Auf der letzten beschriebenen Seite hatte Rabea eine ganze Spalte wild eingekreist.

„Keine Ahnung, absolut keine Ahnung", antwortete Jonathan auf die Frage, die unausgesprochen durch den Raum marodierte, er zuckte nur hilflos mit den Schultern.

Markus ließ die letzten Seiten im Daumenkino-Modus durch die Finger gleiten, alle leer, doch Papierstümpfe am Buchrücken zeigten, dass einige Eintragungen herausgerissen worden waren. Auf dem hinteren Buchdeckel klebte ein Spruch: *Erst wenn der letzte Baum gerodet, der letzte Fluss vergiftet, der letzte Fisch gefangen ist, werdet ihr merken, dass man Geld nicht essen kann!!!*

„Freiwillig gibt Rabea ihr Tagebuch keine Sekunde aus der Hand", gab sich Jonathan sicher und nahm das Notizbuch zurück.

„Ihr Telefon?"

„Legt sie auch nie aus der Hand. Seit heute Nacht geht nur die Mailbox ran", sagte Jonathan und wählte erneut ihre Nummer. Bevor die Mailbox ansprang, vernahmen sie ein leichtes Vibrieren aus Rabeas Reisetasche. Jonathan zuckte zusammen. Er kannte seine Tochter: völlig ausgeschlossen, dass Rabea alle persönlichen Gegenstände freiwillig zurückgelassen hatte!

*

Berlin, Amerikanische Botschaft. „Das Schwein glaubte doch nicht, dass er uns erpressen kann?"

Kurze Stille.

„Da ist er! Lavrow!", stieß Redman hervor, sprang auf und zeigte auf eine Person, die gerade etwas aus der Tasche zog. „Hier, rechte Hosentasche", kommentierte er. „Geht der Ton etwas deutlicher?"

„Nein!", antworteten die Spurensicherungsexperten im Duett.

Redman blickte gespannt auf den großen Wandmonitor, auf dem das Überwachungsvideo AK2, für Adlon Konferenzraum 2, lief. *Intelligente Technik*, dachte er. Bezüglich der natürlichen Intelligenz seiner Mitarbeiter hingegen würde er seine Hand nicht ins Feuer legen.

Außer ihm und Gunter waren noch zwei Kollegen der Spurensicherung im Raum und starrten in die gleiche Richtung.

„Wer sind die anderen?", fragte Gunter, auf den Monitor zeigend.

„Ted ist der mit der Brille, und Mason. Erfahrene Kollegen von uns, die mit Lavrow verhandelt haben."

„War Lavrow Russe?", wollte Gunter wissen.

„Nein, Amerikaner, ehemaliger Kollege aus der Agency!", antwortete Redman ohne sichtbare Gefühlsregung, während er weiter auf das Video starrte.

Lavrow … Seine Gedanken begannen abzuschweifen. Er dachte zurück an die Zeit, als sie gemeinsam im Iran stationiert waren. Aus der Botschaft in Teheran heraus sollten sie die erforderliche Infrastruktur aufbauen, damit Amerika jederzeit eingreifen könnte, falls die Region politisch instabil zu werden drohte. Lavrow war für die technische Seite zuständig.

Sie waren mehrmals zusammen ausgegangen. Lavrow kannte alles und jeden. Egal, was sie unternahmen, Lavrow hatte immer ein Mädchen dabei. Richtige persische Knaller. Damals hatte er ihn um seine lockere Art und sein lässiges Aussehen beneidet.

Vor einigen Jahrzehnten musste es einen Knacks gegeben haben. Der genaue Zeitpunkt war nicht festzumachen, aber Lavrow lebte deutlich über seinen Möglichkeiten. Als seine Frau sich scheiden ließ und die Kinder mitnahm, kam der Absturz. Sein Lebensstil trieb ihn auf die schiefe Bahn, und die Agency musste sich von einem ihrer fähigsten Mitarbeiter trennen.

Irgendwie hatte er Lavrow gemocht …

Schnee von gestern, Vergangenheit. Die Gegenwart lief auf dem Wandmonitor.

„Jetzt steckt er den USB-Stick in den Rechner. Bild anhalten und vergrößern!", befahl Redman.

„Ein aufklappbarer USB-Stick, silberfarben, dunkler Aufdruck *BALANCE*, den Rest kann ich nicht lesen", beschrieb der Spurensicherungsexperte links von Redman das Fahndungsfoto für das gesuchte Speichermedium.

„Habt ihr keine automatische Kopie von den Dateien gemacht, während der Stick im Rechner war?", fragte Gunter unbedarft in die Runde.

Redman drehte sich ruckartig zu ihm um und funkelte ihn zornig an. Die Anrede *Idiot* konnte er sich gerade noch verkneifen. „Wir sind keine Grünärsche!", grollte er. „Klar zieht der Rechner eine Kopie. Lavrow wusste das. Er war lange genug bei uns."

„Dann kennen wir den Inhalt, oder?", fragte Gunter naiv.

Redman baute sich nah vor ihm auf, sein Gesicht lief rot an. „Ja, den kennen wir!", polterte er lauthals. Die Röte erreichte seine Augen. „Es sind Dateien, die zeigen: ... Erstens, dass in Berlin ein Anschlag vorbereitet wird! ... Zweitens, dass wir mit drin hängen! ... Und drittens sind die Dateien teilweise unverschlüsselt!"

Gunter rückte mit dem Stuhl Zentimeter um Zentimeter zurück. Redmans physische Präsenz, unterstrichen von einer deftigen Note Schweißgeruchs, schien ihn schier zu erdrücken.

„Und diesen verdammten Stick müssen wir finden!", brauste Redman weiter auf, „und zwar bevor ein anderer ihn in die Finger bekommt, verstanden!" Der fehlende

Schlaf der letzten Nacht hatte ihn zunehmend dünn-häutig gemacht.

Die Aufzeichnung lief weiter. Alle blickten jetzt auf den USB-Stick von Lavrow, der neben dessen Wasserglas lag. Wenige Sekunden später zeigte der Monitor, wie er den Stick nahm und in seiner Hosentasche verschwinden ließ.

„Jetzt aufpassen!", herrschte Redman sie an und drängte sich noch etwas näher an den Monitor. Vergeblich, denn nichts passierte, das ihnen weitergeholfen hätte. Wenige Minuten später stand Lavrow auf und verließ ohne Verabschiedung den Raum. Ted und Mason folgten.

Die Videoaufzeichnung der Flurkamera zeigte anschließend, dass Lavrow seine Hand kein einziges Mal aus der Tasche genommen hatte, bis die Gruppe zusammen im Aufzug verschwunden war.

„Jetzt die Aufzugüberwachung!"

Mit zwei Klicks startete Gunter das Video.

Als die Gruppe den Aufzug betrat, stand darin ein Mann mittleren Alters. Er blickte kurz auf, rückte, um Platz zu machen, weiter nach hinten und konzentrierte sich dann wieder auf seine Zeitung. Beim Betreten des Aufzuges hatten Lavrow und die anderen den Mann kurz gemustert: Mittelgroß, dunkle Tuchhose, graues Hemd ohne Krawatte – vermutlich einer der unzähligen Hotelgäste.

Jemand drückte die Taste *Lobby*.

„Das ist Ted", kommentierte Gunter dünn.

Die Tür schloss sich automatisch. Lavrow sah sich nach beiden Seiten um und stellte sich so, dass er seine beiden Begleiter im Blick hatte.

„Mason", murmelte Gunter leise, während er auf die im Fahrstuhl rechts stehende Person zeigte.

„G u n t e r", Redmans Tadel dehnte sich wie ein Kaugummi, „das ist kein Personen-Memory! Verstanden?"

Gunter nickte, gab aber keine Ruhe. „Warum habt ihr ihn nicht im Konferenzraum ausgeschaltet? Wäre doch unauffälliger gewesen, oder?"

„Auf die Idee wären wir von alleine niemals gekommen, Gunter", spottete Redman und blickte ihn rasiermesserscharf an … „Klar hatten wir was vorbereitet. Hätte Lavrow auch nur einen Schluck Wasser getrunken, wäre die Sache erledigt gewesen. Das Schwein glaubte nicht wirklich, dass er uns erpressen kann! Dieser Idiot!", wiederholte er seine Beschimpfung. „Es hätte nie soweit kommen dürfen."

Die Kamera zeigte nun die Hotellobby.

Lavrow bewegte sich schnellen Schrittes auf den Ausgang zu, wenige Meter hinter ihm Ted, der ihn nicht aus den Augen ließ. Mason blieb kurz zurück und gab Anweisungen in sein Kragenmikrofon.

Das letzte Video startete und zeigte den Pariser Platz als Panoramabild: vom Adlon, ganz rechts, bis links zum Brandenburger Tor. Die lichtempfindlichen Domekameras an der Außenfassade der Amerikanischen Botschaft lieferten trotz der aufkommenden Dämmerung ein gestochen scharfes Bild.

„Slow motion!" Redman deutete mit seinem Kuli auf einen unauffällig aussehenden Geschäftsmann in anthrazitgrauen Anzug wenige Meter neben dem Hoteleingang, der konzentriert mit etwas in seiner Aktentasche beschäftigt war.

Gerade als Lavrow vor dem Adlon erschien, war auch der Geschäftsmann scheinbar fündig geworden, schloss seine Aktentasche und verließ seinen Platz. Die durchsichtige Pipette in seiner Hand, war kaum zu erkennen.

Gunter klickte mit dem Mauszeiger auf Lavrow und die Sensoren zoomten so nah, dass seine Gesichtszüge klar zu erkennen waren.

Nach wenigen Metern kreuzten sich die Wege der beiden Männer. Ein leichter Druck auf den hautfarbenen Kautschukball und ein dicker, gelblicher Tropfen löste sich langsam von der feinen Spitze der Pipette. Als der Tropfen Lavrows Nacken erreichte, war der Mann bereits zwei Schritte weitergegangen.

Reflexartig fuhr Lavrows Hand an seinen Nacken, er roch kurz an seinen Fingern und dreht sich um. Dann schaute er nach oben.

„Er hat die linke Hand genommen", kommentierte Redman. „Zu diesem Zeitpunkt muss der Stick also noch in der Tasche sein."

Der Geschäftsmann schlackerte im Weitergehen demonstrativ seinen beigen Trenchcoat aus, warf ihn sich über den Arm und winkte ein wartendes Taxi zu sich.

Die Kamera folgte Lavrow automatisch über den Pariser Platz. Er wirkte jetzt unruhig, blickte häufig nach beiden Seiten. Er rieb sich mit der freien Hand mehrmals über Augen und Nase, seine Bewegungen wirkten zunehmend verkrampfter, sein Gang schwerfälliger.

„Das verdammte VX kam durch seinen Stiernacken nicht schnell genug durch!", knirschte Redman erbost.

Die nächsten Bilder zeigten einen Richtung Brandenburger Tor torkelnden Lavrow, der mit hochgerissenen Armen versuchte, an zwei unbeteiligten Frauen Halt zu finden. Doch seine Kraft reichte nicht mehr, er rutschte ab und sank auf den Boden, wo er regungslos liegenblieb. Sofort war Ted bei ihm, während Mason die beiden unbeteiligten Personen weiterschob. Das Video zeigte, dass sich die Frau rechterhand kurz umdrehte und überrascht zurückschaute. Die andere, ihr Handy am Ohr, bemerkte den Vorfall anscheinend gar nicht. Die Szene dauerte nur wenige Sekunden.

In der Zwischenzeit hat auch der bisher neben der Amerikanischen Botschaft wartende Krankenwagen die Stelle erreicht.

„Hier muss es passiert sein. Spul noch mal zurück! Als er anfängt zu stolpern, nimmt er die Hand aus der Tasche", rief Redman wie vom Jagdfieber gepackt. „Zehn Sekunden später ist er tot."

Sie ließen den Videoausschnitt immer und immer wieder, durchlaufen, Bild für Bild. Fehlanzeige: Jede Zigarettenkippe und jeder Kaugummifleck war auf den Steinen zu sehen, aber nichts, das sie weiterbrachte.

„Fuck", fasste Redman die Situation auf seine Art zusammen. „Vielleicht hat Lavrow einer der beiden Ladies den USB-Stick mit letzter Kraft zugesteckt. Oder hat jemand von euch eine bessere Idee?"

Ringsum vollmundiges Schweigen.

Das Überwachungsband zeigte die letzte Szene als Standbild: Lavrow wurde von zwei Sanitätern auf eine Bahre gehoben, das Oberhemd aus der Hose gerutscht, der rechte Arm unnatürlich verdreht herunterhängend, die Augen geschlossen. Speichel tropfte ihm aus dem Mund.

„Wissen wir, wer die beiden Damen sind?" Redman musterte Gunter auffordernd und schaltet den Monitor aus.

„Finden wir raus", antwortete Gunter eifrig, „der Aufzeichnung nach kamen sie aus unserer Botschaft. Aber ist doch erstaunlich, dass wir das Ding nicht finden können."

Erstaunlich schon, aber scheiße. Redman stand auf und verließ grußlos den Raum.

Nicht schlecht, Lavrow, alter Junge, wirklich nicht schlecht, sinnierte er, als er über den Flur ging. *Schade nur, dass du die Seiten gewechselt hast. Sonst würdest du noch leben. Und ich hätte ein fettes Problem weniger.*

Dienstag

Berlin, Hellersdorf. *Pling!* Da war er wieder, dieser penetrante Ton! Azad lag schon lange wach. Im morgendlichen Halbdunkel betrachtete er die unterschiedlich dunklen Flächen, die an der Zimmerdecke hin und her huschten. *Pling!* Wieder traf ein fallender Tropfen das Spülbecken. Das Geräusch nervte. Azad schlug die Decke zurück und ging leise in die Küche. Sein erster Blick galt dem Paket. Es lag noch genau dort auf dem Küchenschrank, wo er es gestern hingelegt hatte.

Pling! brachte sich das Geräusch in Erinnerung. Azad reichte es. Entschlossen griff er sich einen alten Schnürsenkel, den er unter der Spüle entdeckte, und wickelte das eine Ende mehrmals um den Wasserauslass. Das untere Ende stopfte er in ein Loch des Ablaufsiebes. Gerade rechtzeitig, denn der nächste Tropfen löste sich bereits, lief aber jetzt am Faden herunter und verschwand im Ablauf, geräuschlos.

Kurz darauf rollte sich Azad wieder in seine Decke.

Als er nach einer guten Stunde aufstand, hörte er nicht mehr das leiseste Geräusch aus der Küche. Er ging hinüber, schaltete das Licht ein und betrachtete stolz seine Konstruktion.

Als er zurück ins Bad gehen wollte, fiel sein Blick auf die Wohnungstür. Unter dem Türspalt lugte die Ecke eines Papierstücks hervor. Er blickte über die Schulter und lauschte. Dilara schlief noch.

Gespannt zog er das Papier unter der Tür hervor und nahm es zurück mit in die Küche. Er betrachtete die vergilbte Ansichtskarte, die ein wuchtiges Gebäude mit mächtigen Steinsäulen zeigte, im Vordergrund ein Fluss. Eine mächtige Hauptkuppel bildete den zentralen Blickpunkt des historischen Bauwerks, rechts und links flankiert von zwei etwas kleineren Kuppeln.

War das wirklich eine alte Postkarte? Nein, glattes Fotopapier, analysierte Azad, auch der Rand glatt und nicht ungleichmäßig und rau wie bei alten Postkarten. Also ein aktuelles Foto, künstlich auf nostalgisch getrimmt. Das Gebäude darauf kannte er nicht, aber auf der Karte stand oben über die ganze Breite: *Der Berliner Dom.* Auf die Rückseite hatte jemand in Druckbuchstaben geschrieben: FRI 12:30 PM.

Das ist es also, das Ziel. Und am Freitag um halb eins soll es passieren.

Azad betrachtete das Bauwerk auf dem Foto einige Minuten lang, schaute sich Etage für Etage und Fenster für Fenster an. Jedes Detail wollte er sich einprägen.

Langsam schließt sich der Kreis ...

Auf keinen Fall durfte Dilara das Ziel zu sehen bekommen. Er schob das Foto unter das Paket auf dem Küchenschrank.

Aber wo war die Ansichtskarte mit der Brücke, die er ihr gegeben hatte? Leise schlich er ins Nebenzimmer, griff Dilaras Kleidungsstücke, die ordentlich gefaltet auf dem Boden lagen, und nahm sie mit in die Küche.

Aber weder in ihrer Jacke, noch in der schwarzen Jeans war etwas zu finden. Pullover und Socken hatte sie beim Schlafen anbehalten. Nach erfolgloser Suche

brachte er alles wieder zurück. Die Karte blieb verschwunden.

*

Die U5 brachte sie in wenigen Minuten von Hellersdorf
bis zur Station *Alexanderplatz*. Azad nahm Dilara an die
Hand, um sie im morgendlichen Berliner Getümmel
nicht zu verlieren. Er zählte siebzig Stufen, dann standen
sie oben auf dem Alexanderplatz. Mit geübtem Blick
sondierte Azad die Umgebung: Keine potentiellen Ge-
fahrenmomente zu erkennen. Den letzten Kilometer vom
Alexanderplatz zum Dom legten sie zu Fuß zurück. Heute war Dienstag, und bis Freitag blieb genug Zeit, um die
Umgebung zu erkunden. Er konnte alle Wege zum Dom
prüfen. Ob neben den Straßen auch die Spree in Betracht
kam, würde er entscheiden, wenn er das Gebäude aus der
Nähe gesehen hatte.

Als sie den Dom erreichten, hielt Azad Dilaras Hand
noch immer fest. Das Bauwerk wirkte in der Realität
weitaus mächtiger als auf der Ansichtskarte. Doch während sie es zweimal umrundeten, hatte Azad kein Auge
für die prächtige Fassade übrig. Er dachte an Freitag.

Wo könnte er ein sicheres Versteck für die Bombe
finden? Drei Kriterien musste es erfüllen: Nah genug am
Ziel musste es liegen. Es durfte auf keinen Fall zufällig
abtransportiert werden, und es musste in Reichweite der
Fernzündung sein.

In den Dom hinein gingen sie nicht, da Azad es als
aussichtslos einstufte, drinnen ein Versteck zu finden.
Vermutlich durchsuchten täglich Hundertschaften von
Polizisten solche prachtvollen Sehenswürdigkeiten,
schauten unter jeden Stuhl und in jede noch so kleine

Nische. Hier im Dom wahrscheinlich sogar in jede einzelne Gruft.

Auf dem Rückweg ging Azad seine Beobachtungen der Reihe nach durch: Nah am Dom befanden sich zahlreiche orangefarbige Mülleimer. Gut! Aber was, wenn sie täglich geleert würden? Eine Bombe darin einen Tag oder eine Nacht vorher zu deponieren – ausgeschlossen.

Blieben die Verteilerkästen an der Straße, die Regenwasser-Gullys auf dem Platz vor dem Dom, die Baustellenfahrzeuge und die öffentliche Toilette direkt neben dem Dom.

Baustellenfahrzeuge kamen nicht in Betracht, weil sie jederzeit entfernt werden konnten. Bei den Verteilerkästen musste er wissen, wer sie nutzte. Um das herauszufinden, reichte die Zeit bis Freitag nicht aus.

Azad entschloss sich für die Gullys und die Toilette. Morgen könnte er die Details erkunden. Alle Verstecke befanden sich nah genug am Ziel, und über die Reichweite der Fernzündung machte er sich keine Gedanken. Auch wenn der Informationszettel im Paket zehn Meter angab, die Auslösung mit Bluetooth der Klasse zwei war wegen der Störanfälligkeit lange überholt. Azad vermutete, die angegebene Nummer würde über das Mobilfunknetz übertragen. Die vermeintliche Reichweite von zehn Metern sollte lediglich sicherstellen, dass der Auslösende bei der Detonation nah genug dran war. Er sollte zum Märtyrer werden …

Vor dem mehr als lebensgroßen Engel aus Marmor blieben sie stehen. Der Engel hielt einen Lorbeerkranz über das Haupt eines unbekannten Helden; das symbolisierte ewigen Ruhm, den man sich verdienen konnte. *Sterben ist der Preis für Heldentaten. Erlösung der Seele.*

Er riss sich von seinen Gedanken los, für solche Grübeleien war jetzt der falsche Zeitpunkt.

*

Berlin, Polizei Dahlem. Mit quietschenden Reifen stoppte Polizeikommissarin Grote auf einem freien Patientenparkplatz, schlug die Fahrertür etwas zu laut zu und sprang mit einem Satz die drei Stufen zum Empfang hoch. Die großzügig ausgestattete Praxis von Dr. Schulz befand sich in einer ehrwürdigen Villa mit Blick auf den Botanischen Garten.

Sie war jetzt zum zweiten Mal hier, und sie war sauer. Gestern hatte sie die Aussagen der Schwiegertochter des Bundespräsidenten, seiner Haushälterin, der Personenschützer und eben seines Leibarztes Dr. Schulz, nebeneinander an ihre Trennwand im Büro gepinnt. 'Operation busy looking' nannte sie das – beschäftigt aussehen und sich bis zum Wochenende keinen zweiten langweiligen Fall einfangen.

Mit rotem Textmarker angeschriebene Uhrzeiten leuchteten unübersehbar auf der geradezu kunstvoll arrangierten Collage. Damit hatte sie ihre 'Bälleflachhalten'-Arbeit als erledigt betrachtet. Der Abschlussbericht, kompakt und faktengesichert, wartete fertig in ihrem Computer: Dr. Schulz war joggen gewesen, hatte zuhause geduscht und war zum Bundespräsidenten gerufen worden.

Soweit alles logisch und klar. Doch dann, als sie die Zeitdauer an der Trennwand betrachtet hatte, stutzte sie: Laut den Aussagen lagen nur vier Minuten zwischen dem Notruf und dem Eintreffen des Arztes.

Moment mal! Die junge Polizeikommissarin kannte die Strecke zwischen Botanischem Garten und Hundekehlesee in- und auswendig. In vier Minuten war die Tour nie und nimmer zu schaffen, auch mit Abkürzungen nicht!

Zeitangaben von Zeugen sind nie ganz genau, das weiß jeder Polizist. Aber damit keiner ihrer superschlauen Kollegen ihr die unmöglichen vier Minuten Fahrzeit hinterher triumphierend unter die Nase reiben konnte, hatte sie die genauen Daten angefordert. Die Anrufliste der Telefongesellschaft bestätigte: Dr. Schulz hatte den Notruf der Haushälterin genau um 20:50 Uhr angenommen. Respekt, dieselbe Zeit hatte die Frau zu Protokoll gegeben, auf die Minute.

Dann war ihr Blick auf die elektronisch aufgezeichneten Gesprächsprotokolle der Personenschützer gefallen: exakt um 20:52 Uhr war Dr. Schulz am Tor der Villa eingetroffen.

Demzufolge hatte sich die Fahrzeit sogar noch verkürzt – von vier auf sagenhafte zwei Minuten! *Unmöglich!* Die vier Kilometer einmal quer durch Dahlem bis zum Bundespräsidenten dauerten auch abends mindestens acht Minuten.

Da passte etwas nicht! Der Notruf konnte den Arzt unmöglich zuhause erreicht haben. Mit einem Mal war ihr klar geworden, dass Dr. Schulz sie belogen hatte.

Soeben war Kaja Grote die Strecke nochmals abgefahren. Jetzt am Morgen hatte sie mehr als doppelt so lange gebraucht. Nun stürmte sie durch die Vordertür, an der Sprechstundenhilfe vorbei, die gerade die Praxis schließen wollte.

„Aber Sie können nicht einfach ..." Ihre hilflosen Worte verhallten ungehört.

Mit wenigen Schritten hatte die zornige Polizistin das leere Wartezimmer durchquert und riss die Tür zum Sprechzimmer auf.

„Ich hoffe, Sie haben eine plausible Erklärung für mich", polterte sie los, während ihr Blick durch den Raum glitt: Untersuchungsliege, Medikamentenschrank, Waschtisch – nichts Ungewöhnliches. Nur den leeren Schreibtisch fand sie auffällig.

Dr. Schulz schaute hoch. „Ich glaube nicht, dass Sie einen Termin haben!"

„Sie haben mich angelogen", setzte Kaja direkt nach. „Der Notruf der Haushälterin hat Sie nicht zuhause erreicht."

Dr. Schulz machte keine Anstalten, etwas zu sagen.

„Sie waren in der Nähe der Villa des Bundespräsidenten, wie Ihre Handydaten beweisen."

Das zeigten seine Handydaten zwar nicht exakt, aber der Schuss ins Blaue saß! Seine Nassforschheit schien sich ein wenig zu verflüchtigen.

Doch kurz darauf hatte er sich wieder gefangen

„Was wollen Sie eigentlich genau von mir?"

„Sie waren schon in der Nähe!"

„Patientenbesuch."

„Das erklärt natürlich alles!", entgegnete sie mit ironischem Tonfall.

Deine arrogante Art geht mir ziemlich auf den Zeiger, ärgerte sie sich, deponierte den Satz aber lieber unter der Rubrik „Unausgesprochenes".

„Patientenbesuch!", äffte sie ihn nach. „Hat der Patient auch einen Namen?"

„Arztgeheimnis, Sie verstehen?" Dr. Schulz machte es sich in seinem drehbaren Bürosessel provozierend bequem.

Hinter dem Arztgeheimnis konnte man sich gut verstecken. Aber warum hatte Schulz sie angelogen? Den Patientenbesuch in unmittelbarer Nähe des Bundespräsidenten kaufte sie ihm nicht ab. Solche Zufälle waren zwar nicht ausgeschlossen, aber in diesem Kontext zumindest suspekt. Zudem hatte er nichts von dem Anruf um 19:55 Uhr erzählt, den die Telefonliste zeigte. Die Frage hiernach verkniff sie sich. Die Antwort kannte sie schon: *Arztgeheimnis*!

Irgendetwas verheimlichte er. Und das ärgerte sie maßlos. Empört ließ sie ihre Visitenkarte auf seinen Schreibtisch fallen. „Ich sehe Sie morgen früh um zehn auf der Wache."

Die Aussage von Herrn Dr. Schulz hätte sie nämlich gern etwas genauer, und präzise schriftlich fixiert.

„Ihre Kontaktdaten hatten Sie mir freundlicherweise schon gestern gegeben", hätte Dr. Schulz der forschen jungen Polizistin gerne noch hinterhergerufen, doch die stürmte bereits wieder dem Ausgang zu.

*

Frankfurt am Main, Redaktion HNP. Rabea war offensichtlich berühmt. Jedenfalls innerhalb einer bestimmten Community. *Da hat Lena mal wieder eine großartige Recherche hingelegt*, dachte Markus, als er mehrere Seiten vor Jonathan auf dem Tisch ausbreitete.

Die Fotos zeigten Rabea auf Demonstrationen, Rabea vor Mikrofonen, Rabea auf Konferenzen der NOCO-Net. Sie schien das Gesicht der Anti-Kohle-Bewegung zu sein. Das Leitmotiv *Stoppt CO$_2$* zog sich durch alle Bilder und Artikel.

Rabea eine militante Anti-CO$_2$-Aktivistin? Markus blätterte weiter. Lena hatte auch einen ausführlichen Blick in die polizeilichen Strafakten geworfen: Sachbeschädigung, Landfriedensbruch, Störung des Bahnverkehrs, versuchter Anschlag auf Einrichtungen des Tagebaus, Widerstand gegen Vollstreckungsbeamte. Eine lange Liste! Kein Wunder, dass die Polizei in Rabea einen der Köpfe hinter dem gut vernetzten Widerstand der regionalen Gruppen sah.

Eine Öko-Terroristin des NOCO-Net!

Markus blickte Jonathan erwartungsvoll an. Warum zeigte er keine Reaktion?

Jonathan hatte sich den Bericht kommentarlos angehört, stand langsam auf, holte eine Mappe mit Presseartikeln aus dem Schrank und schlug sie vor Markus auf.

„Hambach. Davos. Katowice. G20 in Hamburg. Sie war überall dabei, immer ganz vorne." Schnell blätterte Jonathan ein paar Seiten durch und ließ sich dann kraftlos wieder auf seinen Stuhl fallen. „Um den Untergang der Welt zu verhindern, legte sie sich mit allen an. So war sie schon immer. So sind junge Leute heute."

In Jonathans Augen hatte ihr kämpferisches Engagement nichts mit ihrer Entführung zu tun.

Markus schwieg. Es überraschte ihn, dass Jonathan die Aktionen kannte.

„Du hast eine andere Vermutung?", fragte Jonathan, als Markus ihm kommentarlos einen weiteren Stapel zusammengehefteter Blätter hinschob.

Markus entging nicht, dass Jonathan mehrmals schluckte, als er die Seiten überflog. Die Kommentare auf Facebook, Twitter und Co. – eine einzige Hetzkampagne gegen Rabea. Üble Diffamierungen, unflätige Beschimpfungen, *Öko-Schlampe* zählte noch zu den eher milden Verunglimpfungen, seitenlang und persönlich fies. Jonathan ließ die Papiere auf den Tisch fallen.

Für Markus passten der Drohbrief, den Jonathan erhalten hatte, und die Entführung seiner Tochter nicht zusammen. Vielleicht ist Rabea doch wegen ihrer politischen Aktionen entführt worden. Wenn nämlich Rabeas Entführung nichts mit der Erpressung im Spendenskandal zu tun hatte, dann machte die fehlende Forderung im Drohbrief einen Sinn.

„Kennst du Rabeas aktuelle Aktionen?"

Jonathan schüttelte den Kopf.

„Wem tritt sie gerade mächtig auf die Füße? Der Kohlelobby? Den Stromversorgern? ..."

Erneutes Kopfschütteln.

„Wenn wir Rabea retten wollen, brauchen wir die Hilfe der Polizei. Und zwar jetzt!", forderte Markus. „Wir haben keine Ansatzpunkte. Wir sind zu weit weg."

Jonathan rutschte unruhig auf seinem Stuhl hin und her, suchte sichtbar nach Worten.

„Der Verlag ist in großen finanziellen Schwierigkeiten", begann er die Situation zu erklären. „Die Substanz der HNP ist vollständig aufgebraucht. Du weißt doch, Google, Wikipedia und YouTube stellen von uns teuer recherchierte Inhalte kostenlos ins Netz und ruinierten dadurch den Verlag. Unsere Verhandlungen mit einem potenziellen Investor biegen vielleicht gerade noch rechtzeitig auf die Ziellinie ein." Jonathan machte eine Pause, um Luft zu holen.

„Da sind negative Presse oder polizeiliche Ermittlungen jetzt natürlich reines Gift", ergänzte Markus bedrückt.

„Ja", bestätigte Jonathan, „wir brauchen noch zwei, vielleicht drei Tage, für die Verhandlungen! Drei Tage ohne Polizei, okay?"

„Deine Entscheidung." Markus schob nachdenklich die ausgebreiteten Papiere zusammen.

*

Berlin, Neukölln. „Verdammt nochmal", schimpfte Jake und feuerte die Hessische Neueste Presse auf den Boden. „Warum hat dein Dad noch immer keine Anzeige bei der Polizei erstattet?"

Rabea und Jake hatten seit vier Uhr morgens alle möglichen Internetseiten durchforstet: News, Blogs, Kommentare. Um sechs Uhr hatten sie sich am Bahnhof außer der HNP vier weitere überregionale Tages-zeitungen geholt und Seite für Seite durchgesehen. Ver-geblich, sie fanden keinen Hinweis auf Rabeas Ent-führung. Auch die eigens eingerichteten Google Alerts zeigten keine Reaktion.

„Du bist seit Sonntag verschwunden und es gibt noch immer keine Reaktion von deinem Alten?" Jake klappte seinen Laptop auf. „Mensch, Rabea, uns läuft die Zeit weg!"

Mit wenigen Eingaben öffnete er die Internetseite der NOCO-Net. Rabea schaute ihm über die Schulter.

„Mit den Beschimpfungen nimmt zumindest auch die Solidarität zu."

„Ja, aber das Geld reicht vorn und hinten nicht."

Ein Geldeingang von fünfzehn Euro wurde angezeigt, und die Spendensumme sprang auf dreiundfünfzig-tausend Euro.

„Wenn wir die zweihunderttausend bis übermorgen nicht zusammenhaben, müssen wir die Aktion abblasen", sagte Rabea resigniert.

„Ausgeschlossen", widersprach Jake. „Freitag haben wir im Dom fast alle Politiker im Visier, die den Dreck verursachen! So ein Moment kommt nicht wieder. Da müssen wir zuschlagen!"

Die internationale Trauergemeinde war zusammen für zwei Drittel des weltweiten Kohlendioxidausstoßes verantwortlich, hatte Jake berechnet. Lediglich China schien ihm am Freitag personell etwas unterrepräsentiert.

„Die schlimmsten Totengräber unserer Erde auf einen Streich. Lass die Glocken läuten! Die Welt schaut auf uns", eiferte sich Jake und drehte sich zu Rabea um. „Wir ziehen die Sache mit dem Finger durch. Wir brauchen das Geld. Jetzt!"

„Ja", bestätigte Rabea leise. „Vielleicht unsere einzige Chance." Doch allein beim Gedanken an diese Aktion würgte es sie.

Jake legte beruhigend seine Hand auf ihre Schulter.

„Glaub mir, zusammen kriegen wir das hin!"

*

Berlin, Amerikanische Botschaft. Gunter schätzte die Situation als gefahrlos ein und öffnete die Tür, ohne zu zögern.

Offensichtlich hatte sich der Tornado ausgetobt. Redmans Büro wirkte wie von Heinzelmännchen über Nacht aufgeräumt. Nichts deutete mehr auf seinen letzten Wutausbruch hin.

„Rachel Carter", sagte Gunter betont cool, als er vor Redmans Schreibtisch stand und die erste Mappe vorsichtig auf die Tischplatte sinken ließ.

„Lena Eck", kommentierte er die zweite Mappe.

„Was?" Redman sprang auf.

„Lena Eck, Computerexpertin! ... Was ist mit ihr?"

Gunter zeigte sich etwas verwirrt. Er verstand Redmans impulsive Reaktion nicht.

„Während die Kollegen Lavrow verarztet haben, hatten wir Eck in der Mangel."

Bitte nicht wieder d i e s e Lena Eck, dachte er und vergrub sein Gesicht kurz in den Handflächen. Aber er verspürte auch nicht den Hauch von Lust, Gunter in die Geschichte einzuweihen.

„Also weiter: Wer ist Rachel Carter?"

„Die Frau eines Sachbearbeiters, Hausfrau, ein Kind, keine Auffälligkeiten."

Redman überlegte kurz. Dann feuerte er Gunter seine Anweisungen in die Ohren.

„Das volle Programm. Findet den USB-Stick. Aber unauffällig. Und fangt bei Rachel Carter an. Vielleicht haben wir Glück."

Zum Teufel nochmal! Gerade erst war er Lena Eck losgeworden. Er wollte sie nicht schon wieder auf den Fersen haben. Allerdings, da war sich Redman sicher, Eck hatte mit Lavrow nichts zu tun. Die beiden konnten sich unmöglich kennen. Die Begegnung auf dem Pariser Platz musste reiner Zufall gewesen sein. Und, wenn es sich bei der zweiten Person tatsächlich um Lena Eck handelte, erschien sie ihm auf dem Video derart in Gedanken vertieft, dass sie Lavrows Rettung suchenden Umarmungsversuch gar nicht wahrnahm. Sie hatte sich nicht einmal umgedreht.

Wir müssen das mit dem Stick aus der Welt schaffen. Operation Snow White darf durch solch einen saublöden Zufall nicht gefährdet werden!

„Noch was?", grimmig schaute er hoch, da Gunter keine Anstalten machte, den Raum zu verlassen.

„Die Pressemitteilung und der Ablauf für die Trauerfeierlichkeiten!"

Redman hatte Gunter zum Bundespräsidialamt hinübergeschickt, um den präzisen Ablauf der Trauerfeierlichkeiten für den Bundespräsidenten herauszufinden.

„Und?"

„Soll ich Ihnen den Ablauf mailen?"

„Mein Gott", brauste Redman auf, „fassen Sie das Theaterstück kurz zusammen."

Gunter nahm den Entwurf der vorbereiteten Pressemitteilung: „Der Bundespräsident hat für Freitag im Berliner Dom einen Staatsakt angeordnet."

„Gunter?", unterbrach Redman ihn sofort, „weiß ich! Welcher Teil ist an *kurz zusammenfassen* so schwer zu verstehen?"

Gunter legte los: „11:00 Uhr Trauergottesdienst - 11:45 Uhr Staatsakt im Dom mit Reden des Bundespräsidenten, der Bundeskanzlerin und des Präsidenten des Europäischen Rates - 12:45 Uhr militärisches Abschiedszeremoniell vor dem Dom mit Ehrengeleit - 13:30 Uhr Trauerempfang im Rathaus - Das Fernsehen überträgt alles live."

„Na bitte", lobte Redman. „Dafür brauchen Sie keine lange Mail zu schreiben, oder? … Und die Gästeliste?"

„Das Bundeskanzleramt ist mit der Koordination betraut."

„Besorgen Sie den Schrieb." Redmans Geste glich fast einem Rauswurf.

Gunter machte sich aus dem Staube.

„Wie viele Gäste finden im Dom Platz?", rief ihm Redman auf dem Weg zur Tür hinterher.

Die Antwort flog wie ein Pistolenschuss zurück in den Raum: „Eintausendvierhundert."

„Teilnahme der Bevölkerung?"

„Nicht vorgesehen. Das Ganze gibt's nur per Live-Übertragung."

Einige Ziele in Berlin muss man unbedingt besichtigen. Der Dom gehört diesen Freitag definitiv nicht dazu. Redman grinste matt, klappte die Mappe zu und ließ sie in den Postausgangskorb fallen. Rachel Carter, die Frau eines unbedeutenden Sachbearbeiters, der noch nicht einmal in die Nähe von normalen Geheimnissen kam. Sie kümmerte sich um die Wohnung in Kreuzberg, versorgte ihr Kind aus erster Ehe und besuchte ihren Mann zwei- oder dreimal im Monat in der Botschaft. Sexuelle Vorlieben: keine Eintragungen. Auffälligkeiten? Null! Noch nicht einmal ein Punkt in Flensburg wegen zu schnellen Fahrens.

Das war's! Nein, Rachel Carter zeigte keinerlei Verbindungen zu Lavrow.

Redman lehnte sich zurück, begleitet von einem wenig dezenten Knurren seines Magens, der ihn darauf aufmerksam machte, dass das Frühstück wieder ausgefallen war. Seitdem zuhause niemand mehr auf ihn wartete, herrschte auch im Kühlschrank absolute Ebbe. Mit einer Ausnahme: deutsches Bier und Cola light lagerten dort in ausreichenden Mengen.

Sein Magen knurrte erneut. Gegen den ausdrücklichen Rat seiner Ärzte entschied er sich spontan für sein Lieblingsessen. *Wenn etwas alternativlos ist in Deutschland, dann Currywurst!*

Redman überlegte nicht lange, Bandy's, eine Currywurstbude direkt hinter dem Dom sollte es heute sein. Auf dem Weg dorthin, gut zwanzig Minuten, konnte er sich die Füße vertreten. Ansonsten tendierte sein Sportpensum gegenwärtig gegen null.

Er musste daran denken, dass seine ehemalige Frau immer behauptet hatte, er, *Piggy Pet*, wie sie ihn manchmal bösartig nannte, kenne jede Fressbude in Berlin. Und sein Aussehen sei stark korreliert mit seiner Nahrungsquelle.

Jetzt ist sie meine Ex. Das hat sie nun von ihrer Bösartigkeit!

Er zog seinen Mantel an und verließ die Botschaft Richtung Dom. Eine knappe halbe Stunde später hielt er zufrieden eine Schale original Berliner Currywurst mit den dicken, knusprigen Country Style Pommes in der Hand und stellte sich draußen an einen der Stehtische. Das war genau sein Verständnis von Deutsch-Amerikanischer Freundschaft.

Pommes sind kein Gemüse, hatte sein Arzt ihm klarzumachen versucht, allerdings vergeblich. Genüsslich stach er den Holzpieker in ein Wurststück nach dem anderen und nahm jedes Mal möglichst viel von der scharfen Zwiebel-Curry-Soße mit. Schließlich ließ er die kleine Esshilfe in das leere Schälchen fallen und schob es ein Stückchen von sich weg. Dann betrachtete er zunächst sein hellblaues Hemd auf der Suche nach möglichen Soßenresten bevor er den Kopf hob und mit ähnlicher Hingabe die Rückseite des Berliner Doms musterte. Sogar über einen eigenen Anlegeplatz für Schiffe verfügte das direkt an der Spree gelegene Gebäude.

Siehe, ich bin bei Euch alle Tage bis an der Welt Ende. Redman fragte sich, warum ihm dieser Spruch aus der Bibel ausgerechnet jetzt einfiel. Es war die Inschrift, die in goldenen Buchstaben auf der Stirnseite des Doms prangte, die man von hier aus nicht sehen konnte. *Das Ende der Welt könnt ihr schnell haben*, grummelte er in sich hinein. *Man braucht nur mit einem Schiff direkt hier anzulegen: Und – BUMM!*

Zurück in der Botschaft, ließ sich Redman in seinen Bürostuhl fallen, leckte sich gerade den letzten würzigen Geschmack von den Lippen, als Gunter vor seinem Schreibtisch auftauchte.

„Die Einladungen für die Trauerfeier des Bundespräsidenten."

Gunter ließ ein gut fünfzig Seiten dickes Papiermonstrum auf den Tisch fallen. Mehr Schein als Sein, denn was nach mindestens zweitägiger Arbeit eines ganzen Regierungsteams aussah, lag auf Abruf als fertige Datei im Kanzleramt vor, stets up to date, damit kein Fauxpas passieren konnte.

Gespannt überflog Redman die Einträge. Oben auf Seite vier stoppte er ruckartig. Beim kolumbianischen Botschafter.

Luisa?

Peter Redman seien alle Mitmenschen völlig egal, hatte seine Ex-Frau Audrey immer behauptet, er sei nur mit seinem Job verheiratet. Zumindest in diesem einen Punkt gab er ihr Recht, ausnahmsweise.

Die Ursachen für seine Bindungslosigkeit sah Redman bei seinen Eltern. Die gehobene Stellung des Vaters im diplomatischen Dienst hatte die Familie im Zweijahresrhythmus durch zahlreiche Länder der Erde geführt. Aber Peter Redman litt keineswegs unter seinem Hang zum Ungebundenen. Im Gegensatz zu seiner Ex-Frau, welche die permanente Vernachlässigung irgendwann leid war. Dabei galten sie bei ihrer Trauung als das perfekte Paar.

Und dann Luisa!

Ihr umwerfendes Strahlen war ihm sofort wieder präsent: Vor vier Jahren war es gewesen, auf der Plaza de Bolivar im Herzen von Bogotá, ganz in der Nähe des Präsidentenpalastes. Luisa schwebte geradezu die Stufen herab. Eine umwerfende südamerikanische Schönheit. Ihre schwarzen Haare, zu einem Pferdeschwanz gebunden, wippten bei jedem Schritt. Und sie strahlte ihn an. Ein paar Augenblicke länger, als man einen Unbekannten gewöhnlich anstrahlt. Redman war schlagartig von ihr fasziniert.

Die junge Schönheit war wenige Schritte vor ihm stehengeblieben. Als sie seinen Gesichtsausdruck sah, ging sie einfach auf ihn zu und küsste ihn auf die Wange.

Ist das tatsächlich schon vier Jahre her? Redman griff sich mit der Hand an die Wange. Ihm war, als könne er ihren Kuss jetzt noch fühlen.

Sie hatte ihm ihre Handynummer in die Handfläche geschrieben, und schon für den Nachmittag verabredeten sie sich zu einer Spazierfahrt in die umliegenden Berge. Es war ein schöner Sommer und ungewöhnlich warm für Kolumbien. Bereits während der ersten Rast verführte sie ihn. Er meinte, ihren feinen Geruch wahrzunehmen, den er so geliebt hatte.

In den nächsten Tagen trafen sie sich regelmäßig. Das erste Mal in seinem Leben erlebte Peter Redman die angenehme Vertrautheit zu einem Menschen. Und er genoss sie in vollen Zügen.

Zwei Wochen nach ihrem ersten Date fand ein offizieller Empfang aller Botschafter beim kolumbianischen Präsidenten statt. Luisa erschien in einem umwerfenden eleganten schwarzen Abendkleid. Ein Blitzlichtfeuerwerk explodierte, als sie, eingehakt an der Seite des kolumbianischen Botschafters für Deutschland, über den roten Teppich schritt.

In diesem Moment fiel Redman auf, dass beide in all den Tagen mit keinem Wort über ihre familiären Bindungen gesprochen hatten.

Jetzt lag die Liste mit den bekannten Persönlichkeiten aus aller Welt vor ihm. Unter ihnen der kolumbianische Botschafter plus Gattin.

Ob sich hinter „Gattin" noch immer Luisa verbarg?

Gunters despektierliches Räuspern, der die lange Verweildauer auf Seite vier nicht verstehen konnte, zerrte Redman in die Echtzeit zurück.

Sein Blick auf Gunter glich einem fliegenden Tomahawk.

Den Rest der Einladungsliste handelten sie zügig ab. Peter Redman war wieder allein in seinem Büro.

Sollte er Luisa warnen?

*

Frankfurt am Main, Ulmenstraße. Markus musste die ganze Zeit an Rabea denken. Immer noch drehte sich alles um die beiden zentralen Fragen: Wer hat sie entführt? Und warum? Sie mussten schnell einen Ansatzpunkt finden. Aber wie?

Er brauchte Ablenkung. Abstand gewinnen und Ordnung in seine wirren Gedanken bringen. Vielleicht ergab sich danach ein neuer Ansatzpunkt.

Irgendwann hatte er damit angefangen aufzuräumen. Das hatte er sich sowieso einmal vorgenommen und vielleicht lichtete sich ja mit dem Chaos in seinem Büro auch das in seinem Kopf und seine locker umherschwingenden Synapsen fanden endlich den passenden Anschluss.

Drei leere Kartons warteten schon in der Zimmermitte anklagend auf ihre Bestimmung. Markus gab sich einen Ruck. Die Offenbach-Recherche musste als erstes weg. *Auf keinen Fall anfangen, in die Unterlagen reinzulesen*, schwor er sich, sonst würde er sich von keiner einzigen Seite trennen können. Im Vorbeigehen fingerte er Lenas USB-Stick aus der Schlüsselablage und legte ihn auf den Schreibtisch.

Zehn Minuten später hatte er die drei Kartons randvoll. Eine gute Gelegenheit, auch noch schnell seinen vor Informationsmaterial platzenden Rechner auszumisten. Nach wenigen Wochen hatte sich immer so viel angesammelt, dass er nur mit Mühe etwas wiederfand. Löschen? Auf der 256 GB-Festplatte war nicht die Datenmenge das Problem, sondern seine Ablage. Bei ihm musste immer alles schnell, schnell gehen, wenn ihn das Jagdfieber bei einer Recherche gepackt hatte, er im Flow war.

Das Ergebnis sah Markus jetzt auf seinem Desktop vor sich. Von dem Hintergrundbild, einem Wasserfall im Tropischen Regenwald, war nicht mehr viel zu erkennen. Stattdessen wuchs dort ein Wald von Verknüpfungen auf Dateien und Dateiordnern. Gleich eine der Links, die er betätigte, war eine Verknüpfung auf eine externe Datenquelle. Seine Datenablage war die Hölle. Welcher der mit unterschiedlichen Werbeaufdrucken versehene USB-Stick auf seinem Schreibtisch war jetzt der Richtige?

Markus griff sich den vor ihm liegenden USB-Stick.

Falsche Datenquelle! Die Verknüpfung führte weiterhin ins Leere. Zu Markus Erstaunen war der Stick aber fast leer. Ungewöhnlich. Schon auf den zweiten Blick löste er das Rätsel, denn der Aufdruck BALANCE hatte den Stick verraten: Er war Lena gestern aus der Jacke gefallen.

Aber, *Bingo*, das klitzekleine Medium versprach satte 16 Gigabyte Platz. Nur drei Dateien darauf mussten noch schnell gelöscht werden.

Markus schlürfte an seinem Kaffee und markierte die Dateien zum Löschen. Während der Löschbefehl unter seinem Zeigefinger sehnsüchtig auf die Bestätigung zur Exekution zu warten schien, starrte Markus plötzlich hochinteressiert auf die drei Dateinamen. *Moment mal, kein Mensch kennzeichnet seine Dateien nur mit Nummern als Namen,* sinnierte er. *Schon nach fünf Minuten weiß keiner mehr, was sich hinter 1.png oder 2.png verbirgt.*

Anstatt sich auf *Löschen* zu senken, entschied sich sein Zeigefinger für einen neugierigen Klick auf 1.png: zweifelsfrei ein Stadtplan. Eine breite Straße teilte die Stadt sauber in der Mitte. Seine Augen folgten deren Verlauf von links kommend bis zur Bezeichnung *Straße des 17. Juni* und weiter nach rechts bis zum Brandenburger Tor.

Berlin, murmelte Markus und schloss die Datei.

Als sich 2.png öffnete, ging ein Ruck durch seinen Körper. Er setzte sich aufrecht hin und neigte sich näher zum Bildschirm. Das Foto zeigte eine scheinbar bunt zusammengewürfelte Galerie von Waffen und Sprengstoffen.

Hoppla, jetzt kommt richtig Spannung ins Geschehen! wunderte er sich. Offenbar um die Aktualität zu betonen, hatte der Fotograf eine Zeitung unten auf die Liste gelegt. Die Berliner Morgenpost war von letztem Samstag, gerade drei Tage alt. Das war mal ein Statement! Damit kehrte auch 1.png zurück ins Spiel. Die drei markierten Stellen im Stadtplan, eben noch ohne Bedeutung, fügten sich zusammen mit der Waffenliste auf einmal zu einem schrillen Verdacht.

Jetzt bloß keine Verschwörungstheorie aufstellen, versuchte er sich zu zügeln. *Aber wie war Lena in den Besitz dieses Sticks gekommen?*

Er klickte auf die erste Datei zurück und ließ seinen Blick über die drei Kreise wandern. Der linke, mit vielleicht zwei Zentimetern Durchmesser, lag zwischen S-Bahnhof Charlottenburg und Westkreuz, südlich der Kantstraße, im Mittelpunkt eine nichtssagende Straßenkreuzung. Markus bildete mit Daumen und Zeigefinger beider Hände einen Kreis um die Markierung, und suchte diesen Bereich nach interessanten Zielen ab. Im sichtbaren Bereich, vielleicht zwei Kilometer Durchmesser, der Funkturm, das Internationale Kongresszentrum und ein Stück Kurfürstendamm.

Kreis zwei, südlich des Zoologischen Gartens, offenbarte auffälligere Attraktionen wie KaDeWe, Berliner Festspielhaus, und natürlich den Bahnhof Zoo selbst. *Alles von Menschen überquellende Plätze,* dachte Markus mit unbehaglichem Gefühl im Bauch.

Die dritte Markierung in der Nähe des Oranienburger Tors interessierte ihn am meisten. In unmittelbarer Nähe befanden sich die neue Synagoge, der Hackesche Markt und die Charité.

Hängen die markierten Punkte mit den Waffen auf der Liste zusammen?

Markus trommelte mit den Fingern auf seinem Notebook herum.

Gibt es vielleicht sogar eine Verbindung zum Überfall auf den Goldtransport von letzter Woche?

Er fühlte sich wie in Trance versunken. Die Geschichte zog ihn magisch an. Rabea und ihre Entführung schienen für einen Moment vergessen.

Er griff sich einen Kugelschreiber und ein leeres Blatt, knallte den Stift auf den Schreibtisch und sprang auf. *Reiß dich, verdammt nochmal, zusammen! Du bist erst einen Tag zurück, und schon fängst du wieder an, dich in die falschen Dinge reinzuknien!*

Diese investigative Neugier war wie eine verdammte Sucht. Aber vielleicht hatte die Information hier doch nichts mit der Gold-Geschichte zu tun? Er könnte sich wenigstens die Dateien alle ansehen und im Zweifelsfall später entscheiden, die Finger davon zu lassen.

Spätestens wenn das Wort CIA auftaucht, schmeiße ich die Recherche hin, versprach er sich.

Das Klingeln des Telefons riss ihn unsanft aus seinen Spekulationen. Es war schon nach drei Uhr.

„Du musst sofort herkommen!", hörte er Jonathans nahezu tonlose Stimme.

Etwas Schreckliches musste passiert sein.

*

Markus hastete die Treppe hinunter, hechtete zur Station, gerade noch erwischte er die einfahrende U-Bahn und trat noch mit Lichtgeschwindigkeit in eine Umlaufbahn ein, die ihn durch die Drehtür in die Eingangshalle der HNP entließ.

„Und, wie geht's?", stieß er völlig außer Atem hervor, als er wenige Minuten später die Bürotür aufriss.

„Was glaubst du denn, wie es mir geht?", fauchte Jonathan ihm mechanisch gepresst entgegen, um nicht die Kontrolle zu verlieren. „Beschissen! Was soll die blöde Frage?" Er hielt sich mit beiden Händen am Schreibtisch fest.

„Sorry!", ruderte Markus, noch halb in der Tür stehend, zurück. Zu blöd aber auch, in dieser Situation solch eine Floskel rausrutschen zu lassen.

„Schon gut", winkte Jonathan ab, während er weiter mit blassem Gesichtsausdruck auf den Schreibtisch starrte. Schweiß glänzte auf seiner Stirn. Die letzten Stunden hatten ihm offensichtlich stark zugesetzt.

Vor ihm ein aufgerissenes Päckchen.

Markus konnte von seinem Standort aus erkennen, dass es leer war. Davor lag etwas, dass aus dem Päckchen rausgefallen zu sein schien, eilig zugedeckt mit dem ersten, dessen Jonathan habhaft geworden war, vermutlich einem Blatt von seinem Tischkalender.

Markus folgte Jonathans glasigem Blick, dann hob er vorsichtig das Papier an einer Ecke hoch. Der Schreck riss ihn fast von den Füßen. Nur mit Mühe konnte er verhindern, dass ihm vor Ekel das Frühstück hochkam: unter dem Papier lag ein kleiner Finger, nahe an der Handfläche abgetrennt, noch blutig und in durchsichtige Küchenfolie eingewickelt.

„Bist du sicher …?", stammelte Markus. Das Papier fiel ihm aus der Hand und bedeckte gnädig das blutige Objekt.

„... rosa Nagellack ... der Goldring ihrer Großmutter." Jonathans Worte glichen einem Flüstern.

Bisher stand nur die Hypothese im Raum, Rabea sei entführt worden. Jetzt war bittere Gewissheit daraus geworden.

Jonathan konnte die Augen noch immer nicht von dem Paket lassen. Verzweifelt versuchte er, seine Tränen zurückzuhalten.

Markus fiel nur ein einziger Satz ein: „Du musst sofort die Polizei einschalten." Das Problem wurde zu groß für sie. Wer einer jungen Frau skrupellos einen Finger abtrennt, der ist zu allem fähig. Zu wirklich allem, da war er sich sicher. Aber welches teuflische Spiel lief hier bloß?

„Ja!", bestätigte Jonathan nun, „wir schalten die Polizei ein!" Der abgeschnittene Finger änderte alles. Er fühlte sich schuldig.

„Ein Erpressungsschreiben?"

Jonathan schob ihm ein zusammengefaltetes Papier hin.

*

Neunzig Minuten später hatte die Polizei die Aussagen aufgenommen und war mit den Beweisstücken abgerückt.

Jonathan, völlig neben der Spur, konnte sich kaum noch auf den Beinen halten. Nachdem er sich hingelegt hatte, machte sich Markus auf den Weg. Unten im Café wartete Lena.

Beim Verlassen des Hauses meldete sich sein Telefon erneut. *Hoffentlich nicht die nächste Hiobsbotschaft*, bangte er.

„Spencer hier", meldete sich der Anrufer, „Hallo Markus, wie läuft's?"

„Ach du bist es, John", antwortete er erleichtert.

„Markus, sag mal, hast du Zeit?"

„Sorry John, eigentlich nicht."

„Okay, ich versuch's kurz zu machen: Konntest du letzte Woche was anfangen mit den Fotos der Goldbarren?"

„Ja, danke. Die *Hessische Neueste Presse* hat zwei Bilder von dir zusammen mit meinen Artikeln gedruckt." Und nach einer Pause: „Online haben die auch noch zwei oder drei Fotos gebracht. Ich frag mal nach." Markus wollte das Gespräch schnell beenden.

„Kein Stress. Die Goldgeschichte ist gut angekommen. Jede Zeitung ist auf den Zug aufgesprungen. Ich konnte noch einige Pics an die Frankfurter Konkurrenz verscherbeln. War eine ordentliche Woche. Ich hoffe, du treibst die Geschichte weiter?"

„Im Moment läuft da nicht mehr viel", versuchte Markus, die Luft aus dem Thema zu lassen.

„Schade … übrigens, bis Freitag bin ich für eine Reportage in Berlin", sagte Spencer. „Wenn du Lust hast, kann ich dich morgen mitnehmen. Wir hätten dann Zeit, über alles Mögliche zu quatschen."

Im Grunde hatte Markus Zeit, Lena war ab morgen in München und er selbst musste keinen Artikel abliefern. Aber dann dachte er an die Sache mit Rabea. Jonathan brauchte jetzt seine Unterstützung.

„Danke fürs Angebot, John. Vielleicht ein anderes Mal."

„Okay, falls du es dir noch anders überlegst, ruf an. Bis später."

Zusammen mit John Spencer hatte Markus früher eine ganze Reihe von Aufträgen erledigt. John schoss die Fotos und er schrieb die Geschichte dazu. Letzte Woche waren sie sich zufällig am Frankfurter Flughafen begegnet, Spencer hatte Fotos von der Ankunft der deutschen Goldreserven geschossen, wenige Minuten bevor der Konvoi ausgeraubt wurde. Auf Spencer konnte man sich verlassen. Ein feiner Kerl.

*

Freudig sprang Lena auf, als sie ihn sah und küsste ihn. Markus hatte sich kaum gesetzt, da berichtete er schon lebhaft von den Geschehnissen der letzten Stunden. Auch über Jonathans Reaktion, als er ihm die Unterlagen über Rabea gezeigt hatte. Kein Erstaunen, auch nicht über die Polizeiakte.

„Jonathan wusste, dass Rabea eine Umweltaktivistin ist ..."

Lena hatte aufmerksam zugehört. Jetzt, da der Satz im Unvollendeten versandete, blickte sie ihn auffordernd an.

„Da ist noch was, oder?"

Es fiel Markus schwer, die richtigen Worte zu finden. Dann erzählte er alles, bis hin zu dem blutigen Fund.

„Jonathan ist sich sicher, es ist Rabeas Finger."

Lena sah ihn entsetzt an, sagte aber nichts. Sie legte ihre Hand auf seinen Arm.

Markus wurde ruhiger.

„Ist dir wieder eingefallen, wo du den USB-Stick her hast, der die aus der Jacke gefallen ist?", nahm er das Gespräch wieder auf.

„Welcher USB-Stick?"

„Bei mir im Büro. Ein Stick mit dem Aufdruck *BA-LANCE*. Nutzt du solche Sticks um Daten zu speichern, die du irgendwo gehackt hast?"

„Nein! Also selten. Aber ich hab dir doch gesagt, dass das nicht meiner ist."

„Aber er ist dir aus der Tasche gefallen!"

„Jetzt lass uns keinen Streit anfangen über einen so blöden Stick."

„Du weißt also nicht was auf dem Stick drauf ist?"

„Verdammt, nein!"

Nachdem sie einige Zeit wortlos dagesessen hatten, berichtete Markus, was er auf dem USB-Stick gefunden hatte, die markierten Stellen auf dem Stadtplan Berlin, die Galerie der Waffen, die fotografierte Zeitung von letztem Samstag.

„Irgendwas braut sich gerade in Berlin zusammen", resümierte er. „Vielleicht hat dir jemand den USB-Stick mit voller Absicht zugesteckt. Vielleicht eine Art Hilferuf? … Keine Ahnung, das Puzzle ist noch nicht vollständig."

„Vielleicht, vielleicht, vielleicht!", unterbrach ihn Lena, auf einmal ziemlich motzig. „Warum glaubst du das?"

Markus bemerkte ihren gereizten Tonfall und unternahm einen verzweifelten Versuch, seine Nachforschungen zu rechtfertigen.

„Mal angenommen, es gäbe …"

Er brach ab, längst lag Gewitterstimmung über dem Gespräch.

„Markus, im Ernst, was ist los mit dir? Wir sind gerade erst durch Glück einigermaßen heil aus dieser Gold-Geschichte raus! Bei der Suche nach Rabea habe ich dir geholfen. Und jetzt kommt dieser verdammte USB-Stick ...”

Markus ärgert sich über sich selbst. War er völlig wahnsinnig geworden? Er durchwühlte seine Gedanken nach einem Blitzableiter. Zu spät! Lena sprang auf, sichtlich sauer, riss ihre Tasche an sich, drehte sich um und rauschte wortlos davon. Wie vom Donner gerührt, starrte er ihr nur hinterher. *War es das jetzt, war das der Anfang vom Ende einer großen Liebe? Aber Moment mal ...* Als er sie in der Tür mit der Aufschrift *Ladies* verschwinden sah, schöpfte er wieder Hoffnung. Lena verlieren war das Letzte was er wollte.

„Ich kann deine Arbeit nicht beurteilen”, sagte Lena, als sie zurückkam, jetzt sichtlich ruhiger, und sich wieder zu ihm setzte. „Und weißt du was, ich will es auch gar nicht.”

Zum ersten Mal wirkte ihr Gesicht verschlossen, fast trotzig.

„Gib mir Zeit bis Freitag”, bat er sie, wobei er ihrem Blick auswich und auf seine Hände schaute. „Es ist doch nur eine kurze Recherche”, fügte er kleinlaut hinzu.

„Markus”, widersprach sie eindringlich, darum geht es nicht! Klar kannst du machen, was dir gefällt. Aber welche Recherche kommt als Nächstes? Und wer weiß, wo du dann vielleicht wieder reinrasselst.”

„Tut mir leid”, entschuldigte er sich fast tonlos. Sein Gefühl sagte ihm, dass es schon lange nicht mehr um die Recherche ging. Vielleicht hatte Lena keine Zeit und beschäftigte sich schon mit ihrem Auftrag in München, probierte er eine Beruhigungsoffensive.

Für Lena wurde es Zeit. Wollte sie den Zug nach München noch erwischen, mussten sie jetzt los.

„Gib den USB-Stick der Polizei und überlass denen die Ermittlungen", schlug sie vor, als sie aufbrachen.

Schweigend, jeder in seine eigenen Gedanken verstrickt, gingen sie zusammen zum Hauptbahnhof.

Einige Minuten später war Lena in einer bunten Gruppe Richtung Bahnsteig verschwunden. Als Letztes sah er noch ihre nach oben gestreckten Arme versöhnlich aus dem Meer von Köpfen ragen, mit den Fingern beider Hände ein Herz formend.

Die blöde Sache war es nicht wert, mit ihr in Streit zu geraten.

Sein Entschluss stand fest, er würde seinen Fund der Polizei melden. Die waren auf dem Gebiet Experten, die würden wissen was zu tun ist.

Ich muss nicht aus jedem ominösen Foto eine Geschichte machen.

*

Berlin, Amerikanische Botschaft. Sah denn niemand die Zeichen an der Wand? Die ständig wachsende Bedrohung? Kriege standen vor der Tür, die globalen Player brachten sich in Position. Mancherorts wurden die Grenzen bereits in Stellvertreterkriegen abgeklopft. Das völlig Ungewohnte an der Situation war allerdings, dass die Vorherrschaft der USA in Frage gestellt wurde.

Uralte Instinkte. Zeigt ein Tier auch nur die geringste Schwäche, fallen die anderen sofort drüber her und zerfleischen es. Und der Mensch ist das brutalste Tier!

Redman erhob sich, gab ein paar Zahlen ein und öffnete die Stahltür hinter seinem Schreibtisch. *Eins zu elf!* fauchte er in sich hinein. *Eins zu elf!* Der CIA-Sicherheitsbericht ließ keinen Zweifel zu: Die Russen zogen ihre Kräfte um das Baltikum zusammen, und die NATO war bei der selbstfahrenden Artillerie dem Osten 1:11 unterlegen.

Die Schwäche der NATO nahm groteske Züge an. Besonders bei den Deutschen. Kaum ein U-Boot, kaum ein Hubschrauber einsatzbereit, von ihren kaputten Panzern erst gar nicht zu reden.

Redman rieb sich mit der Hand übers Gesicht, als könne er diesen Traum einfach wegwischen. Was für eine politische Groteske, statt die Mängel zu beheben, setzte Deutschland auf Teilzeitsoldaten und baute ihnen Kindergärten. Die Grenze zur Lächerlichkeit war aus seiner Sicht längst überschritten.

Fucking Germans! Wir haben euch geholfen, wir haben euch befreit. Wir haben euch im Kalten Krieg beschützt. Und ihr, ihr lasst uns jetzt hängen. Jetzt, wo wir euch das erste Mal brauchen!

Es war wirklich zum Heulen. Aber ab Freitag würde ein Ruck durch Deutschland gehen. Dann würden sie merken, dass die goldenen Jahre, die friedlichen, endgültig vorbei sind, dass sie etwas tun müssen, wenn sie weiterhin in Sicherheit leben wollten. *Sicherheit kostet nun mal,* grinste er sarkastisch.

Am Ende wird Deutschland den Amerikanern dankbar sein, dachte Redman, warf den streng vertraulichen Sicherheitsbericht zurück in den Tresor und drückte die Tür wieder zu. Das summende Geräusch der stählernen Riegelbolzen bestätigte den sicheren Verschluss.

Ein flüchtiger Blick auf die Uhr. Er musste sich beeilen. Bis Hellersdorf brauchte er mindestens dreißig Minuten.

*

„Salam alaikum, Allah sei mit dir!", grüßte Redman und setzte sich neben den Mann auf die Parkbank. Seit ihrem letzten Treffen war nicht mal eine Woche vergangen.

Mohamed schaute unauffällig auf die Uhr, sein Gefühl stimmte: Heute hatte sich Redman um drei Minuten verspätet. Ungewöhnlich für ihn.

Mohamed hatte die Wartezeit genutzt, sich in Gedanken vorzustellen, wie sein Sohn heute aussehen würde und was er alles könnte. Dass er mindestens der beste Fußballspieler seiner Klasse war, stand für ihn fest. In Gedanken sprach er lange mit seiner schwangeren Frau. Sie war wunderschön und gar nicht älter geworden. Er sehnte sich nach ihr.

Das Bombardement ihres Dorfes hatte innerhalb von fünf Minuten ihre gemeinsame Zukunft zerstört. Mohamed verlor dabei alles: Seine Frau, sein ungeborenes Kind, sein kleines Haus, einfach alles. Er wünschte sich, er wäre an diesem Tag zuhause gewesen. *Dann wäre ich jetzt mit ihnen vereint ...*

Das kalte Wetter und die herbstliche Dunkelheit in Berlin deprimierten ihn. Er sehnte sich nach der Wärme, sehnte sich zurück in seine Heimat Syrien. Und wenn er schon leben musste, stand für ihn eines fest: Für das Leid, das man ihm und den Seinen angetan hatte, würde er sich an der Welt rächen. Er hasste die Dunkelheit, er hasste Berlin, er hasste alles in Deutschland. Er hasste auch Amerika.

„Wa alaikum Salam!", erwiderte Mohamed. Die Realität hatte ihn zurück. Heute galt es, die letzten Vorbereitungen abzustimmen. Die USA blieben für immer und ewig sein Erzfeind, daran gab es keine Zweifel. Aber Redman war ein willkommener Problemlöser. Er hatte unbegrenzten Zugang zu allen Waffen und versorgte die

Leute seiner Zelle großzügig damit. Mohamed traute ihm nicht, er traute niemandem, nicht mal seinen Freunden. Aber zuverlässig war Redman bisher immer gewesen, sein Wort galt.

Am Ende würde er sich sowieso an allen rächen, dachte Mohamed. Seine Zeit war gekommen, heute konnte er gleich zwei Fliegen mit einer Klappe schlagen: Waffen und Geld für eine Aktion gegen den Westen.

Redman sah, wie ein alter Mann über den Platz schlurfte, seinen altersschwachen Dackel lasch hinter sich herziehend. Er steuerte direkt auf die Bank zu.

„Darf ich mich zu Ihnen setzen?", nuschelte der Alte, als er direkt vor ihnen stand. Redman machte keine Anstalten, seine einnehmende Sitzposition zu korrigieren, auch Mohamed nicht.

„Nein, darfst du nicht!", fuhr ihn Redman laut und betont unfreundlich an.

Überrascht von der harschen Abfuhr, der Dackel kläffte müde, starrte der Alte Redman an, machte sich aber nach einer Schrecksekunde mit seinem Vierbeiner davon.

„Hat die Übergabe geklappt?", fragte Redman, nachdem die beiden Oldies außer Sichtweite waren.

„Positiv! Drei Teams haben die Päckchen erhalten. Sind alle bereit."

Lückenhafte Planung oder mangelnde Vorbereitung konnte man ihm nicht vorwerfen.

„Okay", sagte Redman und reichte ihm einen unbeschrifteten Umschlag. „Die Pläne für Freitag. Schaut euch Sitzordnung und Protokoll genau an."

Mohamed nahm den Umschlag mit ausdruckslosem Gesicht entgegen.

„Braucht ihr sonst noch was?", fragte Redman.

Mohamed schüttelte den Kopf, stand auf und ging grußlos davon.

Redman sah ihm nach, bis er hinter der nächsten Häuserzeile verschwunden war. *Was für eine Scheißzeit. Wir bombardieren sie und liefern ihnen gleichzeitig Waffen. Wir sind krank.* Aber wie lautet ein deutsches Sprichwort, *Der Zweck heiligt die Mittel.* Noch brauchte er Mohamed. Er stand auf und machte sich auf den Rückweg.

*

Gunter hatte die Tür leise hinter sich geschlossen und stand jetzt in respektvollem Abstand vor Redman.

„Eins zu elf", murmelte dieser ein weiteres Mal, bevor er Gunter direkt anschoss.

„Also was ist jetzt mit dieser Tussi, dieser Carter, seid ihr endlich in die Hufe gekommen?"

„Rachel Carter ist sauber", presste Gunter hervor.

Die Kollegen von der Agency hatten Rachels eintägigen Kurzbesuch bei ihrer Schwester in Frankfurt genutzt, um ihre Wohnung in Kreuzberg komplett zu durchsuchen. Jetzt deutete dort nichts mehr auf den ungebetenen Besuch hin, jeder gebrauchte Wattebausch lag wieder genau auf seinem Platz, selbst das kleinste Post-it klebte exakt an alter Stelle. Rachel würde nie herausfinden, dass die kurzfristig angesetzte Dienstreise ihres Mannes von der Agency arrangiert worden war.

„Gute Idee", lobte Redman und stand auf.

Das unerwartete Lob verschlug Gunter glatt die Sprache.

„Und der Wagen?", wollte Redman jetzt wissen.

Gunter hatte die Information ganz bewusst übersprungen und auf die Frage gewartet. Die Antwort hatte er sich längst zurecht gelegt. Zackig und profi-like kam sie über seine Lippen. Mittlerweile wusste er, dass Redman knackige Aussagen verlangte.

„Platter Reifen! So'n Pech. Musste dringend in die Werkstatt."

Redman nickte wohlgefällig. Nun hatte auch der Wagen das Label *proved by CIA*.

Rachel Carter war sauber, aber der USB-Stick blieb unauffindbar.

„Die Münchner Kollegen nehmen sich als nächstes das *Angelo Hotel* vor", berichtete Gunter weiter.

Schlug auch diese Suche fehl, blieben nur noch zwei Möglichkeiten offen: Lena Eck trug den Stick bei sich, oder er lag zuhause in ihrer Hofheimer Wohnung.

*

München, Angelo Hotel. Markus brütete angestrengt darüber, wie er das Telefonat mit Lena am besten beginnen sollte. Ihm tat das Gespräch vom Nachmittag leid. Auf der anderen Seite: er war Journalist. Und Journalisten recherchieren nun mal. Jedenfalls, wenn sie ihren Beruf ernstnehmen, und erst recht, wenn sie ihre Aufgabe nicht lediglich als Job betrachten, sondern im Kern als Mission.

Dann wählte er ihre Nummer.

Lenas Stimme klang gewohnt fröhlich. Seine Sorgen waren anscheinend unbegründet. Sie nahm gerade ein Entspannungsbad in der King-Size Badewanne ihres Hotelzimmers.

„Weißt du, was mir heute passiert ist?" Sie bemühte sich ärgerlich zu klingen, weil ihr am Münchner Bahnhof eine Taube auf die Schulter gekleckert hatte. „Das Biest hat mir am Ausgang aufgelauert, sie saß zwischen Wand und Lampe in der piekerfreien Zone." Lena musste selber über ihr Malheur lachen.

Plötzlich hörte Markus ein Geräusch, das er nicht einordnen konnte. „Was war das?", fragte er irritiert.

„Keine Sorge, ich puste ein Gebirge von Badeschaum weg, das sich vor mir auftürmt", amüsierte sie sich über seine Frage. Und nach einer kurzen Pause, jetzt nachdenklich: „Markus, ich habe auf der Fahrt nachgedacht. Ich will mich ja gar nicht in deine Arbeit einmischen."

Markus fühlte sich erleichtert und Lena noch ein Stückchen mehr verbunden, als zuvor. Da war er also nicht der Einzige, dem der Disput vom Vortag auf der Seele gebrannt hatte. Auch Lena hatte ihr eigenes Verhalten kritisch hinterfragt. Was für eine tolle Frau ihm da über den Weg gelaufen war.

„Ich würde jetzt gern mit dir an der Isar spazieren gehen", versuchte er von dem schwierigen Thema abzulenken.

Aber Lena hatte ihm noch mehr zu sagen.

„Ich war enttäuscht, und ich hatte mich geärgert, dass du deine Vorsätze schon vergessen hast."

„Ja, ich weiß, es ist kompliziert." Markus versuchte dieses Mal nicht, das Gespräch in ein seichteres Fahrwasser zu lenken. Er spürte das tiefe Bedürfnis, Lena seine Beweggründe zu verdeutlichen. Ja, Lena sollte erfahren, warum er Journalist geworden war. Mehr noch, sie musste es sogar erfahren, sonst würde sie ihn nie verstehen können. Und das wäre reines Gift für ihre gemeinsame Zukunft.

„Hey Lena, weißt du, wie ich zu meinem Beruf gekommen bin?"

„Nein", sagte sie leise, „erzähl es mir."

„Okay, dann beginnen wir mal mit einer kleinen Zeitreise. Ich war damals acht. Ein kleine Junge aus Hannover, der in seinem Leben noch nicht weiter gekommen war als bis nach Sylt im Norden und Frankfurt, wo meine Großeltern wohnten im Süden. Weihnachten stand dann ein Paar roter Kinder-Ski unter unserem Weihnachtsbaum. Abfahrtski in Hannover."

Lena musste lachen.

„Am Tag vor Silvester ging es dann los. Mein Vater hatte eine Ferienwohnung in Österreich gemietet und wir fuhren am frühen Morgen in unserem vollgepackten Opel Kadett los. Kurz vor Rosenheim ist es dann passiert. Ich weiß nicht mehr genau, ob ich kurz eingenickt war oder einfach nur aus dem Seitenfenster geschaut habe. Ich erinnere mich nur noch an einen ohrenbetäubenden Knall. Unser Auto trudelte um die eigene Achse, dann ein Krachen und Splittern, als wir gegen den Brückenpfosten prallten." Markus stockte …

„Ich spüre noch genau, wie mir das Blut warm in die Augen lief und wie ich versuchte, mich zu befreien. Unmöglich. Mein gebrochenes Bein klemmte zwischen den Sitzen fest. Ich habe immer wieder nach meiner Mutter und meinem Vater geschrien, aber wie ich heute weiß, konnten sie nicht reagieren, sie waren bewusstlos."

Markus räusperte sich bewegt. „Mein Vater lag bewegungslos auf dem Lenkrad unseres Opels. Meine Mutter konnte ich nicht sehen. Dann sah ich durch die zersplitterte Frontscheibe, wie die Tür des anderen Autos aufging und der Fahrer zu uns herüber lief. *Hilfe!* habe ich geschrien. Der Unbekannte hat zu uns ins Auto geschaut, hat genickt und ging zurück zu seinem Wagen. Ich dachte natürlich, er holt Hilfe! Ich hörte noch das Geräusch eines startenden Motors, dann verlor ich das Bewusstsein und wachte erst im Krankenhaus wieder auf."

Erneut musste er sich räuspern, dann erzählte er den Schluss: „Als ich nach meinen Eltern fragte, wichen die Ärzte aus. Ich konnte nur ahnen, was geschehen war. Wenige Tage, nachdem ich aus dem Krankenhaus entlassen war, ein Bein in Gips, habe ich angefangen den Unfall zu rekonstruieren. Wir sind erst eine dreiviertel Stunde nach dem Unfall ins Krankenhaus eingeliefert worden. Also hatte der Fahrer des anderen Wagens doch keine Hilfe geholt! Wie sich später herausstellte, hatte eine vorbeifahrende Frau den Notarzt verständigt. Der Unfallverursacher war flüchtig. Meine Eltern wären zu retten gewesen, sagten die Ärzte, wenn schnelle Hilfe am Unfallort gewesen wäre. Die anschließenden Ermittlungen wurden schlampig geführt. Ein Jahr später verurteilte das Gericht einen Polizisten wegen Trunkenheit am Steuer und Fahrerflucht zu einer milden Strafe."

Seine Stimme stockte … „Weißt du Lena, damals habe ich mir etwas geschworen: Ich werde dabei helfen, für Gerechtigkeit zu sorgen. Mit Neunzehn habe ich mich deshalb bei der Polizei beworben, aber – Ironie des Schicksals – wegen meines Beinbruchs wurde ich als untauglich abgelehnt, obwohl ich inzwischen ein guter Sportler war."

„Das tut mir leid Markus", sagte Lena, die ihm wortlos zugehört hatte, mit leiser Stimme, „das tut mir alles furchtbar leid."

„Weißt du, damals habe ich mich entschlossen, Journalist zu werden", nahm Markus seinen Erzählfaden wieder auf.

„Das ich diesen Horrorcrash überlebt habe, ist reines Glück gewesen. Hätte ich hinter meinem Vater und nicht hinter meiner Mutter gesessen ...? Mir ist ein Leben geschenkt worden und das wollte ich dafür nutzen, auf der Seite derer zu sein, die Licht ins Dunkel bringen, die im Morast moralischer Schweinereien recherchieren, wo immer sie passieren. Auf der Seite der Wahrheit, da ist mein Platz."

Sie schwiegen eine Weile, aber es war beiden nicht unangenehm. Markus fühlte sich ein Stück weit erleichtert, auch diese schreckliche Erinnerung mit seiner Freundin geteilt zu haben, und Lena war dankbar für sein Vertrauen.

„Kannst du dir immer noch vorstellen, mit einem Journalisten zusammenzuleben, der ständig der Wahrheit auf der Spur ist? Mit einem Recherche-Junkie?", fügte er mit ironisch angehauchtem Unterton hinzu.

„Ich mag dich so wie du bist", sagte sie sanft. „Ich hatte nur Angst um uns."

Es war kurz nach Mitternacht, als sie auflegten und Lena aus dem kalten Badewasser stieg.

Mittwoch

Frankfurt am Main, Redaktion HNP. Jonathan Schreiber, Redakteur der *Hessischen Neuesten Presse,* kauerte regungslos hinter seinem Schreibtisch, vor ihm die aktuelle Ausgabe.

„Herr Schreiber? Besuch!", kündigte seine Assistentin an. Während der Polizist das Büro mit schnellen Schritten betrat, schloss sie hinter ihm leise die Tür. Rote Ränder unter ihren Augen verrieten, dass sie geweint hatte.

„Ist Rabea Ihre Tochter?", fragte der Polizist ohne Umschweife.

Jonathan starrte den Mann an, als habe dieser ihn nach dem aktuellen Wetterbericht auf dem Mars gefragt.

„Ihre *leibliche* Tochter? Haben Sie verstanden, Herr Schreiber?", setzte der Polizist nach, jetzt vorsichtiger, da Jonathan keine Reaktion zeigte. „Ich muss Ihnen diese Frage stellen."

Unzählige Dinge hatten normalerweise gleichzeitig Platz in Jonathans Gedanken, aber ob Rabea seine leibliche Tochter war, nein, das hatte er sich noch nie gefragt.

„Natürlich ist sie meine leibliche Tochter!"

„Dann ist es nicht ihr Finger", nahm der Polizist das Ergebnis vorweg.

Jonathan brauchte einige Sekunden, um diese Information zu verarbeiten.

„Sie haben doch gar kein DNA-Material von meiner Tochter."

„Aber Ihre DNA, Herr Schreiber. Ihre DNA haben wir."

Der Erkennungsdienst hatte auf dem Paket ausreichend Spuren gesichert. Menschliche Hautschuppen, Haare und Schweiß, die eindeutig Jonathan zuzuordnen waren. Die molekulargenetische Auswertung ergab keine Verwandtschaft zu dem infrage stehenden Finger.

Erleichtert sank Jonathan in seinem Drehstuhl zusammen.

„Sie können froh sein", ergänzte der Polizist. „die Entführer scheinen ihre Skrupel nicht vollkommen verloren zu haben."

Es blieb aber ihr Ring. Der Ring seiner Mutter, zweifelsfrei. Jonathan hatte keine Ahnung, wie es jetzt weitergehen sollte.

„Die verrückte Tat eines Einzelnen?"

„Nein!", antwortete der Beamte, „eher nicht."

Gegen diese Vermutung sprach, dass Entführungen meist bis ins Detail vorbereitet waren. Und für einen kurzlebigen Scherz war die Aktion zu makaber!

Jonathan zog aus Verlegenheit sein Handy aus der Tasche, warf einen flüchtigen Blick darauf und steckte es wieder weg.

Kein Anruf von Rabea.

Das hatte er aber auch nicht erwartet. Eine reine Übersprunghandlung, seiner inneren Zerrissenheit geschuldet.

„Haben Sie die Forderung erfüllt?", fragte der Beamte.

118

Jonathan nickte und schob ihm die Zeitung hin. Als Titel-Schlagzeile hatte es die Nachricht nicht geschafft, aber als erste Meldung in der Rubrik *Aktuelles* und in den Kommentar.

Der Polizist überflog den Text: Verschiebung des Kohleausstiegs … Sicherung der deutschen Energieversorgung … Schaffung zukunftsfähiger Arbeitsplätze im Rheinland und der Lausitz … Umwelt-Terroristen von NOCO-Net und Greenpeace vernichten Arbeitsplätze.

„Darf ich?" Ohne Jonathans Reaktion abzuwarten, befand der Polizist sich bereits, mit der Zeitung unter dem Arm, auf dem Weg zur Tür. „Bei neuen Erkenntnissen melden wir uns."

*

„Wer hat das Paket der HNP zugestellt?"

Im Frankfurter Polizeipräsidium leuchtete auf dem Zentralmonitor die Vergrößerung eines Fotos.

„DHL."

„Anfängerfehler!", murmelte ein Polizist, der den Scan-Code auf dem Paketaufkleber aus der Nähe betrachtete. Sein Nebenmann, *ForceX* genannt, fingerte so wild auf der Tastatur herum, als sei er felsenfest entschlossen, die diesjährige Computer-Game-Championship zu gewinnen.

„Der Paketbote?"

„Ist sauber. Haben die Kollegen schon gestern überprüft."

„Zweihundertelf Sekunden!", prahlte ForceX, als auf dem zweiten Monitor die Auflösung in Klarschrift erschien: *DHL Packstation 206, Berlin, Hasenheide.*

„Online-Frankierung ist nichts für Verbrecher!" Stolz lehnte er sich zurück und verschränkte die Arme hinter dem Kopf.

„Wer es abgegeben hat, weißt du aber trotzdem noch nicht, oder?", versuchte sein Kollege ihn auf den Boden zurückzuholen.

Aber auch darauf hatte ForceX eine fixe Antwort parat.

„Hier: 11:54 Uhr der exakte Zeit-Scan." ForceX tippte mit dem Kugelschreiber gegen den Monitor, der die genaue Einlieferung dokumentierte. „Express-Lieferung in drei Stunden von Berlin nach Frankfurt!"

„Nicht wann wurde es abgegeben, sondern WER hat es abgegeben? Das ist die entscheidende Frage!"

„Rauskriegen, wie der DHL-Coupon bezahlt worden ist. Oder die Überwachungskameras anzapfen."

„Berlin wird an jeder Ecke überwacht. Alle Packstationen seit den 9/11-Attentaten in New York sowieso", ergänzte ein anderer Kollege.

*

Frankfurt am Main, Ulmenstraße. Kühle Morgenluft drängte durch das geöffnete Dachfenster. Ziemlich früh führte Markus im Büro seinen gewohnten Eiertanz mit der Kaffeemaschine auf. Konzentriert und mit Fingerspitzengefühl gelang es ihm, einen einzelnen Pappbecher aus dem Spender zu ziehen. *Na bitte, geht doch.* Dann schaltete er die Deckenbeleuchtung aus und wartete den richtigen Moment für den Geldeinwurf ab. Bald darauf nippte er an seinem Kaffee und genoss den heutigen Sieg über das Kaffeemaschinenmonster. Dann nahm er das Telefon von der Ladeschale.

„Guten Morgen, hier spricht Manfred Krüger von der Bundespolizei", klang es zackig aus dem Hörer.

„Markus Manx …", weiter kam er nicht.

„Die *Hessische Neueste Presse*! unterbrach ihn Krüger. „Guten Morgen Herr Manx. Und ich hatte schon Angst, die Woche würde ereignislos verlaufen."

Krüger schien ihn nicht verulken zu wollen, offenbar freute er sich tatsächlich über den Anruf.

Ohne Umschweife brachte Markus sein Anliegen auf den Punkt.

„Herr Krüger. Ich brauche Ihre Hilfe!"

„Lassen Sie mich raten! Ein weiterer Überfall auf einen Goldtransport der Bundesbank?"

Krüger hatte anscheinend doch einen Clown gefrühstückt.

„Nein, zum Glück nicht", steuerte Markus das Gespräch in ernsthafte Richtung. „Es geht um einen USB-Stick mit brisanten Informationen, die Sie garantiert interessieren werden."

Manfred Krüger, Pressesprecher der Stabsstelle für Öffentlichkeitsarbeit der Bundespolizei, hatte in der vergangenen Woche fast jeden Tag mit Markus wegen des bewaffneten Überfalls telefoniert, bei dem drei Tonnen Gold erbeutet und ein Soldat erschossen worden war. Und noch immer keine heiße Spur von den Tätern. Krüger, trotz seiner mitunter frotzelnden Art, blieb dabei immer irgendwie sympathisch. Einmal hatte Markus einen lupenreinen Hattrick hinbekommen. Drei Telefonate an einem Tag, und der Mann reagierte nicht genervt, er behielt sogar seinen Humor. Respekt! In kurzer Zeit hatten sie ein stabiles Vertrauensverhältnis aufgebaut.

„Und warum wenden Sie sich ausgerechnet an mich?", fragte Krüger.

„Die Polizei hier in Frankfurt lässt mich abtropfen und Sie sind mein bester Kontakt zur Bundespolizei!"

„Verstehe! Ihr einziger!", flammte nochmals ein wenig Frotzelei auf. Aber Markus hatte jetzt die Aufmerksamkeit des Pressesprechers, breitete sachlich und strukturiert alle Details über die seiner Meinung nach Unheil verkündenden Informationen aus.

„Und worin sehen Sie die Brisanz der Informationen auf dem USB-Stick?"

Markus spürte deutlich, dass er Krüger nicht mal ansatzweise hatte überzeugen können. Vielleicht hatte Lena doch Recht, und er hatte sich mit seiner fixen Idee verrannt.

Die Dateien vom USB-Stick waren gerade per E-Mail an Krüger raus, als das Telefon klingelte.

Jonathan!

Hoffentlich keine neue Schreckensnachricht, dachte Markus.

Aufgeregt berichtete Jonathan vom Ergebnis der DNA-Analyse. Nein, es war nicht Rabeas Finger!

Markus atmete erleichtert auf. *Endlich mal was Positives.* Offenbar waren die Entführer doch nicht ganz so brutal wie befürchtet.

Aber welche Schlüsse ließen sich daraus ziehen? Wer hatte Rabea entführt, und wo, verdammt, hielt man sie gefangen?

Jetzt kam Jonathan zum Grund seines Anrufs. „Markus, kannst du in fünfzehn Minuten hier sein? Die Polizei hat Bilder, sie wollen wissen, ob wir einen der potentiellen Entführer kennen."

Markus verzog die Mundwinkel. Er kannte definitiv keine Personen aus Rabeas Umfeld, nicht mal Rabea selbst kannte er persönlich. Trotzdem versprach er zu kommen, Jonathan brauchte vermutlich seelische Unterstützung. Seine Stimme klang noch immer erschreckend matt.

*

Als Markus das Büro betrat, starrte Jonathan erschöpft auf seinen Bildschirm.

„Sie versuchen gerade, uns per Videokonferenz zuzuschalten", sagte er müde.

Das Standbild einer gelben DHL-Packstation erschien, gleichzeitig ertönte eine Stimme aus dem Lautsprecher: „Wir sind soweit!" Die Frankfurter Polizei hatte ihre Berliner Kollegen für die Ermittlungen zugeschaltet.

Schon lief die Zeitanzeige an, ein Berliner Polizist kommentierte die Bilder:

Zwei Personen nähern sich um 11:53 der Packstation 206, Berlin, Hasenheide.

Die Kamera neben der Einfahrt zum Parkhaus hatte beide Personen perfekt im Bild.

„Voilà", verkündete der Computerexperte der Berliner Polizei stolz und zoomte näher ran.

Dem Bewegungsablauf nach zu beurteilen, sind beide nicht älter als Mitte Dreißig. Die erste Person, zirka einsfünfundachtzig, hebt den Kopf: Vermutlich ein Mann, Rollkragen bis zu den Augen hochgezogen, Kapuze. Gesicht nicht erkennbar.

Zweite Person, zirka einssechzig, Pudelmütze, Schal um Mund und Nase, Gesicht nicht erkennbar, geschmeidige Bewegungen. Vermutlich eine Frau.

Es ist zu erkennen, wie der Mann ein kleines Paket vor den Scanner hält und in eine sich öffnende Paketbox schiebt. Dann verschwinden beide Personen aus dem Kamerabereich.

Jonathan und Markus betrachteten die Bilder angestrengt, doch für sie waren weder der Standort der Packstation noch die Personen zu identifizieren.

„Wir brauchen sofort alle Kameras der Verkehrsüberwachung in Neukölln: U-Hermannplatz, Hasenheide, Sonnenallee – alles im Umfeld von tausend Metern!"

„Hello again!", klang die Stimme des Berliner Polizisten trocken aus dem Lautsprecher, als eine Minute später die Überwachungskamera Hasenheide zwei Fahrradfahrer im Bild hatte, die in den Park Richtung Jahn-Denkmal abbogen. Jetzt unvermummt.

„Waaas?", rutschte es Jonathan raus.

„Sie kennen die Personen?", hakte der Polizist nach.

„Rabea", bestätigte Jonathan aufgeregt, „das ist eindeutig Rabea!" Jonathan schien verwirrt über das unerwartete Lebenszeichen seiner Tochter.

Nach kurzer Pause hinterfragte jemand die Rolle der Fahrradfahrerin: „Stockholm-Syndrom? Oder Mittäter?"

„Sieht für mich nicht nach Entführung aus", kam die Antwort aus dem Lautsprecher. „Zoom mal die linke Hand der jungen Dame."

Kurz darauf sahen sie Rabeas linke Hand Monitor füllend vor ihnen.

„Du hattest Recht. Alle Finger dran!"

Die Vermutung, dass Rabea nicht das Opfer war, sondern Mittäterin in einem fingierten Entführungsfall, konkretisierte sich.

„Was wissen wir über den Mann?"

Die Frage, auch an Jonathan gerichtet, blieb unbeantwortet im Raum stehen.

Kaum war die Videoverbindung beendet, hatte Markus bereits sein Handy am Ohr und berichtete Lena die aktuelle Entwicklung.

„Wie hat er auf die Nachricht reagiert, dass es nicht ihr Finger ist? Und das Lebenszeichen seiner Tochter auf dem Überwachungsvideo, wie hat er das aufgenommen?"

„Jonathan sitzt hier ziemlich paralysiert, er scheint die ganze Entwicklung noch nicht verarbeitet zu haben."

Auch Markus gingen viele Fragen durch den Kopf. *Wenn Rabea nicht das Opfer ist, warum dann überhaupt die Aktion mit dem Finger? Und warum diese Veröffentlichung in der Tageszeitung? Eine Veröffentlichung, die gegen die NOCO-Net gerichtet ist. Das passt nicht! Wir müssen viel näher an die Wahrheit ran. Näher ran an Rabea!*

„Jonathan?", Markus tippte ihm leicht auf die Schulter. Doch Jonathan starrte durch ihn hindurch wie in Trance.

„Wir brauchen das Passwort für Rabeas Online-Account", drängte er. Zwar hatte Lena auch andere Möglichkeiten in petto, an das Passwort zu kommen, aber das würde jetzt zu lange dauern.

„Keine Ahnung", murmelte Jonathan nach kurzem Nachdenken.

Lena hatte die Antwort mitgehört und stellte jetzt im Sekundentakt die Fragen, die sie für ihre Passwort-

Pirsch benötigte: „Geburtsdatum? Vornamen? Geburtsort? Adresse? Namen der Eltern?"

„12. März … Rabea Maria …" Die Antworten tippte sie direkt in eine Programm-Matrix ein. Wie von Geisterhand geformt rasten auf der rechten Seite Kombinationen der Eingaben über ihren Bildschirm, wurden vom Algorithmus als Passwort ausprobiert und Sekunden später verworfen.

„Nichts!", hörte Markus Lenas Stimme.

„Also weiter", drängte sie: „Kosenamen, Lieblingstiere, Blumen." Neue Kombinationen bildeten sich und wurden verworfen. Lena hakte weiter nach.

„Markus, du hattest von einem Notizbuch gesprochen. Lies die Einträge vor. Insbesondere erste Seite und letzte Seite!"

Jonathan öffnete die Schreibtischschublade und reichte ihm das Notizbuch.

„Fledermaus. Nichtssagende Zahlenreihen. Und ein Spruch auf der letzten Seite!", sagte Markus. „Das war's."

„Lies' den Spruch vor", drängte sie.

Markus las.

„CREE", tippte Lena ein, als er fertig war.

„Wie kommst du denn jetzt da drauf?", wunderte sich Markus.

„*Wenn der letzte Baum gerodet, der letzte Fluss vergiftet* ... Das ist die Weissagung der Cree!"

Im selben Moment bestätigt der Computer *CrEe1203* als gültiges Passwort.

„Na bitte", triumphierte Lena, „ich melde mich", und legte auf.

*

Berlin, Polizei Dahlem. Kaja Grote lehnte an der Trennwand des Großraumbüros und nuckelte an ihrem lauwarmen Mate-Tee. Sie hatte nicht erwartet, dass Dr. Schulz heute Morgen im Präsidium erscheinen würde.

War er auch nicht.

Dafür lag eine vierseitige E-Mail seines Anwalts auf ihrem Schreibtisch. Und jetzt erschien, wild gestikulierend, Polizeioberrat Friedrichs vor dem Besprechungsraum und winkte sie zu sich heran.

Sie löste sich langsam von der Trennwand und ging zu ihm hinüber.

„Der Direktor will wissen, ob wir vollkommen durchgedreht sind. Es gibt keine Straftat, warum also belästigen wir den Vertrauensarzt des Bundespräsidenten?"

Die junge Polizeikommissarin verstand nicht, woher der Direktor so schnell an diese Information gekommen war. Aber Belästigung? Sie hatte ihre Pflicht getan, was sollte daran falsch sein?

„Die Aussage von Dr. Schulz passt vorn und hinten nicht", verteidigte sie ihre Ermittlungen. „Mein Gefühl sagt mir ..."

„Gefühl, Gefühl, vergessen Sie Ihr Gefühl", unterbrach Friedrichs sie aufgebracht. „Der natürliche Tod von Bundespräsident Röhler ist amtlich. Gegen Dr. Schulz liegt nichts vor!", rief er. „Die Ermittlungen sofort einstellen. Haben wir uns verstanden?"

Mit einem bockigen Nicken schlich Kaja Grote zurück zu ihrem Schreibtisch.

„Unter *Bälle flachhalten* verstehe ich etwas anderes ...", rief ihr der Polizeioberrat noch hinterher.

Sekunden später erschien das Gesicht ihres Kollegen Christoph, der die deutliche Ansage mitbekommen hatte, neben der Trennwand.

„Hatten wir eine Genehmigung zur Personenüberwachung von diesem Dr. Schulz?" Christoph ließ einen verschlossenen DIN-A4 Umschlag auf ihren Tisch fallen.

Sie schüttelte den Kopf und hielt sich den Zeigefinger vor die Lippen. Wenn die von ihr angeforderte Amtshilfe der Kollegen jetzt ans Licht käme, wäre mindestens eine Abmahnung fällig. Das Bewegungsprofil von Dr. Schulz innerhalb der letzten vierundzwanzig Stunden verschwand ungeöffnet in der oberen Schreibtischschublade.

„Danke", rief sie ihrem Kollegen lautreduziert hinterher.

*

Ob die Praxis geöffnet war, ließ sich nicht erkennen. Die Gardinen zugezogen, kein Licht, Dr. Schulz saß bewegungslos in der leeren Praxis und starrte die Wand an. Seit die Polizistin gestern gegangen war, fühlte er sich wie im Nebel. Alles um ihn herum schien langsam die Konturen zu verlieren.

Zweimal war sie jetzt schon bei ihm gewesen.

Hat diese Person etwas gegen mich in der Hand?

Sein Anwalt hatte die polizeiliche Vorladung für heute Morgen abgewiegelt, aber die grundlegende Frage blieb ihm penetrant auf den Fersen: *Habe ich irgendwo einen Fehler gemacht?*

Alles war doch perfekt geplant.

Und zufällig in der Nähe der Villa des Bundespräsidenten bei einem Patienten zu sein, war keine Straftat. Außerdem schützte ihn das Arztgeheimnis!

Dr. Schulz zog die Lamellenstreifen der Gardine einen Spalt weit auseinander und warf einen Blick auf die
Straße. In einer Parkbucht gegenüber, vor dem Botanischen Garten, saßen zwei Männer in einem Auto und
schienen sich zu unterhalten. Er meinte, den Wagen
schon vor einer halben Stunde dort gesehen zu haben.
Wurde er beschattet? Er zog aus der Schreibtischschublade seinen Rezeptblock und notierte: *Schwarzer
Mercedes, Berliner Kennzeichen ...*

Er war doch nicht so abgebrüht, wie er gedacht hatte.
Für heute hatte er alle Termine kurzfristig absagen lassen und seine Sprechstundenhilfe nach Hause geschickt.

Noch einmal spähte er durch die Lamellenstreifen.
Der Mercedes rollte gerade langsam aus der Parkbucht,
ohne dass die beiden Insassen auch nur für eine Minute
ausgestiegen wären. Ein wartender Wagen blinkte und
parkte rückwärts in die freiwerdende Lücke. Dr. Schulz
wartete gespannt hinter der Gardine. Aber auch jetzt
stieg keiner der Insassen aus. Merkwürdig! Offenbar
wurde er beobachtet. So konnte er nicht arbeiten. Er
musste dringend mit jemandem reden.

Dr. Schulz nahm nicht die U3 ab Dahlem-Dorf, er
beschloss einen Umweg durch den Botanischen Garten,
zu machen und wenn ihm niemand folgte, die S1 ab
Rathaus Steglitz zu nehmen.

Als er die Praxistür abschloss, merkte er, wie ihm die
Hände zitterten. Aus dem Augenwinkel spähte er zu den
beiden im Auto wartenden Personen hinüber. Sie unter-
hielten sich wild gestikulierend und reagierten nicht im
Geringsten. Im Botanischen Garten beobachtete er das

Auto für weitere zehn Minuten aus der Ferne. Niemand machte Anstalten, seine Verfolgung aufzunehmen.

Nach kurzer Fahrt verließ er die S1 am Potsdamer Platz, vergewisserte sich mehrmals, dass ihm niemand folgte, und setzte seinen Weg Richtung Brandenburger Tor fort.

„Ist Ihnen jemand gefolgt?", giftete Redman ihn von der Seite an, kurz bevor er den vereinbarten Treffpunkt Ecke Stelenfeld erreicht hatte. Redman schaute sich nach allen Seiten um und schüttelte dann ungläubig den Kopf. Wie konnte man nur dermaßen dämlich sein. Eine Kontaktaufnahme war strengstens verboten.

„Nein", entgegnete Dr. Schulz leise. Den Mercedes vor seiner Praxis verschwieg er.

„Was ist das?", fragte Redman, als Dr. Schulz ihm die Vorladung ins Präsidium gab.

„Die Polizei war schon das zweite Mal in meiner Praxis."

Ohne ihn aus den Augen zu lassen warf Redman einen Blick auf die Vorladung. „Das ist alles? D a v o r haben Sie Angst?" Er ließ einen kurzen Moment verstreichen, dann reichte er ihm das Papier zurück. „Quatsch!", setzte er hinzu, „die haben überhaupt keinen Verdacht geschöpft. Verlieren Sie jetzt nicht die Ruhe, Schulz!"

„Ich habe die ganze Nacht nicht geschlafen." Dr. Schulz wirkte unruhig. „Und ich …" Sein Satz versandete im Nichts.

„Die ganze Aufregung wegen einer jungen Polizistin, die Ihnen drei Fragen gestellt hat? Mensch, Schulz …" Redman blickte den Arzt fast mitleidig an. Jahrelang hatte dieser ein gutes Leben auf Kosten der Agency geführt. Der Eingriff am Sonntag war die erste Aktion gewesen, die Schulz ausführen musste. Eine Aktion in fast zehn Jahren, eine einzige! Redman überschlug die Zahlungen im Kopf. Über die Jahre hatte dieser Schulz zusammen deutlich über eine Million Euro erhalten. Für nichts. Und bei der ersten Gegenleistung machte er sich in die Hose und kollabierte fast.

Schade, dass der Mann zum Schwachpunkt der Operation geworden ist. Es gefiel ihm überhaupt nicht, dass dieser mit seinem Verhalten die Berliner Polizei auf ihre Spur führen könnte. Redman kannte einige ähnlich gelagerte Fälle. Wenn einer der Beteiligten die Nerven zu verlieren drohte, wurde es immer verdammt schwierig, ihn wieder einzufangen und zurück in die richtige Spur zu bringen. Die innere Unwucht ließ sich meist nicht mehr reparieren, fraß sich unaufhaltsam in denjenigen hinein und machte ihn zum Totalrisiko. Dann half nur noch eines, ein *finaler Cut*, wie Insider sich auszudrücken pflegten.

„Ich will Sie nie wieder sehen!", zischte Redman, während er Schulz mit einer energischen Handbewegung regelrecht davonjagte. Er schaute dem ehemaligen Leibarzt des Ex-Bundespräsidenten nach, wie er Richtung Potsdamer Platz zurückschlich. Er schüttelte den Kopf. *Was für Weicheier diese Deutschen doch sind ...*

*

Frankfurt am Main, Bundespolizei. Manfred Krüger verließ die Besprechung zum Thema *Verbesserung der polizeilichen Zusammenarbeit zwischen Deutschland und seinen EU-Nachbarn* vorzeitig. Markus Manx hatte ihm eine willkommene Ausrede geliefert, auch wenn das Gespräch schon mehrere Stunden zurücklag.

Als er im Foyer ankam, stand dort, mit Sektgläsern in der Hand, eine bunte Gesellschaft aus Mitarbeitern der Dienststelle. „Sehr geehrter Herr Dr. Homann, lieber Klaus …", begann soeben der leitende Polizeidirektor. *Wird sicher eine längere Angelegenheit*, vermutete Krüger, und schlängelte sich unbemerkt zwischen Gruppe und Wand durch. Seinen Chef, Hans-Joachim Hartmann, sah er nicht in der Runde, also arbeitete er sich zu dessen Büro durch.

Hartmann saß gedankenversunken an seinem Schreibtisch. Dieser verdammte Überfall auf den Goldtransport der Bundesbank nervte ihn immer mehr. Insbesondere, da in den letzten drei Tagen keine neuen Spuren aufgetaucht waren. *Drei Tonnen Gold können nicht spurlos verschwinden*, sinnierte er. Aber die Zeit arbeitete gegen die Ermittlungsbehörden. Die Täter hatten jetzt schon über eine Woche Zeit gehabt, ihre Spuren zu vertuschen. Wenigstens war der ressortübergreifende Krisenstab letzten Freitag sofort aufgelöst worden. So musste er sich nicht mit seinem BND-Kollegen oder dem Staatssekretär herumschlagen.

„Herr Polizeidirektor?", Manfred Krüger blickte durch die halb geöffnete Tür und streckte seinen Arm in die Luft, in der Hand etwas Undefinierbares. „Manx hat uns die Dateien gemailt."

„Und, helfen sie uns weiter?", fragte Hartmann, eine Spur zu barsch für seine Verhältnisse.

Krüger schaute wie ein begossener Pudel. „Ich bin direkt mit den Dateien zu Ihnen. Ich dachte, Sie wollten sie sofort sehen?"

„Schon gut", sagte Hartmann jetzt deutlich milder und stand langsam auf. „Kommen Sie, wir gehen in den Sitzungssaal nebenan."

Krüger war auf den Inhalt der Dateien gespannt, sofort versuchte er, die Dokumente am Computer zu öffnen und auf die drei Wandbildschirme nebeneinander zu verteilen.

„Was hat das mit unserem Fall zu tun?", fragte Hartmann. Er verfolgte, wie sich Krüger bemühte, die letzte Datei zu öffnen. Ergebnislos. „Um die verschlüsselte Datei sollen sich unsere Experten kümmern", sagte er mit einer geringschätzigen Handbewegung.

Zumindest zwei Dateien waren unverschlüsselt.

„Berlin", kommentierte Krüger und ging zu dem mit *Eins* beschrifteten Wandmonitor. Der Bildschirm zeigte einen Stadtplan mit drei eingekreisten Stellen.

Hartmann stand vor dem mittleren Monitor. „Damit kann man glatt einen Weltkrieg gewinnen!", nickte er ziemlich perplex, als er das Arsenal von Waffen und Sprengstoffen sah. „Die Auswahl hat wirklich internationalen Background. Aus jedem Land nur das Beste dabei. Da hat sich einer tüchtig Gedanken gemacht, dass die Liste keine einseitigen Rückschlüsse ermöglicht. Aber was, zum Kuckuck, wollen die bloß in die Luft jagen?"

Krüger kehrte zu Monitor Eins zurück: „Berlin!"

Nun stand Hartmann neben ihm und betrachtete die eingekreisten Stellen. „Jetzt mal im Ernst! An keiner der drei Locations befindet sich irgendetwas Interessantes, oder? Sehen Sie was? Vielleicht sind das militante Veganer, die eine Berliner Currywurstbude hochjagen wollen. Das war's dann aber auch!"

Für Hartmanns Alterssarkasmus hatte Krüger nichts übrig. *Hoffentlich werde ich später nicht auch so!* dachte er nur.

Hartmann gab keine Ruhe. „Wo ist der Zusammenhang zu unserem Goldraub? Und was bedeutet das Gekritzel hier – Snow White?"

Manchmal ist Hartmann kontraproduktiv und richtig zum Kotzen, ärgerte sich Krüger. *Woher soll ausgerechnet ich eine Antwort wissen?*

„Schicken Sie die Daten zu unseren Berliner Kollegen, die sollen sich drum kümmern!", ordnete Hartmann an. „Die sollen uns von allen drei Orten Fotos schicken."

Ist es möglich, dass dieser Manx uns einen Bären aufbindet? überlegte er, als Krüger verschwunden war.

Zehn Minuten später stand Krüger mit einem Stapel Fotos in der Hand im Raum.

„Nein, das kaufe ich Ihnen nicht ab." Hartmann schaute abwechselnd auf Krügers Hände und sein Gesicht. „Nie und nimmer haben unsere feinen Hauptstadtkollegen so schnell geantwortet. Ausgeschlossen!"

„Google Street View!", brüstete sich Krüger, leicht überheblich im Ton, obwohl es nicht seine eigene Idee war. Gerade hatte ihn ein patziger Berliner Kollege angeraunzt, er solle sich die Stellen gefälligst selbst auf Street View anschauen.

Krüger arrangierte die Ausdrucke genüsslich so nebeneinander auf Hartmanns Schreibtisch, dass der Eindruck eines 360-Grad Rundumbildes entstand.

Hartmann war sichtlich beeindruckt. „Beschreiben Sie die drei Zielorte", forderte er dann in professionellem Ton. „Laut denken, und beschreiben, was Sie sehen!"

„Die Bilder zeigen nichts Interessantes!"

„Krüger, genau das war eben mein Spruch", funkte Hartmann dazwischen. „Ihre Aufgabe: Erst beschreiben, dann bewerten!"

„Okay. Also, auf allen drei Schauplätzen sehen wir Straßen ... und vier- beziehungsweise fünfgeschossige Häuser ... an zwei Kreuzungen kleine Getränkekioske, an einigen Häuserwänden Berliner Graffiti."

Ihn beschlich das nagende Gefühl, dass sein Chef ihn vorführen wollte.

„Gut", sagte Hartmann, „und was noch?"

Krüger zuckte frustriert mit den Schultern: „Drei Ampeln."

„Jetzt komm, Krüger, weiter!"

„Zwei verschiedene Ampelmännchen."

„Genau! Ost- und West-Ampelmännchen gibt es nur in Berlin. Aber wir wissen bereits, dass es Berlin ist, also unwichtig für uns."

Krüger schaute sich alle Fotos der Reihe nach nochmals in Ruhe an.

„Stromkästen", half Hartmann nach. „An allen drei Straßen stehen Stromkästen." Er markierte die drei Stellen mit dem Kugelschreiber.

In Krügers Gesicht pulsierte pures Unverständnis.

„Stromkästen! Krüger, Stromkästen! Das sind diese grauen Kästen, die an jeder Ecke stehen und immer mit schwachsinnigem Graffiti überzogen sind. Gut, Stromkästen ist wohl der falsche Ausdruck. Telefonverteilerkästen ist korrekter."

Bei Krüger klingelte immer noch nichts.

„Die Dinger sind seit hundert Jahren leer. Da lagert jetzt der Briefträger seine Post, die Dealer verstecken ihre Drogen und, und, und."

Hartmann genoss seine Entdeckung für ein paar Sekunden, bevor er sie verbal offenbarte: „Das sind keine Anschlagsziele, Krüger, das sind möglicherweise Übergabeorte! Vielleicht hat das sogar was mit unserem Goldraub zu tun. Vielleicht ist unser Gold", er hieb im Takt seiner Worte auf die Schreibtischkante, „genau - dort - drin - versteckt." Hartmann schien von seiner Erklärung überzeugt. Unauffälligere Verstecke mitten in der Öffentlichkeit, für ihn nicht denkbar. Man konnte jederzeit mit einer beliebigen Phantasieuniform vorfahren, öffnen, einladen, wegfahren – perfetto! *Wie frech ist das denn!*

Krüger starrte die schäbig aussehenden grauen Kästen der Reihe nach an und schüttelte den Kopf.

Hartmann streckte ihm seine rechte Hand entgegen. „Abwarten, Krüger! Wie ist es mit einer kleinen Wette?"

Krüger blieb bei seinem Kopfschütteln.

„Na, dann eben nicht." Hartmann zog seine Hand wieder zurück. „Sagen Sie den Berliner Kollegen, sie sollen die Verteilerkästen checken", ordnete er an. Und zwar sofort!"

„Und was ist mit der Sprengstoff-Liste und Snow White?", gab Krüger mit gequältem Gesicht zu bedenken.

Auf Hartmanns Stirn erschienen sekundenlang einige Denkfalten. „Schicken Sie einfach alles den Kollegen", entschied er dann. Er wollte schnell Gewissheit, ob er mit seiner Theorie richtig lag.

„Übrigens: gute Arbeit", glaubte Krüger im Hinausgehen zu hören.

*

Frankfurt am Main, Ulmenstraße. Markus hatte schnell ein paar Sachen gepackt; kaum zurück im Büro, stoppte ein brauner Audi Avant direkt vor seiner Tür. *Prima, klappt ja wie am Schnürchen*, freute er sich, als er, um einer Politesse zuvorzukommen, hinauseilte. Wie von unbekannter Hand geführt öffnete sich die Beifahrertür von innen.

„Hi John", begrüßte er seinen Freund und Kollegen Spencer. „Was für ein Service", grinste er. „Jetzt öffnest du nicht nur jungen Ladies beim Einsteigen die Tür, sondern auch mittelalterlichen Herren. Tolle Idee, wirklich." Markus warf seinen Rucksack auf die Rückbank und hechtete auf den Beifahrersitz.

„Morgen Markus", grinste Spencer zurück. „Neuer Noteinstieg. Die Beifahrertür lässt sich nicht mehr von außen öffnen. Reparieren lohnt nicht mehr."

„Ach so! Und ich dachte schon ...", Markus gab sich enttäuscht, musste aber dabei lachen.

„Danke, dass du mich vorm Büro aufgabelst. Die Ulmenstraße liegt ja nicht gerade auf deinem Weg zur Autobahn."

Erst vor wenigen Minuten hatte Markus John Spencer zurückgerufen und die Mitfahrgelegenheit, die er zuvor schon ausgeschlagen hatte, reaktiviert. Sie mussten näher an Rabea heran. Und Rabea war offensichtlich in Berlin. Da kam Johns Angebot wie gerufen.

„Kein Ding. Ich freu mich, dass ich Begleitung habe."

Heute war Frankfurt wie leergefegt, ungewöhnlich für die Mainmetropole, und so erreichten sie die A5 erfreulich rasch. Soeben fragte sich Markus, wie lange Spencer es aushalten würde, bevor er den ersten Witz loswerden musste, da passierte es schon.

„Kennst du den schon?", fragte Spencer auf Höhe von Bad Homburg, während er ruhig Richtung Osten fuhr. „Ist aber etwas länger!" Aus dem Augenwinkel heraus vergewisserte er sich, dass sein Beifahrer aufnahmefähig war.

„Leg los, wir haben genügend Zeit bis Berlin."

Markus genoss die Ablenkung. „Nicht schlecht", so oder ähnlich lobte er zwischendurch immer wieder mal. Es gab fast keine Witze, die Spencer peinlich waren, eigentlich gar keine.

Der Verkehr floss zügig. Sie sprachen ausgelassen über dies und das. Heute mal ohne nostalgisch verbrämtes Gejammer über den Verlust der guten alten Zeiten. An ihrer prächtigen Stimmung änderte sich auch nichts, als das Radio eine Vollsperrung der A7 bei Göttingen ankündigte.

„Dann fahren wir über Jena!", verkündete Spencer. „Dauert vielleicht ein Stündchen länger."

Es schien, als würde er sich sogar darüber freuen.

„Kennst du *Fritz-Mitte*?", fragte er auf einmal.

„Fritz was?"

„Ich frag mal anders. Warst du mal in Jena?" Spencer merkte, dass er Markus abgehängt hatte.

„Egal, wenn du Zeit hast, machen wir einen Boxenstopp. Ich lade dich zum Fritz-Menü ein. Einverstanden?"

Der Boxenstopp dauerte eine knappe Stunde, dann hatte die Autobahn sie wieder. Markus musste lachen, als er an das Fritz-Menü zurückdachte. „Menü!", sagte er laut und nickte. „Bratwurst, Pommes, kleines Pils!"

„War doch gut, oder?" grinste Spencer, nach dieser Stärkung in bester Laune.

Markus nickte, mit Spencer bekam die Reise das lockere Ambiente einer Klassenfahrt.

Markus dachte an die vor ihm liegenden Tage in Berlin. Näher an Rabea ranzukommen, war das offizielle Ziel seiner Reise. Die Dateien auf dem USB-Stick hatte er, wie mit Lena vereinbart, der Polizei geschickt. Vielleicht konnte er aber trotzdem bei der Gelegenheit einen kurzen Blick auf die auf der Berlinkarte markierten Orte werfen. Er lehnte sich in dem durchgesessenen Beifahrersitz zurück. Durch den fadenscheinigen Bezug hindurch spürte er die Metallfedern der Sitzpolsterung. Sie schienen ihn an den Zweck seines Trips zu erinnern und pieksten ihn mit neuen Zweifeln. *Vermutlich mache ich schon wieder einen Fehler, wenn ich dem USB-Stick nachjage …* Warum ließ er sich bloß immer wieder von seiner Neugier treiben?

Ausnahmsweise lag er geschäftlich mal gut im Rennen. Durch seine Berichte vom Überfall auf den Goldtransport hatte er jetzt guten Zugang zu allen Zeitungen und hätte in den kommenden Tagen leicht und locker einige Aufgüsse des Themas liefern können. Alles, was entfernt um Gold, Geld oder Vertrauen ging, ließ sich bestens als konsumfreundliche Kost servieren. Selbst seine fast fertige Recherche über den drohenden Zusammenbruch einiger Kryptowährungen hätte er jetzt vermutlich mühelos an die *Hessische Neuste Presse* verkaufen können. Die Informationen auf dem USB-Stick spielten für diese Themen keine Rolle.

Am Bahnhof Zoo verabschiedete sich Markus.

„Danke, John. War 'ne coole Tour."

Er schaute dem alten Audi hinterher, bis er an der nächsten Kreuzung im Verkehr verschwand.

Keine Viertelstunde später checkte *Markus Manx, Journalist, Frankfurt,* in einer kleinen Pension in der Nähe ein. Familiengeführter Betrieb, etwas altmodisch in einem Wohnhaus mit knarrender Holztreppe und einem Aufzug im gusseisernen Käfig, der im Schneckentempo die vier Etagen hochkroch. Aber das Zimmer für achtundzwanzig Euro, Frühstück inklusive. Ein Spottpreis im Vergleich zu Frankfurt.

Markus hatte sich entschlossen: Den restlichen Tag wollte er nutzen, um mindestens einen der auf der Karte markierten Orte näher in Augenschein zu nehmen. Und zwar so, wie sich das für einen Spürhund-Journalisten gehört.

*

Berlin, Amerikanische Botschaft. Was für ein Gegensatz: Luisa, wunderschön, in einem eleganten schwarzen Abendkleid, und dann diese Demütigung.

Das war vor vier Jahren.

Redman ertappte sich, wie er erneut an Bogotá und den Empfang beim Präsidenten dachte. Seit dem Moment, als er Luisa an der Seite des Botschafters erkannte, war es ihm schwergefallen sich von ihr fernzuhalten. Doch dann – ein Peter Redman brauchte nur wenige Minuten, um sich geschickt durch die Gesellschaft bis in ihre Nähe vorzuarbeiten.

„Luisa!", herrschte ihr Mann sie soeben mit scharfer Stimme an und zog sie weiter, weg von der Gruppe mit dem amerikanischen Botschafter. Luisa versuchte zu lächeln und folgte ihm ohne Widerstand. „Ich hab dir schon mal gesagt, du sollst nicht auf die Leute einschwätzen!", setzte er laut hinzu und warf ihr einen tadelnden Blick zu.

„Ich wollte doch nur nett sein", flüsterte Luisa gekränkt und schaute, seinem Blick ausweichend, auf den Boden.

„Die Gäste wollen nicht von dir gelangweilt werden", erwiderte ihr Mann böse, während sein Gesicht sich dem ihren bedrohlich näherte.

„Warum sprichst du so gemein mit mir?", hauchte sie.

Es machte alles noch schlimmer.

„Reiß dich gefälligst zusammen und kümmere dich um ...", hörte Redman noch, bevor er sich umdrehte und einer anderen Gruppe zuwandte. Er konnte Luisas Demütigung kaum ertragen. Er fühlte sich schlecht, wie ein Voyeur. Und gleichermaßen machtlos, weil er ihr nicht helfen konnte.

Später nutzte sie eine Gelegenheit, steckte ihm heimlich einen Zettel zu. Sie trafen sich am nächsten Nachmittag. Danach sahen sie sich nie wieder.

Peter Redman ertappte sich bei dem Gedanken, Luisa zu retten. Sollte er sie warnen und den kolumbianischen Botschafter opfern? Aber ob die Gattin des Botschafters heute überhaupt noch die Luisa war, die er ...

Shit! Er sprang auf. Fast hätte er seinen Termin vergessen.

„Salam alaikum." Peter Redman konnte sich nicht daran erinnern, Mohamed jemals zweimal in vierundzwanzig Stunden getroffen zu haben. Und noch nie hatte Mohamed um ein Treffen ersucht. Redman wurde seit dem Anruf das Gefühl nicht los, es könnte etwas schiefgelaufen sein.

Er beobachtete aufmerksam jede Bewegung des jungen Mannes und dessen Gesichtsausdruck, doch der saß nur da und starrte auf das bunte, undefinierbare Graffiti an der gegenüberliegenden Hauswand. Anstalten, das Gespräch zu beginnen, machte er keine.

„Und?", fragte Redman nach einigen Minuten.

„Brauchen Personenabgleich!"

„Für wen?", fragte Redman direkt nach.

„Ein Team! Informationen passen nicht zusammen."

„Du meinst, ein Team hier in Berlin?"

„Ja", sagte Mohamed und starrte geradeaus.

Redman zog sein Telefon hervor. Er hatte richtig vermutet: Mohamed trieb ein Problem hierher!

Mohamed schielte von der Seite auf Redman. Dann hielt er ihm einen Zettel hin.

Den Papierschnipsel vor seiner Nase identifizierte Redman eindeutig als den abgerissenen oberen Rand der aktuellen Berliner Morgenpost. Auf dem Schnipsel zwei Personennamen, in Druckbuchstaben geschrieben, und ein Ort. Er blickte fragend auf Mohamed. Dass der die Berliner Zeitung lesen würde, hielt er für absolut ausgeschlossen. *Egal!*

„Geschwister?", fragte er beim Eintippen der Namen.

„Vermutlich … glaubten wir … bis heute!"

Redman schloss die Eingabe mit einem Klick ab. Die Datenbank in Langley sollte jetzt zeigen, was sie konnte. Ein Namensabgleich, und zwar weltweit, erledigte sie normalerweise in wenigen Minuten.

Redman erinnerte sich nicht, jemals gefragt worden zu sein, warum die CIA Zugriff auf alle weltweiten Personendaten habe. Er kannte die Antwort, er hatte das atombombensichere Archiv in der Nähe von Salt Lake City selber gesehen. Dort lagerten nicht nur Milliarden

Namen der Lebenden, auch die Daten der Toten sammelte die *Kirche Jesu Christi der Heiligen der Letzten Tage* seit fast zweihundert Jahren, aus Glaubensgründen. Die CIA brauchte nur ihren Strohhalm hinein zu tauchen, konnte alle gesuchten Daten absaugen. Zusammen mit der eigenen biometrischen und Bilddatenbank ein wahrhaftig leistungsfähiges Tool.

Abgleich abgeschlossen, das System meldete einen Fund.

„Dilara und Azad. Beide sind tot!", sagte Redman. „Zusammen mit ihren Eltern im Irak bei einem Luftangriff ums Leben gekommen. Kollateralschaden!" Er bemühte sich nicht einmal, Mitgefühl zu zeigen.

Unterdessen baute sich langsam, Zeile für Zeile, ein Foto der Gesuchten auf dem Telefondisplay auf. Beide Männer schwiegen und verfolgten, wie die Gesichter allmählich Kontur annahmen.

„Das sind sie nicht!", rief Mohamed.

„Heißt was?"

Beide starrten auf das kleine, jetzt gestochen scharfe Foto.

„Haben faules Ei bei uns. Nutzen falsche Identität."

„Und jetzt?" Redman schaltete das Telefon aus und steckte es zurück in die Hosentasche.

„Wir erledigen das!"

Redman warf ihm einen scharfen Blick zu.

„Werden eliminiert", stieß Mohamed hervor. „Sofort!"

„Was glaubst du, was haben die beiden vor?"

„Keine Ahnung!", erwiderte Mohamed unwirsch.

„Ist Snow White in Gefahr?"

„Nein", erwiderte Mohamed bestimmt. Er wusste, was er jetzt tun musste.

Eine Frage blieb für Redman offen: *Was wollen die beiden hier in Berlin?*

„Du suchst sie. Ich schreibe sie verdeckt zur Fahndung aus!", schlug Redman vor. „Hast du ein Foto?"

„Nein", antwortete Mohamed. Er hatte kein einziges Foto, und es jetzt zu besorgen, wäre riskant und extrem aufwändig. Er schwor sich, diesen Fehler nie wieder zu machen.

„Brauche kein Foto. Kenne Versteck!"

Mit diesen Worten stand er auf und ging davon. Er hatte etwas zu erledigen.

„Warte! Wie sind die beiden aufgeflogen?"

Redman interessierte, wie eine perfekte Tarnung aussah und durch welche Fehler sie platzen konnte.

Mohamed drehte sich kurz um.

„Zufall", sagte er und verschwand.

Redman spürte, dass die Antwort nicht stimmte. Vermutlich wurden die Teams überwacht. Aber wie? *Es gibt keine Zufälle!* hallte es in seinem Kopf nach. *Weder ist es Zufall, dass die beiden Falschspieler hier sind, noch ist es Zufall, dass sie aufgeflogen sind.*

Alles, was Langley zu diesem irakischen Ort und dem Krieg gespeichert hatte, lud er sich später vom Zentralrechner herunter.

Manchmal findet man durch Fleiß die gesuchte Lösung! Manchmal aber auch nicht!

*

Berlin, Neukölln. „Und?" Neugierig ging Rabea zu Jake hinüber, der seit Stunden gebannt auf den Bildschirm seines Computers starrte. Die zwei Zimmer im Souterrain eines Neuköllner Hinterhofes waren düster und die

Luft fühlte sich wegen der schlechten Isolierung klamm an. Trotzdem war die Wohnung Gold wert, denn in ihrem NOCO-Net-Büro durfte sich zumindest Rabea die nächsten Tage nicht sehen lassen. Die Mitstreiter hatten vor ein paar Minuten eine verschlüsselte Mail geschrieben: die Berliner Polizei sei heute zum zweiten Mal vorbeigekommen.

„Die Klicks schießen durch die Decke. Rabea, du bist der Star der Community!", lobte Jake.

Nachdem zwei Tageszeitungen über die Entführung berichtet und ihre Forderungen veröffentlicht hatten, gingen die Solidaritätsbekundungen für NOCO-Net steil nach oben. Das Netz spekulierte wild über die Entführung, vielleicht sogar Ermordung, einer jungen, unschuldigen Umwelt-Aktivistin. Steckte ein Kohleland dahinter, das seine Industrie bedroht sah?

Schnell kam das Gerücht auf, Rabea sei zuletzt beim Betreten der polnischen Botschaft in Berlin gesehen worden. Parallelen zum Fall Kashoggi und der Saudischen Botschaft in Istanbul machten die Runde.

Innerhalb von Stunden hatten Mitglieder der Umwelt-Community die Aufzeichnungen der Überwachungskameras der polnischen Botschaft angezapft und ins Netz gestellt. Aber der Verdacht bestätigte sich nicht: Rabea war nie beim Betreten der polnischen Botschaft gesehen worden.

Steckte die deutsche Braunkohle-Lobby dahinter?

Mit jeder neuen Verschwörungstheorie stiegen die Solidaritätsbeteuerungen weiter, Klicks und Spendenbereitschaft zogen unentwegt an. Wie verlockend es doch war, diese Welle zu reiten ...

„Es war falsch, meinen Vater mit reinzuziehen", sagte Rabea vorwurfsvoll.

„Rabea, sieh es doch mal so, wenn es so weiterläuft, haben wir in vierundzwanzig Stunden das Geld für die Aktion zusammen."

Und in der Tat, momentan fegte ein Sturm der Hilfsbereitschaft über sie hinweg.

„Trotzdem, wir machen Mist", maulte Rabea. Die ganze Aktion fühlte sich inzwischen nicht mehr gut an für sie.

„Komm, das ziehen wir jetzt gemeinsam durch, ist ja bald vorbei", tröstete Jake, ohne den Bildschirm eine Sekunde aus den Augen zu lassen. „Denk doch mal dran, welch einen Denkzettel wir diesen Ausbeutern verpassen werden."

Auch für Rabea war das System längst kaputt. Ihre Politikverdrossenheit hatte einen solchen Level erreicht, dass ihr jedes Vertrauen in die herrschenden Eliten abhandengekommen war. Die Politiker würden nichts lösen, absolut nichts. Sie und die Aktivisten von NOCO-Net waren auf sich allein gestellt. Aber dass sie ihren eigenen Vater mit hineingezogen hatte, da hatte sie den Bogen überspannt.

Nervös klickte sie auf ihrem Kugelschreiber herum. Sollte sie ihrem Vater eine Notiz schreiben?

„Ich rufe an", entschied sie schließlich.

Jake stand auf und nahm sie fest in den Arm. „Halte noch zwei Tage durch, dann haben wir's geschafft. Dann haben wir deine Idee verwirklicht!"

Die Idee für die Aktion war Rabea nach der Greenpeace Aktion *Sonne am Großen Stern* in Berlin gekommen. Als sie erfahren hatten, dass die Weltöffentlichkeit am Freitag auf Berlin schauen würde, stand das Timing für ihre eigene Aktion fest.

Die erste Überlegung, fünf Lastwagen voll Braun-kohle vor den Berliner Dom zu kippen, wurde schnell verworfen. Erstens käme man wegen der Absperrungen mit den schweren LKW nicht bis zum Dom durch. Zum anderen würde die Aktion keine direkte Betroffenheit hervorrufen. Ein Gag, mehr nicht.

Aber die Idee mit der Farbe war gut: Der Dom, die Straßen, die Politiker, alles sollte mit blutroter Farbe übergossen werden. Von Aktivisten zu Fuß, aus Fahr-zeugen heraus und von Hubschraubern herunter. Live und vor den Augen der ganzen Welt. Es wurde höchste Zeit. Die herrschende Elite war dabei, den Planeten um-zubringen. Mutter Erde blutete schon.

Sundowner lautete der Tarnname. Sicher, es steckte ein immenser Aufwand dahinter. Aber das war die Sache wert. In den Augen ihrer Anhänger konnte Rabea nichts falsch machen.

*

Berlin, Berliner Dom. Azad blickte sich erstaunt um, als er mit Dilara den Dom erreichte. In der vergangenen Nacht hatten die Sicherheitskräfte ganze Arbeit geleistet, die Szenerie glich einem Hochsicherheitstrakt. Dom und große Teile des Platzes waren eingezäunt, jetzt schon unmöglich, an den Dom selbst heranzukommen.

Azad trat dicht an die Absperrung heran. Möglichst unauffällig versuchte er, sich einen Überblick über den Ort zu verschaffen, der zur Bühne seiner Rache werden sollte.

Die etwa einen Meter hohen Gitter auf vier dünnen Füßen aus Rundrohr, durch seitlich angebrachte Haken und Ösen ineinander gehängt, kannte er von Fotos her.

Die vor ihm aufragenden Hindernisse waren viel höher, gut brusthoch.

Azad legte eine Hand auf das obere massive Stahlrohr. Sein Blick blieb an den beidseitig am Boden verbundenen Gittern hängen. Deren Funktion war offensichtlich: Wer direkt vor oder hinter der Absperrung auf diesen Gittern steht, kann die Konstruktion nicht mehr umkippen, im Gegenteil, er stabilisiert sie mit seinem eigenen Gewicht.

„Vorsicht!", schnauzte ein Monteur sie an, „etwas Abstand!" Azad und Dilara wichen zurück. Der Monteur trat von innen an die Absperrung, klappte etwas runter, stieg darauf und begann, zwei Gitter mit Verbindungsschellen zu verschrauben.

Beinahe ungläubig starrte Azad zu dem riesengroßen Monteur vor ihm empor, der ihn fast um eine halbe Körperlänge überragte. Azad erkannte, dass die innere Seite der Gitterkonstruktion eine zusätzliche Stufe von etwa dreißig Zentimeter Höhe aufwies. Wer auf dieser Seite der Absperrung stand, hatte einen guten Überblick und konnte von oben auf die anderen einwirken.

Azad spürte, wie ihm ein Frösteln den Nacken herunterlief. Die Gitterstäbe, die übermächtig wirkende Person, ließen bedrückende Erinnerungen wachwerden. Das Gefühl, hilflos in Käfigen eingesperrt zu sein, jeglicher Willkür ausgesetzt, und kein Schimmer der Hoffnung. Normalerweise kamen diese Ängste nachts, wenn es draußen ruhig wurde.

Dilara drehte sich zu ihm um, sah ihn mit erschreckten Augen an. Von seinen finsteren Erinnerungen gepeinigt, hatte Azad ihre zierliche Hand unwillkürlich so fest gedrückt, dass es ihr wehtat.

Der Monteur hatte sich mehrere Elemente voran ge-arbeitet. Azad trat zurück an das Gitter, legte die freie Hand auf die soeben montierte Schelle. Ohne hinschauen zu müssen, fühlte er die beiden Backen aus kaltem Stahl. Seine Finger glitten über die Schraube, die beide Backen fest zusammenzog und die nebeneinanderliegenden Ab-sperrungen massiv verband. Sie fühlte sich nicht nach Kreuzschraube an, auch nicht nach Schlitzschraube oder Universal-Schraube. *Wahrscheinlich Sicherheitsver-schraubung! Nur mit Spezialwerkzeug zu lösen.*

Azad hatte genug gesehen und drehte sich zu Dilara. Eine einzelne Träne lief ihr die tief liegende Narbe ent-lang langsam die Wange runter.

„Tut mir leid", entschuldigte er sich und rieb sanft über ihre schmerzende Hand. Dilara reagierte nicht, schaute nur traurig auf den Boden. Azad strich ihr wie einem Kind sanft über das Haar. „Dilara, um Gottes willen, was ist?", fragt er leise. Dann fiel sein Blick auf ihre andere zur Faust geschlossene Hand. Als er seine Augen forschend zwischen ihr und der Faust wandern ließ, öffnete Dilara langsam ihre Finger. Auf ihrer Hand-fläche klebte ein braunes, ausgefranstes Stück Packpa-pier, in der Mitte ein Loch. Der Schmetterling hatte dem sanften Streicheln ihrer Finger auf Dauer nicht standge-halten.

Azad löste die Reste des Papiers mit dem Fingernagel und strich die braunen Krümel von ihrer Handfläche. „Sei nicht traurig, Dilara. Ich finde etwas anderes für dich. Bestimmt. Vielleicht etwas noch Schöneres."

Ein drängelnder Gabelstapler, eine volle Palette mit zusammengeklappten Absperrgittern balancierend, ver-trieb sie jetzt endgültig von ihrem Platz.

Im Weggehen sahen sie, wie der Zaun Meter für Meter wuchs.

*

Der heiße Tee strahlte wohltuende Wärme aus. Azad legte beide Hände um das Glas und genoss die Sekunden.

Dilara lag, seit sie zurück in der Wohnung waren, auf ihrer Matratze, sie hatte sich in eine Decke eingerollt. Ihren Kummer hatte Azad den ganzen Vormittag gespürt. Der Verlust ihres Papierschmetterlings schmerzte sie. Vielleicht sollte er ihr die Postkarte vom Dom schenken. Die Postkarte konnte sie nicht verraten. Dilara würde sich bestimmt freuen und den Schmetterling vielleicht vergessen.

Azad stand auf und ging zum Küchenschrank. Das Paket lag noch exakt an seiner Stelle auf dem Küchenschrank. Er tastete mit der Hand nach der Ansichtskarte. Er hatte sie genau an den Rand gelegt, ganz sicher. Aber da war keine Karte. Azad zog sich den Stuhl heran. Keine Karte! Auch unter dem Paket nicht.

Die Postkarte blieb verschwunden. Hatte vielleicht Dilara die Wohnung durchsucht? War sie sogar an dem Paket gewesen? Hatte sie die Waffe gefunden? Azad spürte seinen Puls schneller schlagen. Er hob das Paket vom Schrank, breitete alles auf dem Tisch aus, kontrollierte jedes Teil, zählte jeden Schuss Munition.

Es fehlte nichts. Aber die Karte blieb verschwunden.

Eines stand fest: Das Paket musste an einen sicheren Ort gebracht werden, und zwar möglichst schnell, bevor ein Unglück passierte.

Azad brauchte nicht lange zu überlegen, die Touristenstadt Berlin war geradezu übersät mit Schließfachanlagen. An den Bahnhöfen hatte er die grauen Schließfachwände in unterschiedlichen Größen gesehen, und an fast allen Plätzen klebten Schließfachschränke an Häuserwänden. Bahnhöfe mied Azad wegen der Polizei und den ausgebildeten Spürhunden. Aber Potsdamer Platz und Alexanderplatz – er erinnerte sich an große blaue Boxen in unterschiedlicher Größe, von außen zugänglich. Seine Wahl fiel auf den Alexanderplatz.

Sie brachen sofort auf. *Ich muss besser aufpassen,* ermahnte er sich.

Dilara war seine Achillesferse!

*

Eine Dreiviertelstunde später erreichten sie den Alexanderplatz und gingen zu den Schließfächern. Azad studierte angestrengt die Information, die dort klebte: *Nutzungsbedingungen.* Die Formulierungen waren für ihn kaum zu verstehen. Die Nutzungshöchstdauer betrug zweiundsiebzig Stunden. *Nutzungshöchstdauer!* Für ihn ein fürchterliches Sprachungetüm, auch *zweiundsiebzig* verstand er nicht auf Anhieb. Keine Kinder, Tiere oder Sprengstoffe zu lagern, das war hingegen klar. Letzteres erschien ihm schon beinahe höhnisch.

Als er die angelehnte Tür eines Faches auf Kniehöhe öffnete, dessen grüne Lampe es als *frei* auswies, zuckte er zurück. Gestört bei der Nahrungssuche, sprang ihm eine fette Ratte entgegen und türmte verschreckt in die aufziehende Dämmerung des Alexanderplatzes. Azads Blick suchte sofort seine Schwester.

Dilara hielt mit einer Hand den Kinderwagen, mit der anderen versuchte sie, bunte Lichtpunkte zu fangen, die sich über ihre Hände bewegten. Die Lichtreflexe einer sich drehenden Schaufensterlampe tanzten wie friedliche kleine Wesen auf ihrer Haut und fesselten ihre Aufmerksamkeit. Ein schüchternes Lächeln huschte über ihr Gesicht.

Azad drehte sich zurück zum Schließfach. Der vorherige Nutzer hatte das Fach mit Müll und Essensresten vollgestopft hinterlassen. Eine Box in der darüber liegenden Reihe erwies sich als sauber und unbeschädigt. Er steckte Münzen für die ersten achtundvierzig Stunden in den Geldschlitz, schob das Paket in die Box und schloss die Tür. Die Anzeige wechselte auf *belegt* und leuchtete jetzt rot. Ein prüfender Ruck an der Tür bestätigte Azad den sicheren Verschluss. Erleichtert ließ er den Schlüssel in seine Hosentasche gleiten. Jetzt fühlte sich alles gleich besser an.

Er drehte sich wieder zu Dilara um. Sie zeigte keinerlei Interesse für das Paket, ihre volle Aufmerksamkeit galt immer noch den tanzenden Lichtreflexen. Gerade schloss sie ihre Hand um einen kleinen roten Punkt, da zog Azad sie sanft mit sich.

*

Kurz nach fünf fuhr die U-Bahn in Hellersdorf ein. Kaum eine Spur mehr davon, dass die Stadt die Haltestelle *Cottbusser Platz* erst vor zwei Tagen hatte frisch streichen lassen. Von einer Wand bis zur gegenüberliegenden spannte sich schon ein neues farbenprächtiges Graffiti.

Azad half Dilara, den Kinderwagen über die Stufen zur Straße zutragen, und sie machten sich auf den Heimweg. Gleichermaßen geschickt und behutsam lenkte Dilara das leere Gefährt um fehlende Gehwegplatten herum, bis der Plattenbau in der Dämmerung vor ihnen auftauchte.

Azad betrachtete das Gebäude, während sie mit jedem Schritt näherkamen. Acht Geschosse, in der gesamten obersten Etage brannte kein Licht. *Vielleicht leerstehende Wohnungen*, dachte Azad, *vielleicht Schäden im Dach, die alles unbewohnbar machen*. In manchen Wohnungen der übrigen Etagen brannte Licht. In einem dunklen Fenster spiegelten sich schwache Lichtreflexe. Azad verlangsamte seinen Schritt und schaute genauer auf dieses Fenster. Was rief diese Spiegelung hervor? In diesem Moment erlosch der unruhige Lichtreflex, um kurz darauf im Fenster des Nebenzimmers aufzutauchen. Dann erlosch die schwache Lichtquelle ganz.

Eine Taschenlampe, vermutete Azad.

Mit einem Mal fuhr er zusammen.

Siebte Etage!

W-A-S?

Ruckartig zog er Dilara mitsamt Kinderwagen, dessen Griff sie fest umklammert hielt, hinter die nächste Hausecke. Er drückte sich mit dem Rücken gegen die kalte Hauswand und atmete tief durch. Jemand machte sich bei ihnen in der Wohnung zu schaffen! Kein Zweifel: Siebte Etage, rechts. Azad versuchte seine Gedanken zu sammeln.

War ihre Tarnung aufgeflogen? Polizei? Oder waren es gewöhnliche Einbrecher? Dass seine Wohnung nicht in der besten Gegend lag, war offensichtlich.

Sie standen dort fast eine halbe Stunde, als zwei junge Männer in der Haustür erschienen, die Baseballkappen tief ins Gesicht gezogen, und sich nach allen Seiten umsahen, bevor sie das Gebäude verließen und in der Dunkelheit untertauchten.

Okay, dachte Azad, *vielleicht sind sie verschwunden.* Aber wie herausfinden, ob die beiden etwas mit der Taschenlampe zu tun haben? Waren es wirklich die Eindringlinge, die sich in der Wohnung zu schaffen gemacht hatten? Oder waren sie womöglich völlig unbeteiligt? Die Frage, ob die Wohnung jetzt sicher war, ließ sich von hier unten nicht beantworten.

Inzwischen war es stockdunkel, Azad konnte Dilara neben sich an der Hauswand kaum noch erkennen. Sie stand regungslos da und hielt den Kinderwagen fest. Azad beschloss, noch eine Weile zu warten und dann in die Wohnung hochzugehen. Wo sollten sie sonst die Nacht verbringen? Er ließ die siebte Etage keine Sekunde aus den Augen. Und plötzlich, da war es wieder, das kurze Aufblitzen einer Taschenlampe. Ihre Wohnung war nicht mehr sicher!

Azad tippte Dilara leicht an und streckte ihr seine Hand entgegen. Das Zeichen zum Gehen.

Dilara hob ihre geschlossene Hand, öffnete dann vorsichtig die Finger. Erwartungsvoll folgten ihre Augen jeder Bewegung, sich suchten den Lichtpunkt, den ihre Finger seit dem Alexanderplatz schützend umschlossen hatten. Aber vergeblich, sie hatte den roten Punkt verloren. Sie griff Azads Hand und folgte ihm, den Kinderwagen mit der anderen hinter sich herziehend.

*

Berlin, Hellersdorf. Mohamed kauerte auf dem Fußboden in der siebten Etage, ein Ohr an der Wohnungstür. Käme jemand unten durch die Haustür, würde deren laut quietschendes Geräusch oder Schritte im Treppenhaus ihn warnen.

Zweimal stand er leise auf, als er Schritte näherkommen hörte und ging in der Küche in Deckung.

Fehlalarm!

Beide Male versickerten die Geräusche in einem der unteren Stockwerke, und er nahm seinen Platz hinter der Wohnungstür wieder ein.

Durch die Fensterscheiben lugte ein dunkler Abendhimmel. Er schaute auf die Uhr. Fast vier Stunden wartete er schon, aber von dem falschen Azad und seiner Schwester war nichts zu sehen. Sorgfältig hatte er ein Zimmer nach dem anderen durchsucht. Sogar die angebrochene Kekspackung, die in der Küche neben zwei benutzten Teetassen lag. Weder außen an der Wohnungstür noch in den Zimmern hatte Mohamed versteckte Sicherungen entdeckt. *Der Bursche fühlt sich offenbar sicher. Gut!*

In der dritten Schublade war er fündig geworden. Da lag es, das Geld aus dem Paket. Er ließ das Geldbündel durch die Finger gleiten, bevor er es einsteckte. Vielleicht nicht mehr der volle Betrag, aber doch deutlich mehr als die Hälfte. Waffe und Bombe blieben verschwunden, aber das beunruhigte ihn nicht. Bevor er die beiden erschießen würde, hatte er das Versteck erfahren, ganz sicher.

Hier hatte niemand für eine Flucht gepackt. Also würde Azad in die Wohnung zurückkommen. Aber je länger Mohamed warten musste, umso mehr stieg die Wut in ihm hoch. Er fühlte sich von Azad betrogen, wie ein Spion hatte der sich unter falscher Identität bei ihm eingeschmuggelt. Keine Frage, Betrug gehörte zum Geschäft, aber Mohamed hasste es, selbst betrogen zu werden.

Er überprüfte, ob der Schalldämpfer fest aufgeschraubt war und legte die Pistole auf seinen Oberschenkel. Wenn er die Aufgabe hier erledigt hatte, würde er morgen früh die anderen beiden Teams überprüfen.

Er lauschte.

Im Treppenhaus war alles ruhig.

Zuerst würde er Gropiusstadt überprüfen, das Team im vierzehnten Stock direkt unterm Dach. Die Wohnung hatte der Libanese vermittelt, wie immer, und viel zu teuer. Mohamed traute dem Libanesen nicht, streng genommen traute er keinem, aber insbesondere keinem Libanesen. Für ihn waren es keine arabischen Brüder. Egal wo sie auftauchten, sie kamen irgendwie schnell an Geld, auch hier in Berlin. Aber an dem Libanesen führte kein Weg vorbei: Keine Fragen, keine Papiere, die Miete wurde im Voraus bar bezahlt. Und keine Gefahr, verraten zu werden. Der Libanese hatte selbst so viel Dreck am Stecken, dass seine Zuverlässigkeit garantiert war. Und ihm gehörten unglaublich viele Wohnungen, wie auch die in Neukölln oder Hellersdorf.

Hätte sich Mohamed für einen Berliner Bezirk entscheiden müssen, wäre seine Wahl auf das nördliche Neukölln mit seinem bunten Menschenbild gefallen. Dort fiel er nicht auf und wurde nicht herablassend behandelt – außer vielleicht vom Libanesen. Er verscheuchte das Bild des runden Gesichts, das sich vor ihm aufbaute. Aber das herablassende Grinsen meinte er trotzdem wahrzunehmen.

Vielleicht bot das Leben ihm irgendwann eine Gelegenheit, sich bei dem Kerl für dessen Überheblichkeit zu revanchieren. Mohamed konnte warten. Aber erst einmal musste er diesen Job hier erledigen.

Kurz vor Mitternacht, als ihm die Beine vom langen Sitzen eingeschlafen waren, brach Mohamed das Warten ab.

Azad und seine Schwester blieben verschwunden.

Leise zog er die Wohnungstür hinter sich zu, ging in die Knie und steckte ein Streichholz zwischen Tür und Rahmen, bis es etwa einen Zentimeter in dem Spalt verschwand. Den überstehenden Rest knickte er ab. Nur bei genauem Hinsehen ließ sich ein kleiner heller Punkt zwischen Tür und Rahmen erkennen, etwa eine Handbreit über dem Boden.

Mohamed zögerte ein paar Sekunden, bevor er den Weg nach unten antrat. Er ballte die Faust. Die beiden würden ihm nicht durch die Lappen gehen! Aber die Zeit drängte.

*

„Alles ruhig, keine besonderen Vorkommnisse am Hauptbahnhof. Over and out", meldete gegen Mitternacht ein Gruppenführer der Bundespolizei an die Zentrale.

Berlin machte sich bereit für einen friedlichen Schlaf. Ein trügerischer Schlaf …

*

Berlin, Alexanderplatz. Wo schläft man, wenn die eigene Wohnung zur Falle geworden ist? In ein Hotel gehen? Keine gute Option. Hotelgäste müssen sich ausweisen und werden der Polizei gemeldet, das hatten ihnen die Ausbilder während der Vorbereitung eingeschärft.

Kein Hotel!

Azad durchdachte alle Möglichkeiten, aber ihm fiel keine Unterkunft für die Nacht ein.

Jetzt war es schon nach Mitternacht. Sie gingen zu Fuß von Hellersdorf in Richtung Zentrum, immer auf Nebenstraßen. Mit jedem Kilometer fühlte er, wie Dilaras Hand kälter wurde. In Lichtenberg, sie hatten ungefähr den halben Weg hinter sich, war sie beinahe eiskalt. An dem letzten offenen Kiosk kaufte Azad zwei Becher Tee und reichte einen der kältezitternden Dilara.

Zuhause brühte Mutter den Tee mit kochend heißem Wasser auf und steckte in jedes Glas einen Löffel mit Honig. Azad spürte das leicht bittere Aroma des Tees zusammen mit dem süßen Geschmack. Er freute sich immer auf den letzten Schluck, auf den unten am Boden abgesetzten Honig. Aber jetzt hielt er einen Pappbecher in der Hand, in dem lieblos ein Teebeutel baumelte. Aber zumindest zuckerig schmeckte das Getränk, und es wärmte ein wenig. Er umschloss den Becher mit seinen kalten Händen.

Zeit vergeht nur im Schneckentempo, wenn man darauf wartet, dass sie vergeht. Und nachts vergeht die Zeit noch viel langsamer.

Eine Stunde später konnte Dilara nicht mehr. Sie ging immer langsamer, ihre Hände fühlten sich längst wieder eiskalt an. Azad blieb stehen, fasste ihr Gesicht vorsichtig mit beiden Händen und schaute sie an. Ihre Narbe war blutleer, wie ihr ganzes Gesicht. Ihre trüben Augen sahen ausdruckslos durch ihn hindurch. Azad massierte ihre Hände, aber das half nicht. Er umklammerte ihre kraftlose Hand und zog sie hinter sich her. Dann sah er diese Bank. Er musste ihr ein paar Minuten zum Verschnaufen geben.

Dilara legte sofort ihren Kopf in seinen Schoß und schlief im gleichen Moment ein, eine Hand umklammerte immer noch den Kinderwagen. Nur ihre Nase und die langen schwarzen Haare schauten aus der Kapuze hervor.

Azad strich über den Saum aus Kaninchenfell. Seine Finger waren so kalt, dass er das Fell nicht mehr fühlen konnte. Die Kälte kroch jetzt unbarmherzig seine Hosenbeine hoch.

Azad dachte an sein Dorf, das Flugzeug mit den vier Propellern, die Waffen, die sie ausluden, und er sah diesen Mann, der den Leuten Waffen brachte. Seinetwegen war er hier. Er hatte ihn erkannt, ein paar Monate später, auf einem Video im Internet, im Hintergrund die amerikanische Botschaft in Berlin. Sein vernarbtes Gesicht, die eingefallenen Wangen, keine Augenbrauen, Azad hatte sich das Video immer und immer wieder angesehen. Kein Zweifel: Er war es! Den Namen konnte Azad nicht herausfinden, aber er würde den Mann sofort erkennen. Die Pässe einer getöteten Familie hatten sie vor dem IS gerettet. Das Mädchen in dem einen Pass hieß tatsächlich Dilara, wie seine Schwester, und war auf dem schlechten Foto kaum zu erkennen. Azad war nicht sein richtiger Name, er hatte sich aber schnell an seinen neuen Namen gewöhnt. Der Vollbart, den er sich wie alle anderen auch wachsen gelassen hatte, hatte er auf dem Weg nach Deutschland wieder abrasiert.

Er war soweit. Seiner Rache stand nichts mehr im Weg …

Kurz vor fünf war die Kälte auf der Bank nicht mehr auszuhalten. Azad konnte seine Füße nicht mehr spüren. Wollten sie nicht erfrieren, mussten sie sich jetzt bewegen. Er nahm Dilaras Kopf und versuchte sie aufzurichten, aber das Mädchen sackte wieder zusammen. Aussichtslos! Sie ließ sich nicht aufwecken. Verzweifelt rieb er ihre eiskalten Wangen. Sie durften hier nicht erfrieren. Er richtete sie auf, aber Dilara schlief selbst im Stehen weiter, konnte kaum einen Schritt gehen.

Diese verdammte Nacht, sie wollte und wollte einfach nicht vorbeigehen.

Es dauerte lange, aber dann schlug Dilara die Augen auf.

Im Kriechtempo waren sie losgegangen und hatten den Alexanderplatz schon überquert. Azad bemerkte den Polizeiwagen zu spät, der ihnen langsam aus der Jacobystraße entgegenrollte.

„Sieh doch mal, Mike, das Mädchen dort mit dem Kinderwagen, die ist doch noch keine zwanzig", rief Uschi Bergmann. Die erfahrene Polizeibeamtin fuhr seit zwei Jahren in Berliner Problembezirken Streife und gehörte zum *Team Alex*, zuständig für einen der gefährlichsten Flecken Berlins mit über sechstausend Straftaten im Jahr.

„Was ist bloß los mit der, Mike? Da stimmt doch was nicht."

Ihr Kollege unterdrückte ein Gähnen. Er hasste nächtliche Streifenfahrten und zählte die Minuten, bis er in sein Bett fallen konnte. Die Worte seiner Kollegin, mittlerweile passierte das Fahrzeug das junge Paar, erreichten ihn kaum.

„Mike, halt an."

Uschi Bergmann ließ ihre Augen nicht von den beiden müden Gesichtern, die wie in Zeitlupe am Seitenfenster vorbeizogen. Das Mädchen machte einen völlig erschöpften Eindruck. Und wie ausdruckslos sie in den Kinderwagen starrte, während sie mühsam einen Fuß vor den anderen setzte …

„Halt an! Vielleicht können wir helfen", rief die Polizistin jetzt lautstark. Wenige Meter weiter stoppte der Streifenwagen, Uschi Bergmann sprang aus dem Fahrzeug. Nach wenigen Schritten hatte sie die beiden jungen Leute fast eingeholt.

Als Azad die Polizistin auf sie zueilen sah, schaltete er blitzschnell auf Abwehrmodus. Ihre Frage, ob sie Hilfe für ihr Baby bräuchten, im Laufen hervorgestoßen, hatte er nicht verstanden.

Er musste sofort etwas unternehmen, sollte nicht alles umsonst gewesen sein, die lange Vorbereitung im Camp, die Mühsal der Reise mit Dilara, einfach alles, was er für seine Rachepläne brauchte. Aber wie sollte er jetzt an seine Waffe kommen, die unter der Babydecke im Kinderwagen lag?

Dilara zeigte keine Reaktion, steif stand sie da und umklammerte den Griff des Kinderwagens.

Die Polizistin stand jetzt direkt neben ihr, fragte noch ein weiteres Mal, ob sie Hilfe brauchten, während sie sich über den Kinderwagen beugte und die Decke leicht herunterdrückte, um nach dem Baby zu sehen.

Azad brannten alle Sicherungen gleichzeitig durch. Ein präzise ausgeführter Low-Kick, und mit schmerzvollem Stöhnen sank die Polizistin zu Boden. Azad schnappte sich Dilara und den Kinderwagen und rannte, ohne sich umzudrehen, los. An der ersten Kreuzung nach rechts, über die Straße, dann in den dunklen Fußweg hinein. Er blieb erst stehen, als Dilara so außer Atem war, dass sie sich auch nicht einen einzigen Meter weiter mitziehen ließ.

Uschi Bergmann war in der Zwischenzeit von ihrem Kollegen versorgt worden und hatte, auf ihn gestützt, den Streifenwagen erreicht. Sie massierte ihre krampfende Wade. Trotzdem taten die jungen Leute ihr leid. „Arme Dinger", sagte sie und hängte das Mikrofon zurück in die Halterung auf dem Armaturenbrett. Die Fahndung war raus.

„Sehr witzig", kommentierte die Leitstelle ihre Täterbeschreibung. „Südländisch aussehendes junges Ehepaar mit Kinderwagen? Uschi, wenn ich nicht wüsste, dass du über zwanzig Jahre dabei bist, würde ich das für einen Gag halten. Schau mal aus dem Fenster. Wir sind in Berlin!"

Heute Nacht hatte die Polizei alle verfügbaren Leute auf der Straße. Jeder einzelne hatte wichtigeres zu tun, als einer Bagatelle nachzugehen.

Das quietschende Geräusch einer nicht allzu weit vorbeifahrenden Straßenbahn hatte Azad auf die rettende Idee gebracht. Weiter mit Dilara wegzurennen, das wäre unmöglich gewesen. Jetzt hatte sie ihren Kopf gegen seine Schulter gelegt, neben sich auf dem Gang den Kinderwagen, und schlief. Azad schaute durch das Fenster der S3 hinaus ins nachtdunkle Berlin. Langsam wurden seine Füße etwas wärmer.

„Spandau", verkündete die blecherne Stimme der automatischen Haltestellenansage. Der flackernde Schein vorbeihuschender Straßenlaternen tauchte das leere Abteil in geradezu gespenstisches Licht.

Fuhr die Bahn nach der Endhaltestelle ihren Weg zurück, oder fuhr sie ins Nachtdepot? Mussten sie aussteigen und wieder in der Kälte warten?

Dilara atmete ruhig.

Azad beschloss abzuwarten.

Donnerstag

Berlin, Hellersdorf. Immer wieder tauchte das feiste Gesicht des Libanesen vor ihm auf, es verfolgte ihn bis in jeden Winkel. Selbst im Traum ereilte Mohamed das breite Grinsen, mehrmals schreckte er deshalb hoch. Gegen fünf Uhr hatte er genug und zog sich an.

Wo würdest du in Berlin untertauchen, ohne Wohnung? Mohamed stellte sich die Frage zum wiederholten Mal, während der Dom am Taxifenster vorbeizog. „Azad, elender Hurensohn", murmelte er und musterte die vorbeihuschenden Menschen. „In welches Loch hast du dich verkrochen?" Am liebsten hätte er den Verräter sofort mit eigenen Händen langsam erwürgt, aber dafür musste er ihn erst aufstöbern.

Kurz nach sechs war er noch in der Dunkelheit nach Hellersdorf gefahren, hatte leise die Haustür geöffnet, war geräuschlos bis in die siebte Etage geschlichen. Ein einziger Blick zeigte ihm, Azad hatte die Wohnung nicht betreten, das Streichholz klemmte noch immer genau eine Handbreit über dem Boden. Ein leichter Druck mit der Handfläche gegen die Tür, und das Hölzchen fiel lautlos zu Boden. Er hob es auf und machte die Sicherung erneut scharf.

Nächster Gedanke: Zum Dom. Seine Erfahrung sagte ihm, dass sich die meisten, die untertauchen wollen, in der Nähe bekannter Plätze aufhalten, um in der Anonymität der Masse Deckung zu finden. Irgendwelche Befürchtungen, von Azad oder Dilara erkannt zu werden, hatte Mohamed nicht. Er kannte beide, aber sie hatten ihn nie gesehen. Sie würden ihm zum ersten Mal in die Augen sehen, wenn er seine Pistole auf sie richtete und den Abzug langsam durchzog.

In der Zwischenzeit fuhr das Taxi über die Spandauer Brücke.

„HALT", schrie Mohamed plötzlich, völlig überrascht von seiner Entdeckung – Azad und Dilara! Sie verschwanden gerade in einem Torbogen vor den Hackeschen Höfen. Das Taxi stoppte, er wollte aus dem Wagen springen, aber der Fahrer umklammerte seinen Arm wie ein Schraubstock.

„Jungchen, die Kohle!"

Hastig zog Mohamed einen zerknautschten Fünfzigeuroschein aus der Hosentasche und klatschte ihn auf das Armaturenbrett. „Hier warten!"

Der Griff des Taxifahrers lockerte sich und Mohamed sprang aus dem Auto, sprintete hinter den beiden her. Bevor sie im zweiten Innenhof in der Menschenmenge untertauchen konnten, holte er sie ein.

Zwei Schritte nur noch.

Mohamed blieb stehen und schaute sich um. Hier waren zu viele Zeugen, hier konnte er nichts unternehmen. Jetzt bogen die beiden in eine kleine Seitenstraße ein.

Das war seine Chance.

Sollte er zunächst Azad unschädlich machen oder Dilara in seine Gewalt bringen? Mit vier schnellen Schritten erreichte Mohamed den Beginn der Straße. Er hatte Glück. Bis auf einen Lieferwagen, der mit blinkenden Lichtern am Ende der Straße stand, war die Luft rein.

Jetzt musste es schnell gehen.

Er würde Dilara von hinten anspringen, sie in den Hauseingang ziehen und die Waffe an ihre Schläfe halten. Dann würde sich zeigen, wie Azad reagierte und ob ihn die erste Kugel in den Rücken treffen würde.

Mohamed sprintet los.

In dem Augenblick drehte sich das Pärchen erschrocken um. Gerade noch rechtzeitig.

Mohamed hatte sich von der Ähnlichkeit der beiden täuschen lassen. Er hatte sich geirrt. Es waren wildfremde Personen. Er drehte auf der Stelle um und lief zurück zum wartenden Taxi. Aber auch hier ein Fehlschlag. Das Taxi hatte sich in Luft aufgelöst. Offensichtlich wollte sich der Fahrer die Gelegenheit nicht entgehen lassen, ein fettes Trinkgeld abzugreifen, und war weitergefahren.

Mohamed hatte sich von Anfang an dagegen ausgesprochen, Azad und Dilara zu schicken. Beide waren ihm suspekt. Die Erklärung, dass das Mädchen aus Respekt nicht mit Männern spreche, hatte er nie geglaubt. Seiner Meinung nach stimmte da etwas nicht.

Die anderen waren nicht seiner Meinung.

Kein Problem, hatten sie gesagt.

Falsch!

Und jetzt?

Redman informieren? Nein! Ohne Fotos von den beiden konnte Redman auch nicht helfen. Er, Mohamed allein, hatte jetzt das Problem am Hals. Er musste schnell eine Lösung finden.

*

Frankfurt am Main, Bundespolizei. Polizeidirektor Hartmann relaxte in seinem Sessel, die Hände hinter dem Kopf verschränkt und betrachtete seine übereinandergeschlagenen Füße. Der nicht mehr makellose Glanz seiner Schuhe zog seinen Blick an wie ein Magnet. *Jahreszeitlich bedingte Verschmutzungen* würde es die Dienstanweisung nennen, sinnierte er, garniert mit einem Hauch von Spott, und polierte die Schuhe wadenseitig am Stoff seiner Hose.

Wie er Dr. Homann um seine Verabschiedung gestern beneidete! Wäre er Homann, säße er jetzt im Flieger Richtung Malediven oder irgendwo anders hin. Seine Frau Ingrid müsste ihren Geburtstag am Freitag ohne ihn feiern, das war sicher. Was es an einem Geburtstag über sechzig zu feiern gab, erschloss sich ihm grundsätzlich nicht. Und überhaupt, an Ingrid gab es gar nichts zu feiern, fand er.

Er meinte, die Wärme der maledivischen Sonne zu spüren, als Krüger reinstürmte.

„Ihre Ahnung war spitze", rief er und wedelte mit einer E-Mail der Berliner Polizei. „Alle drei Verteilerkästen waren zwar blitzblank leer, aber unsere Spürhunde haben angeschlagen."

Krüger zeigte sich sichtlich stolz über den schnellen Fahndungserfolg.

„Hatte ich also doch den richtigen Riecher." Hartmann genoss den Erfolg für einige Sekunden, bevor er hinzufügte: „Spuren von Goldstaub!"

„Nein, nein, nicht Gold", widersprach Krüger vehement. „Sprengstoff! Die Hunde haben auf Sprengstoff angeschlagen."

168

„Lieber Himmel", seufzte Hartmann resigniert und setzte sich langsam aufrecht. Man konnte ihm die Enttäuschung ansehen.

„Kein Gold? Wirklich kein Gold?"

Krüger ließ sich nicht in seinem Elan stoppen, er musste auch die weiteren Informationen loswerden.

„Das BKA ist bereits vor Ort. Die Kollegen meinten, die Spur wäre richtig heiß! Sie sind sich sicher, dass in den Kästen noch vor wenigen Tagen Sprengstoff gelagert worden ist."

„Kein Gold!", murmelte Hartmann und nahm seine bequeme Sitzhaltung wieder ein. Für ihn gehörte die Spur nun in die Kategorie *so-was-von-erledigt*.

„Noch was, Krüger?" Hartmann schaute ihn mit schwermütigem Hundeblick an. Die Enttäuschung stand ihm ins Gesicht geschrieben.

„Ja, die Berliner Kollegen wollen wissen, woher unsere Information zu den Tatorten kommt."

Hartmanns Antwort schlich nur ganz langsam aus seinem Mund.

„Hat uns mal wieder die Presse zugespielt."

„Hab ich den Kollegen auch gesagt. Reicht ihnen aber nicht. Sie wollen unbedingt mit unserer Quelle sprechen."

„Wegen mir können die machen, was sie wollen."

Krüger drehte sich frustriert um und verließ den Raum.

Hartmann wirkte wie weggetreten. In den letzten Jahren seiner Ehe hatte er die Fähigkeit entwickelt, sein Gehirn gezielt auszuschalten, es entspannt baumeln zu lassen wie ein schweres Pendel an einem langen Faden. Ingrid konnte dann reden, was sie wollte, er war in Gedanken tausende Meilen weit weg. Irgendwo anders, Malediven zum Beispiel.

Funktionierte auch beruflich!

*

Berlin, Charlottenburg. Die Nacht hatte einiges von dem zu bieten, was man lieber im Vorspann eines Horror-Films gesehen hätte. Markus stand draußen vor der familiengeführten Pension und rieb sich die müden Augen. Der Aufzug, den er gestern Abend als so schön nostalgisch empfunden hatte, war die ganze Nacht die vier Etagen hoch- und runtergekrochen. Unterbrochen wurde das Rattern nur vom lauten Türschlagen der Gäste und der durchdringenden Stimme der Wirtin. Schlaf? Nicht dran zu denken! Er rieb sich erneut die Augen. Jetzt fiel bei ihm der Groschen, warum das unschlagbare Angebot für zwei Nächte nicht zu stornieren war.

Sein Handy klingelte. *Lena*, zeigte das Display.

„Jetzt wird's spannend", fiel Lena gleich mit der Tür ins Haus und berichtete, was sie letzte Nacht herausgefunden hatte. *Die Weissagung der Cree* hatte voll eingeschlagen und ihr den Zugang zu Rabeas Accounts und den NOCO-Net Konten erlaubt.

„Wollte Rabea, dass wir das Passwort finden?", fragte Markus beeindruckt.

„Nee, dafür war es zu schwer. Aber jetzt kommt's: NOCO-Net ist quasi pleite!"

Seit vorletzter Woche lag ein Urteil vor, erklärte sie, mit welchem der NOCO-Net die Gemeinnützigkeit aberkannt worden war, wegen politischer Kampagnen.

„So entzieht man heute globalisierungskritischen Organisationen die Lebensgrundlage", kommentierte Lena bitter.

„Und damit bricht die Spendenbereitschaft sofort ein", ergänzte Markus, nun blitzartig hellwach.

„Keine Aktionen, keine Aufmerksamkeit, kein Geld! Man ist politisch tot."

„Die brauchen jetzt ganz schnell eine große Aktion", folgerte Markus.

„Genau. Und seit wann ist Rabea verschwunden?"

„Das passt zusammen", retournierte Markus die rhetorische Frage.

„Genau, und diese große Aktion könnte Rabeas Entführung sein! Seit die Zeitungen darüber berichten und die dubiosen Forderungen veröffentlicht haben, schießt das Spendenaufkommen bei der NOCO-Net durch die Decke."

„Das würde heißen, die Entführung war vorgetäuscht? Und NOCO-Net stellt sich selbst als Opfer dar?" Markus kniff ungläubig die Augenbrauen zusammen, ging die wenigen Schritte zurück in die kleine Hotellobby, da ihm die feuchte Berliner Morgenluft die Hosenbeine hochkroch.

„Möglich wäre das." Sie machte eine Pause. „Die Log-Files sprechen allerdings dagegen. Rabea hat sich seit Sonntag kein einziges Mal in die NOCO-Konten eingeloggt. Entweder sie ist richtig clever, oder sie wird tatsächlich irgendwo gegen ihren Willen festgehalten."

Auch Rabeas Kreditkarte hatte Lena überprüft. Sie war in den letzten drei Tagen nicht benutzt worden. Keine einzige Bewegung. Sehr sonderbar, das Ganze!

„Was planen die mit dem Spendengeld?" Markus ließ sich in einen der plüschigen Sessel in der Hotellobby fallen.

„Soweit bin ich mit meiner Recherche noch nicht. Aber warte, es kommt noch besser", fuhr Lena fort. „Rabea und der junge Mann auf der Überwachungskamera sind vermutlich ein Paar. Zumindest tauchten sie auf fast allen NOCO-Aktionen zusammen auf."

„Was eindeutig gegen eine Entführung spricht", ergänzte Markus. „Wissen wir, wer das ist?"

„Sein Name ist Jake. Jake Liebert. Mehr habe ich noch nicht."

„Müssen wir Jonathan oder die Polizei informieren?"

„Was willst du denen sagen? Meine Herren, wir haben gerade fremde Konten gehackt?"

„Ich knöpfe mir heute NOCO-Net vor", kündigte Markus nach kurzer Überlegung an. „Ein Spontanbesuch in deren Treptower-Büro kann nicht schaden."

Lena versprach, sich diesen „Jake" genauer anzusehen, und legte auf.

Markus überlegte: Zuerst zur NOCO einmal quer durch die Stadt oder doch besser erst einen der auf der Karte eingekreisten Bereiche unter die Lupe nehmen?

Wieder klingelte sein Handy.

„Manfred Krüger, Bundespolizei. Ich bin der versprochene Rückruf."

„Konnten sie mit den gemailten Dateien etwas anfangen?", fragte Markus begierig.

„Auf den ersten Blick gab es keine Verbindung zum Überfall auf den Goldtransport der Bundesbank letzte Woche."

„Und auf den zweiten?"

„Die Berliner Kollegen haben an den markierten Punkten Spuren von Sprengstoff feststellen können. Ob es einen Zusammenhang mit dem Überfall gibt, ist offen. Sie nehmen die Spur extrem ernst und ermitteln mit Hochdruck."

„Und konnten sie herausfinden, was *Snow White* bedeutet?"

„Nein, Herr Manx, das ist für uns noch ein Rätsel."

Krüger verschwieg, dass sie vollkommen im Dunkeln tappten. Wahrscheinlich war *Snow White* ein beliebig gewählter Codename.

Auch mit dem verschlüsselten Telefonmitschnitt konnten sie nichts anfangen. Weder gab es einen Hinweis auf ein konkretes Anschlagziel noch eine Vermutung zum Datum.

Ein fettes Problem mit fiesen Facetten! Anschlagziel offensichtlich Berlin, darauf deuteten die gelagerten Sprengstoffe hin. Aber Berlin beherbergte hunderte von möglichen Zielen: Bei Touristen beliebte Sehenswürdigkeiten wie das Brandenburger Tor, riesige Einkaufszentren, internationale Kongresse, die ersten Weihnachtsmärkte, zwei große Popkonzerte, unzählige Diskotheken und andere Ziele, die in der Nacht kritisch auf die Waagschale gelegt worden waren. Eine bedrohliche Vorstellung.

„Die Berliner Kollegen würden gern mit Ihnen persönlich sprechen. Woher Sie, Herr Manx, die Information haben, das ist für sie die heißeste Spur."

Ja, Klasse. Ich bin die einzige Spur. Ein Hoch auf die Polizeiarbeit. Woher der USB-Stick stammt, wüsste ich auch gern.

Markus überraschte Krüger mit der Mitteilung, er sei bereits in Berlin.

„Perfekt!" Krüger nannte schnell den Treffpunkt und legte auf, sein Flieger wartete startbereit.

*

Berlin, Polizei Dahlem. *Polizei sucht Zeugen nach Unfallflucht.* Kaja Grote starrte verdutzt auf den Zeitungsartikel. Fragend blickte sie ihren Kollegen Christoph an. Der tippte mit dem Finger auf das Foto in dem Artikel.

„Ist das nicht der Vogel, den wir observiert haben?"

Die junge Polizeikommissarin versuchte sich zu konzentrieren. Der Vorfall hatte sich laut Zeitung gestern in den frühen Abendstunden auf der Königin-Luise-Straße ereignet. Gesucht wurde der Fahrer eines weißen Passats. Das Opfer, ein namhafter Arzt auf dem Weg in seine Praxis, war noch an der Unfallstelle seinen schweren Verletzungen erlegen: Dr. Klaus Schulz, verheiratet, zwei Kinder.

Zufall?

„Ja, das ist der Vogel!", bestätigte ihr Kollege nochmals. Er ließ einen verschlossenen DIN-A4 Umschlag auf ihren Tisch fallen.

„Hier, die gestrige Observation. Konnte ich nicht schneller stoppen", kommentierte er und zuckte entschuldigend die Achseln.

„Verdammt", murmelte Kaja Grote, zog den ersten, noch ungeöffneten Umschlag aus ihrer Schreibtischschublade und legte ihn neben den frischen Überwachungsbericht.

Beide schauten sich ziemlich ratlos an.

Kaja Grote warf einen Blick auf die ungeöffneten braunen Kuverts, dann wieder auf ihren Kollegen. Ihr erster Gedanke: weg damit, beide Überwachungs-protokolle schreddern!

Nach kurzer Diskussion entschlossen sie sich aber, ihren Vorgesetzten reinen Wein einzuschenken.

Fünf Minuten später saßen neben Kaja Grote, ihrem Kollegen Christoph, Polizeioberrat Friedrichs und zwei Kollegen der Mordkommission im Besprechungsraum. Vor ihnen auf dem Tisch lagen die nicht autorisierten Überwachungsprotokolle von Dr. Schulz ausgebreitet.

„Haben wir eine Spur von dem flüchtigen Fahrer?", fragte Polizeioberrat Friedrichs mit frostigem Blick in die Runde. Die hinter seinem Rücken abgelaufene Personenüberwachung wurmte ihn. Das schrie nach Konsequenzen, aber später.

Keine Spur von dem Flüchtigen, das hatte ein schneller Anruf bei der aufnehmenden Dienststelle ergeben.

Polizeioberrat Friedrichs ärgerte sich. Die Königin-Luise-Straße lag in seinem Revier. Doch die Information von der Fahrerflucht hatte über die Berliner Morgenpost schneller als auf direktem Berichtsweg zu ihm gefunden. Friedrichs wurde noch eine Spur saurer. Ihn beschlich das Gefühl, dass einiges in seinem Zuständigkeitsbereich aus dem Ruder lief.

Die Kollegen der Mordkommission begannen, die zwei Tage zu rekonstruieren. Das erste Überwachungs-protokoll deckte die Zeit zwischen 09:00 Uhr und dem zweiten Schichtwechsel Dienstag um Mitternacht ab. Die eingesetzten Beamten hatten alles penibel protokolliert. Nach 10:35 Uhr hatte niemand die Arztvilla durch die Vordertür verlassen.

Stimmt, Kaja Grote erinnerte sich. Dienstag, als sie Dr. Schulz das zweite Mal aufsuchte, war seine Assistenz gerade dabei, die Praxis zu schließen. Das Wartezimmer hatte sie leer vorgefunden.

Ein kurzer Check mittels Smartphone zeigte: „Sprechstunde Dienstagvormittag von 08:00 Uhr bis 13:00 Uhr."

Die Praxis hätte geöffnet sein müssen!

Warum hatte Dr. Schulz seine Praxis außerplanmäßig geschlossen? War er schon am Dienstag, bevor sie ihm die Vorladung ins Revier an den Kopf geknallt hatte, nervös geworden?

Gemäß den Unterlagen hatte nach 10:35 Uhr niemand die Praxis verlassen, hieß: auch Dr. Schulz nicht. Kaja Grote vermutete, dass die Praxis eine innenliegende Verbindung zur Wohnung der Familie im zweiten Stock hatte. Das Bewegungsprofil des Seiteneingangs dokumentierte nachmittags einen ankommenden Jungen und kurz darauf ein Mädchen, beide im schulpflichtigen Alter. Vermutlich seine Kinder.

Der zweite Bericht hatte aufgezeichnet, dass eine Frau mit zwei Kindern am Mittwochmorgen das Haus verlassen hatte.

Wie großzügig und elegant die Villa von vorne aussah, fiel Kaja Grote jetzt auf. Ihre fünfundvierzig Quadratmeter im Souterrain konnten da nicht mithalten.

Ankommende Patienten gab es keine.

Interessant wurde es um 12:35 Uhr, als Dr. Schulz die Villa Richtung Botanischer Garten verließ. Die Fotos zeigten gestochen scharf, wie er sich mehrmals umdrehte.

„Er hat keinen Arztkoffer dabei", kommentierte Polizeioberrat Friedrichs das Foto. „Dieses Mal kein Patientenbesuch!"

„Nein", pflichtete ihm Kaja Grote bei.

Die nächsten Fotos zeigten Dr. Schulz im Botanischen Garten und dann auf dem S-Bahnhof Rathaus Steglitz.

Polizeioberrat Friedrichs legte ein Foto nach dem anderen zur Seite. Erst, als eine zweite Person zusammen mit Dr. Schulz zu sehen war hatte, verharrte er.

„Wer ist die zweite Person vor dem Brandenburger Tor?"

„Peter Redman, arbeitet in der US-Botschaft", antwortete Kajas Kollege Christoph sofort.

Alle Anwesenden drehten ruckartig ihre Köpfe und starrten ihn ungläubig an. Anscheinend hatte keiner mit einer schnellen Antwort gerechnet.

Polizeioberrat Friedrichs war der erste, der seine Sprache wiederfand: „Was will unser Arzt bei den Amerikanern?"

Keiner der Anwesenden hatte auch nur den Ansatz einer Idee.

Friedrichs blätterte gespannt weiter.

„Wo sind die Fotos vom Unfall?"

Es gab keine. Mit Schichtwechsel um 15:00 Uhr war die Überwachung abgebrochen worden. *So ein verdammtes Pech*, dachte er.

„Gibt es verdächtige Hinweise im Leben von Dr. Schulz? Auffällige Patienten? Feinde? Affären? Unfallzeugen?"

Sie brauchten dringend Fakten.

„Christoph …?", begann Kaja Grote. Doch der telefonierte bereits mit den Kollegen.

Sie überschlug die Fakten. *Der einzige Grund, weshalb wir Dr. Schulz im Visier hatten, ist seine Funktion als Vertrauensarzt des Bundespräsidenten. Der ist jetzt tot. Dr. Schulz hat ihn als letzter gesehen und den Toten-schein ausgestellt. Auch er ist jetzt tot ...*

Hatte der Tod von Dr. Schulz etwas mit dem Tod des Bundespräsidenten zu tun?

Kollege Christoph sah bleich aus, als er das Gespräch beendet hatte. „Mord!", sagte er. „Die Zeugenaussage: Das Tatfahrzeug ist von der Fahrbahn der Königin-Luise-Straße ausgeschert und hat Dr. Schulz auf dem Fußgängerweg gezielt überfahren."

„Eindeutig. Kaltblütiger Mord", kommentierte Kaja Grote.

„Also, wir wissen nichts Genaues", fasste Polizei-oberrat Friedrichs die Lage zusammen. „Ein Opfer, aber bisher kein Täter und kein Motiv."

Christoph erhielt von Friedrichs den Auftrag, alle Un-fallzeugen erneut zu befragen. Der Polizeioberrat selbst würde zusammen mit Kollegin Grote versuchen, an die-sen Redman heranzukommen. Redman war vermutlich einer der letzten, die Dr. Schulz lebend gesehen hatten.

Kaja Grote hatte die letzten Minuten genutzt und in ihrem Computer nach Peter Redman gesucht. „Wow!", entfuhr es ihr plötzlich. „Redman ist von der CIA."

„Macht die Sache für uns nicht einfacher", konstatier-te Friedrichs.

Minuten später kam die Meldung per Funk. „Wir ha-ben den Unfallwagen."

Ein Abschleppwagen zöge den Passat gerade aus der Havel, hieß es. Das Nummernschild sei eindeutig von Passanten erkannt worden.

„Direkt bei Ketzin in die Havel versenkt", murmelte Kaja Grote. „Da hatte es aber einer eilig, das Auto ver-schwinden zu lassen."

178

„Ich halte jede Wette, dass wir gleich eine Meldung kriegen: Fahrzeug und Nummernschild wurden in den letzten Tagen gestohlen", orakelte Kollege Christoph.

Niemand hielt dagegen.

Es wäre sonst auch viel zu leicht gewesen, den Täter zu ermitteln.

Immerhin ging es um Mord.

*

Berlin, Neukölln. Rabea drehte sich auf ihrem Bürostuhl unruhig hin und her, her und hin, immer wieder. Gedankenverloren hielt sie einen ihrer Zöpfe in der Hand und betrachtete die ausgefransten Haarspitzen. In diesem Souterrain quasi eingesperrt zu sein, bedrückte sie.

Noch zwei lange Tage hier unten und ich drehe durch!

Wenn sie wenigstens aktiv an den Vorbereitungen für *Sundowner* mitmachen könnte. Bei der massiven Polizeipräsenz da oben allerdings momentan ausgeschlossen.

Ihr Vater machte sich bestimmt fürchterliche Sorgen, seit Sonntag kein einziges Lebenszeichen von ihr, und dann das mit dem abgetrennten Finger. Was für eine idiotische Idee! Rabea ärgerte sich über sich selbst. Der Zweck heiligte nicht alle Mittel, das wurde ihr nun klar.

Sie stellte sich vor, was ihr Vater alles auf der Suche nach ihr auf die Beine gestellt haben mochte. Erst die Angst, dann der abgetrennte Finger, den Jake aus der Anatomie der Charité besorgt hatte, und nicht zuletzt die Veröffentlichung in der Zeitung mit der Drohung gegen die Umweltaktivisten.

Erkannte ihr Vater, dass sie selbst dahinter steckte?

Natürlich nicht!

Wie sollte er auch. Sie hatte ihm kein Zeichen hinterlassen, nicht den kleinsten Hinweis.

Rabea versuchte, den Gedanken an ihren Vater zu verdrängen. Im Nebenzimmer legte sie sich auf die Matratze und schloss die Augen. Doch Gedanken lassen sich nicht abschalten wie ein Fernseher, das Programm auf dem inneren Bildschirm läuft weiter.

„Hey!", wollte Jake sie aufzumuntern, der gerade durch die Tür kam und nun sah, wie sie litt. „Du machst dir Sorgen wegen deines Vaters?"

Rabea nickte und sah ihn prüfend an. „Du etwa nicht?"

Jake konnte sich ein leichtes Grinsen nicht verkneifen. „Ich habe meinen eigenen Vater schon ein ganzes Jahr nicht mehr gesehen! Für Peter bin ich ein Versager! Aber um dich mache ich mir Sorgen!"

Aus Sicht seines eigenen Vaters war Jake ein Weichei. Sein Vater hielt jeden Umweltaktivisten für einen Versager. Von seiner deutschen Mutter verhätschelt, würde Jake jetzt wie ein Affe auf Bäumen rumklettern, um die Welt zu retten, hatte sein Vater einmal boshaft gesagt.

... wie ein Affe auf Bäumen rumklettern. In aufmunternder Absicht hatte Jake den Satz voller Ironie rezitiert.

Doch Rabea ließ sich nicht aufmuntern.

„So gefällt mir unsere Aktion überhaupt nicht mehr. Jedenfalls, was meinen Vater angeht. Damit sind wir zu weit gegangen, ihn mit reinzuziehen."

„Komm", sagte Jake, der sich neben sie gesetzt hatte und sie ganz fest an sich drückte, „wir fahren rüber zu den anderen. Hier kriegst du noch einen Lagerkoller."

„Aber ...", wollte Rabea protestieren.

„Kein Aber. Wir fahren rüber und werfen einen Blick auf die Vorbereitungen."

Keine zwanzig Minuten später bogen sie mit ihren Fahrrädern in ein Treptower Gewerbegebiet ein. Vor einer alten Lagerhalle mit grauem Wellblechdach hielten sie an. Von außen ließ sich nicht erkennen, ob die Halle noch genutzt wurde, so marode erschien ihr Zustand. Sie schoben das schwere Holztor zur Seite und tauchten in eine andere Welt ein. Alles hell erleuchtet, Stimmengewirr, Gewusel. Ein richtiges Wimmelbild.

„Toll dass ihr da seid", Johanna spurtete durch die Halle, als sie die beiden kommen sah, und fiel Rabea um den Hals. Sie sprudelte über vor Neuigkeiten.

„Alles läuft wie geschmiert." Johanna ließ Rabea los und fiel jetzt Jake um den Hals.

Ein Gabelstapler fuhr mit zwei Paletten Metalleimern an ihnen vorbei. „Tim kümmert sich um die Straßenbemalung", zwinkerte Johanna, während dieser den Angekommenen winkte.

„Wie viele Fahrzeuge haben wir?"

„Tim hat heute noch einen Trecker mit Sprühaufsatz organisiert. Insgesamt haben wir jetzt drei."

„Perfekt!"

Von hinten pfiff jemand und winkte wild.

„Hendrik malt unser Plakat fertig. Er seilt sich Freitag mit mir vom Alten Museum runter. Wir können gleich zu ihm rübergehen."

Am Rand der Halle saß Anna im Schneidersitz auf einer alten Werkbank mit dem Rücken zur Wand und telefonierte. Sie notierte etwas auf einen Schreibblock. Als sie sah, dass Rabea und Jake zu ihr schauten, streckte sie sichtbar optimistisch den Daumen hoch.

„Ich kann es noch gar nicht glauben – Anna hat einen Hubschrauber an der Hand", kommentierte Johanna glücklich die Geste. „Das wird richtig mega!"

„Haben wir eine Aktion im Dom?"

„Schaffen wir nicht. Zu viel Security und nur geladene Gäste. Wir starten, wenn die Promis rauskommen."

Es war ein geiles Gefühl.

Jake nahm Rabea in den Arm und drückte sie.

„Dein Sundowner", flüsterte er ihr ins Ohr.

*

Berlin, Krisenstab. Krüger wartete seit einigen Minuten in der Keibelstraße, Nähe Alexanderplatz, wo der Krisenstab Räume des ehemaligen Polizeipräsidiums Ost bezogen hatte.

„Herr Manx, kommen sie. Die Einweisung durch unseren Experten hat schon angefangen."

Der von Krüger als israelischer Antiterrorexperte angekündigte Fachmann stand vorne in einem kahlen Raum vor einer weißen Leinwand. Markus folgte Krüger zu einem freien Platz in die zweite Reihe. Krüger flüsterte ihm beim Hinsetzen einen Namen zu. Der Vortragende blickte kurz auf, ohne seinen Vortrag zu unterbrechen.

Während Markus versuchte, dem laufenden Vortrag zu folgen, checkte er den Antiterrorexperten optisch von oben nach unten: Sportlicher Mann, Mitte Fünfzig in einen dunkelgrauen Anzug, die Ärmel seines hellblauen Oberhemds, leger hochgekrempelt, gaben dichtbehaarte Arme frei. Markus hatte Krüger nicht ganz verstanden, Moshe ...?

„Wie man Attentäter erkennt?" Nach seiner rhetorischen Frage wartete der Antiterrorexperte einige Sekunden und betrachtete die Gruppe ruhig.

„Sie stinken!", rief er.

Ein Raunen ging durch die Anwesenden. Auch Markus hielt erstaunt den Atem an.

„Man kann sie riechen. Attentäter sind nervös. Sie haben Angst. Sie schwitzen. Sie stinken regelrecht. Man braucht keine abgerichteten Spürhunde. Jeder kann sie riechen."

„Und warum haben Attentäter Angst?" Die Frage beantwortete er selbst. „Weil es bisher keine Menschen gibt, die persönliche Erfahrungen als Selbstmordattentäter sammeln konnten. Es gibt keine coolen Selbstmordattentäter. Die Angst vor dem Ungewissen! Die Angst vor den Schmerzen! Die Angst vor dem Ende!"

„… und Zweifel, ob wahrhaftig zweiundsiebzig Jungfrauen im Paradies auf einen warten", spottete jemand hinter ihnen.

Krüger sah, wie Markus mehrfach seinen Blick fasziniert über den Vortragenden wandern ließ, bis er am Schulterhalfter hängenblieb.

„Trageerlaubnis auch in Deutschland. Wegen besonderer Gefährdung", flüsterte er ihm ungefragt ins Ohr. Die schwarze Griffschale einer schweren Jericho 941 F schaute deutlich unter der linken Achselhöhle hervor.

Der Vortrag dauerte noch zwanzig Minuten. Am Ende bilanzierte der Antiterrorexperte: „Alles kann als Waffe gegen uns eingesetzt werden: Autos, Spielzeug, Gefahrguttransporter, einfach alles. Waffen sind nicht zu kontrollieren. Aber ihre eigene Angst wird die Attentäter verraten!"

Ein konkretes Anschlagziel hatten die Experten bisher nicht gefunden. Alle Objekte auf der *short list* der zwanzig wahrscheinlichsten Ziele in Berlin und Umgebung, sollten ab sofort verstärkt überwacht werden. Dazu gehörten auch alle Schließfächer in Flughäfen, Bahnhöfen und an öffentlichen Plätzen. Zumindest für die nächsten Tage sollten alle Schlüssel entfernt werden.

Das anschließende Gespräch brachte der Polizei keine neuen Erkenntnisse, obwohl Markus detailliert die letzten Tage und das Auffinden des USB-Sticks beschrieb. Niemanden schien es ernsthaft zu interessieren.

Kurze Zeit später stand Markus verwundert draußen. Was hatte die ganze polizeiliche Hektik ausgelöst? Die Verunsicherung war spürbar. *Haben wir es mit einer derart riesigen Sprengstoffmenge zu tun?* fragte er sich.

Zwei Schäferhunde sprangen direkt vor ihm in einen Mannschaftswagen der Bundespolizei.

„Flughafen Tegel", sagte der Gruppenführer. „Abmarsch!"

Polizei, Bundespolizei und Zoll begannen, mit ihren Spürhunden alle Schließfachanlagen in Berlin lückenlos zu überprüfen. Die Treibjagd begann.

Markus beschloss, sich jetzt direkt einen der Orte auf der Karte genauer anzusehen, bevor wieder etwas dazwischen kam. Irgendetwas musste dran sein. Vielleicht hatte er heute Glück bei der Spurensuche, dachte er und schaltete sich ein Mietfahrrad frei.

„ICC? Ungefähr vierzig Minuten", antwortete die Frau, als Markus sie nach dem Weg fragte. „Durch den Tiergarten zum Bahnhof Zoo. Dann ist die Kantstraße definitiv der kürzeste Weg zum ICC." Während sie ihren

Weg fortsetzte, deutete ihr Finger in die besagte Richtung.

Heute waren die Straßen noch voller als ohnehin in der Hauptstadt üblich. An einer roten Ampel fragte er einen Mann mittleren Alters, der mit seinem krummbeinigen Terrier Gassi ging, nach dem Grund für die Menschenmassen.

„Bin ick hier dit Auskunftbüro oda watt?", plärrte Markus die ruppige Antwort entgegen.

„UEFA Europa League!", half ein junger Mann, der die Frage ebenfalls mitbekommen hatte.

Mensch Markus! Ich als Fußballexperte habe nicht mehr auf dem Schirm, dass morgen hier ein Europa League Spiel stattfindet.

Wenn er jetzt schon den Fußball vergaß … die letzte Woche war eindeutig zu anstrengend gewesen.

Als der Gehirnschalter klickte, durchfuhr ihn eine böse Ahnung: *Das Olympia-Station!* Auf engstem Raum zusammengepfercht zehntausende Menschen. Das perfekte weiche Anschlagsziel.

Markus kannte das Berliner Olympia-Stadion mit seinen 75.000 Plätzen vom DFB-Pokal-Endspiel 2017, das seine Frankfurter nur knapp gegen Dortmund verloren hatten.

Er radelte schneller und stand kurz darauf am Eingang vor zwei hohen Steintürmen zwischen denen die fünf olympischen Ringe baumelten. Olympische Spiele 1936, unverkennbar, der Baustil.

Noch waren Spielfeld und Stadion leer, aber morgen wäre hier die Hölle los.

Warum ist mir der Gedanke bloß nicht früher gekommen?

Er schnappte sich sein Handy und wählte Krügers Nummer.

„Das Olympiastadion", informierte er den Angerufenen und fügte hinzu: „Morgen ist das UEFA Europa League Spiel, hier in Berlin."

„So weit, so klar", antwortete Krüger, „oder eben auch nicht!"

Das Fußballspiel gehörte bereits zu den Top Five auf der Liste, wie Krüger es formulierte. Für morgen seien deshalb verstärkte Personenkontrollen vorgesehen, und heute Nacht werde das Stadion von Spürhunden abgesucht.

„Sie müssen das Spiel sofort absagen", versuchte Markus, Krüger zu überzeugen.

„Herr Manx, das ist doch Spekulation. Wir können nicht auf einen Verdacht hin alle Großveranstaltungen in Berlin absagen. So geht das hier nicht."

„Und wenn das Stadion tatsächlich das Ziel ist?"

„Wir wissen es nicht. Es kann so kommen, oder ähnlich, oder auch ganz anders."

Was zum Teufel hast du erwartet? fragte Markus sich frustriert, als er auflegte. War das Stadion die einzige Möglichkeit?

*

Berlin, Amerikanische Botschaft. Mohamed hatte die vollständige Bewaffnung aller drei Teams bestätigt. *Die Karte mit dem eingezeichneten Gekrickel ist nichtssagend*, dachte Redman. Mit dem Finger folgte er den markierten Kreisen. Selbst wenn die Übergabepunkte für die Waffen aufflögen, konnte nichts passieren. Die Kästen waren leer!

Und die Übergabepunkte waren so ausgewählt, dass kein Rückschluss auf das Anschlagsziel möglich war.

Das zweite Foto zeigte die Auflistung der an Mohamed gelieferten Waffen und Sprengstoffe, Stück für Stück. Aber dieser internationale Mix wies keine Ansatzpunkte auf, um sie einem Land oder einer Behörde zuzuordnen.

Er hatte Lavrow nicht für so blöde gehalten, ihn erpressen zu wollen. Aber Respekt für die gute Datenquelle! Es schien, als hätte jemand in der Agency Lavrow diese aktuellen Informationen bewusst zugesteckt. Für Lavrow spielte es keine Rolle mehr. Vielleicht war sein Tod auch eine eindeutige Warnung an die Quelle.

Redman grinste, als er an den verschlüsselten Telefonmitschnitt auf dem Stick dachte. Für einen nicht Eingeweihten ließ sich der Inhalt nicht erkennen, ausgeschlossen.

Einzig die anderen verschlüsselten Dateien machten ihn etwas nervös. Die Daten hatte Lavrow im nicht sichtbaren Bereich des Sticks versteckt. Redman hatte verstanden, er allein sollte sie finden. Er hatte sie gefunden! Ohne Spezialsoftware waren sie für andere weder sichtbar noch kopierfähig. Trotzdem brauchte er den Stick zurück. Die Dateien durften nicht in falsche Hände gelangen. Und wenn doch? Dann hoffte er, dass die europäischen Verbündeten mit der Spracherkennung nicht weit genug fortgeschritten waren oder dass sie die sprechenden Personen nicht registriert hatten. Datenschutz kann manchmal auch von Vorteil sein.

Es klopfte.

Gunter brachte die angeforderten Unterlagen zum Irak-Einsatz.

Vor Verlassen des Raums zögerte er, drehte sich dann ruckartig um.

„Was ich Sie die ganze Zeit schon fragen wollte: was soll der Deckname *Snow White*?" Er deutete auf die vor Redman liegende Karte.

Redman blickte ihn ausnahmsweise freundlich an, als habe er auf die Frage gewartet. „Bei der Märchenstunde als Kind nicht gut aufgepasst, oder?", antwortete er unerwartet flapsig.

Gunters Mundwinkel zuckten, als Redman begann: „Es war einmal mitten im Winter, und die Schneeflocken fielen wie Federn vom Himmel herab. Da saß eine Königin an einem Fenster, das einen Rahmen von schwarzem Ebenholz hatte, und nähte ..."

„Die Zusammenfassung würde vermutlich reichen", unterbrach Gunter vorsichtig.

„Gut, dann eben kompakt. Erstens: Es lebt eine schöne Königstochter mit Namen Schneewittchen. Zweitens: Böse Stiefmutter vergiftet Schneewittchen. Drittens: Schneewittchen wird durch Königssohn wachgeküsst. Viertens: Happy End!"

„Deutschland ist Schneewittchen?", entfuhr es Gunter.

„Genau! Wir müssen das Land erst schocken und dann aufwecken. Damit es wieder ein zuverlässiger Partner für uns wird."

„Wir sind böse Stiefmutter und gleichzeitig rettender Königssohn?"

„Wenn Sie so wollen ..." Redman war mächtig stolz auf den von ihm gefundenen Codenamen. Damals war ihnen kein geeigneter Deckname eingefallen. Eines Abends war seine kleine Tochter mit dem Märchenbuch gekommen, er solle ihr etwas vorlesen. Anfangs hatte

Redman etwas widerwillig gelesen, aber am Ende der Geschichte war klar: Der Deckname würde *Snow White* lauten.

Redman schaute auf seinen Kalender: *Mist!* Er hatte ihren Geburtstag vorgestern vergessen. Jetzt, da seine Ex mit der Kleinen nach Washington zurückgezogen war, sah er sein Engelchen viel zu selten. Er nahm sich vor, ihr morgen ein Geschenk zu kaufen.

Als Gunter den Raum verlassen hatte, öffnete Redman das Mossul-Dossier. Für Außenstehende war es schwer zu verstehen, wen die Agency mit Waffen versorgte und warum. Nicht ungewöhnlich, dass beide Konfliktparteien ausgerüstet wurden. Er kannte die Mossul-Planung, sie gehörte damals zu seinem Verantwortungsbereich. Er selbst war nie in diesem kleinen Ort gewesen, auf den Mohameds Informationen hindeuteten. Der Ortsname sagte ihm nichts.

Er blätterte erst die Liste der gelieferten schweren Waffen durch, dann die Übersicht der Namen der beteiligten US-Soldaten. *Stimmt!* Sein Blick blieb bei *Aaron* kleben. Aaron, sein Mitarbeiter fürs Grobe, hatte die Aktion geleitet. Die anderen Namen sagten Redman nichts. Er klappte den Aktendeckel zu.

Bei dieser Aktion gab es keine besonderen Vorkommnisse. Zumindest nicht den Unterlagen nach.

*

Berlin, Krisenstab Keibelstraße. Das Olympiastadion auf der *short list* an Nummer eins! Auf einmal drehte sich alles um einige Takte schneller.

Markus erfuhr von Krüger per SMS von der neuen Entwicklung. Postwendend fuhr er zurück zur Keibelstraße. Vorne in dem kahlen Raum stand der Antiterror-experte – Moshe Lewinger, wie Markus inzwischen wusste –, mit verschränkten Armen, einem Fels in der Brandung gleich, und sprach über Verhaltensregeln nach einem Bombenanschlag. Sein Ratschlag, wie man das Stadion am schnellsten nach einem Anschlag räumen sollte, überraschte alle.

„Gar nicht!"

Die Grundsätze definierte er so: Ruhe bewahren. Die Aufgabe der Sicherheitskräfte: Panik vermeiden. Keine Massenflucht durch die Hauptausgänge. Kein Run in Richtung S-Bahn-Station.

Am sichersten sei es, so Lewinger, wenn alle Zu-schauer auf ihren Plätzen blieben oder sich in die Mitte des Spielfeldes versammelten. Denn die Wahrscheinlich-keit für eine weitere Detonation im Stadion sei gering. Der logistische Aufwand für die Terroristen, angesichts der mehrstufigen Schutzvorkehrungen eine Bombe im Stadion zu platzieren, war zu hoch.

„Können Sie das ausschließen?"

Mit granithartem Gesicht schaute Lewinger den Fra-genden an. Ausgeschlossen werden könne gar nichts. Die Erfahrung zeige aber, dass die erste Bombe vor al-lem Panik verbreiten solle. Die zweite, an einem zentra-len Fluchtweg deponiert, verursache dann die maximale Verheerung.

Krüger flüsterte Markus zu: „Achten Sie mal drauf. Er steht immer mit dem Rücken zur Wand! Nie vor ei-nem Fenster oder einer Tür."

Lewinger dozierte fast regungslos. Nach wenigen Minuten schaute er kurz nach rechts, wechselte mit zwei Schritten gewandt seinen Standort, wieder mit dem Rü-cken zur Wand.

Wahrscheinlich verändern Menschen ihr Verhalten, wenn sie unter ständiger Bedrohung stehen, ging es Markus durch den Kopf. Aufmerksamkeit und Geschmeidigkeit Lewingers erinnerten an einen Luchs, ständig auf der Lauer.

„Wie schmuggelt man eine Bombe ins Stadion?"

Achselzucken. Ohne detaillierte Kenntnisse aller Wege, Räume und Personen sei keine Aussage möglich. Aber die Bomben befänden sich bereits in Deutschland, führte der Terrorexperte ruhig aus.

„Kann ein Terrorist überhaupt gestoppt werden?"

„Kaum!", antwortete Lewinger, rückte dabei sein Schulterhalfter zurecht und ergänzte: „Vielleicht durch eine Kugel!" Sein Blick wanderte über die Anwesenden.

„Weitere Fragen?"

„Und wenn Waffengebrauch wegen der vielen Leute nicht möglich ist?", fragte ein Polizist der Berliner Polizei. Sein Kollege von der Bundespolizei, im Nahkampf ausgebildet, verdreht angesichts so viel Unwissenheit die Augen. Lewingers Antwort ließ die aufkommende Arroganz sofort schrumpfen.

„Ein harter Tritt in die Eier! Das ist tausendmal besser als dieser Nahkampf-Scheiß!", rief er.

„Also kann man überhaupt nichts machen?"

Lewingers Gesichtszüge wurden augenblicklich noch härter, er schaute dem Fragenden bohrend in die Augen. „Doch! Wenn sie mir zugehört haben: Vorher wachsam sein. Und wenn es passiert, Ruhe bewahren!"

Die harsche Antwort erzeugte kurzzeitig Stille.

Dann überschlug ein Teilnehmer, dass die tröpfelnde Räumung von fünfundsiebzigtausend Menschen über Nebenausgänge bestimmt drei Stunden, oder sogar länger, dauern könnte.

„Es ist leichter eine ganze Armee zu stoppen als einen Selbstmordattentäter!", endete Lewinger bestimmt und verließ den Raum.

Eine Stunde nach dem Treffen durchsuchten Sprengstoffteams der Berliner Polizei das Olympiastadion, die Bundespolizei durchkämmte mit Hundestaffeln weitere potentielle Ziele wie Flugplätze und Bahnhöfe.

Einige Teilnehmer befürchteten, dass sich in Berlin etwas Schreckliches zusammenbraute. Aber niemand ahnte, dass es die schlimmsten Befürchtungen übersteigen sollte …

Markus musste an Rabea denken. Hoffentlich nahm die Geschichte ein gutes Ende. Er zog sein Handy aus der Tasche. Vielleicht hatte Lena etwas über Rabeas Aufenthaltsort herausgefunden. Oder sie hatte Informationen über diesen Jake ausgegraben. Und überhaupt, was meinte sie zu der massiven polizeilichen Hektik hier? Was hatte dies alles mit dem USB-Stick zu tun?

Bei Lena meldete sich nur der Anrufbeantworter.

Sekunden später vibrierte das Handy in seiner Tasche.

„Markus! Was ist in Berlin los?", tönte ihm eine tiefe, ruhige Stimme entgegen, unverwechselbar sein Freund Jonathan Schreiber, Redakteur der *Hessischen Neuesten Presse*. Jonathans Stimme verriet, dass es ihm besser ging.

„Neuigkeiten von Rabea?"

„Ja."

Rabea hatte sich per SMS bei ihm gemeldet.

Es geht mir gut. Details später.

Erleichtert atmete Markus durch. Rabea ging es gut. Die Nachricht half. Jonathan war durch die positive

Meldung aus seiner Lähmung erwacht. Aber woher hatte er die Informationen über die massive Erhöhung der Sicherheitsmaßnahmen? Vielleicht hatte einer der Beteiligten sich verplappert, vielleicht hatte die dauerneugierige Presse der Bundeshauptstadt Wind bekommen. Auf jeden Fall war das Gerücht bis nach Frankfurt zu Jonathan geweht.

Markus suchte nach einer Struktur im Nebel von Meldungen, Meinungen und allerlei fake news. Was ist der Grund für die ganze Aufregung? Und besteht eine Verbindung zum Überfall auf den Goldtransport von letzter Woche? In wenigen Sätzen fasste er zusammen, was er sicher wusste und was er lediglich vermutete.

Markus solle auf jeden Fall in Berlin bleiben, schlug Jonathan vor. Und er möge heute noch einhundert Zeilen „für online" rüberschicken, das Format sei letzte Woche gut angekommen.

Und Ende.

Genauso unerwartet, wie Jonathan Schreiber in der Leitung gewesen war, so schnell legte er wieder auf.

Jonathan ist zurück im Arbeitsmodus, stellte Markus erleichtert fest.

Dann überschlugen sich die Ereignisse.

Die Presse wollte eine offizielle Erklärung für die erhöhten Sicherheitsvorkehrungen in der Bundeshauptstadt. Die Pressestelle der Berliner Polizei gab ausweichende Antworten, was die Neugier der Presse weiter anheizte. Das Web quoll über von Vermutungen und Verschwörungstheorien. Dieses wiederum veranlasste die Berliner Polizei, kurzfristig eine Pressekonferenz anzusetzen.

„Die Pressekonferenz ist hier in der Keibelstraße", sagte Krüger zu Markus. Kurz darauf steuerten sie auf einen Raum im Erdgeschoss zu. *PK* verriet das Schild an der Tür. In dem fensterlosen Raum auf der einen Seite drei zusammengeschobene Tische mit Mikrofonen, gegenüber vielleicht dreißig Sitzgelegenheiten für Journalisten, zur Hälfte besetzt.

Es ging sofort los. Die Berliner Polizei konnte wegen der Kürze der Zeit keine neuen Erkenntnisse präsentieren, und die Offiziellen beschränkten sich darauf, Gerüchte und Spekulationen herunterzuspielen: ... *Ja, das Fußballspiel würde wie geplant stattfinden ... Nein, es bestehe keine Gefahr für die Bevölkerung ... Nein, die Flughäfen würden nicht geschlossen werden.*

Weitere hektische Wortmeldungen und ärgerliche Zwischenrufe einiger Journalisten ignorierten die Verantwortlichen schlichtweg. Die Presse solle abwarten und Ruhe bewahren. Zwei Eigenschaften, die nicht zur Presse passen wollten, deren Vertreter dementsprechend murrend abzogen.

Markus erstaunte es, dass Krüger auf dem Podium neben den Berliner Kollegen Platz genommen hatte. Als die mosernde Meute den Raum verließ, fing er ihn ab.

Sein Chef habe ihn kurzfristig zur Verstärkung einer gemeinsamen Pressestelle abgestellt, berichtete Krüger und lud Markus auf einen Automatenkaffee ein.

Nicht schlecht, dachte Markus, *ein direkter Draht zur wichtigsten Informationsquelle kann nicht schaden.*

Markus folgte ihm wortlos. Wo der Flur ins Treppenhaus mündete, blieb Krüger vor einem Kaffeeautomaten stehen und fütterte das Gerät mit Kleingeld.

„Warum sagen Sie das Fußballspiel nicht einfach ab?", wollte Markus wissen.

„Absagen?", Krüger deutete ein Lachen an, „ausgeschlossen!" Zehntausend angereiste Fans würden derbe

Randale veranstalten. „Wenn wir absagen ...", er stockte, „passiert bestenfalls nichts."

Mit einem fetten Fragezeichenblick schaute Markus ihn an.

„Kein Anschlag ... keine Festnahmen ... nichts! Messen Sie mal den Erfolg verhinderter Anschläge." Und nach einer Pause: „Klingt hart, aber besser ist ein großer Anschlag und schnelle Fahndungserfolge. Das schafft Vertrauen in unsere Arbeit."

Markus rührte skeptisch in seinem Kaffee.

„Kommen Sie, ich zeige Ihnen das Innenleben unseres Krisenstabs", sagte Krüger, „Polizeiarbeit live."

Markus erhielt einen Ausweis, der ihn als Gast kennzeichnete und folgte Krüger in die fünfte Etage. Durch eine Sicherheitsschleuse betraten sie einen großen Raum, in dem etwa dreißig Polizeibeamte an langen Tischreihen vor Überwachungsmonitoren saßen.

Direkt neben dem Eingang griff Krüger in einen Papierstapel und drückte Markus Informationsmaterial in die Hand, das in einer Stunde auf der nächsten Pressekonferenz verteilt werden sollte: Allgemeine Informationen, Verhaltensregeln für Notfälle und Internet-Links zu Bildmaterial über Ausrüstung und Erfolge der Polizei.

„Strategie: Mehr Polizeiarbeit zeigen! Vertrauen schaffen! Hat mit der aktuellen Lage nichts zu tun", gab Krüger unumwunden zu.

Markus beschlich ein mulmiges Gefühl. Krüger hatte ihm klargemacht, dass er aufgrund seiner Informationen Teil des Teams sei, aber nicht über Interna berichten dürfe. War damit seine Unabhängigkeit beschnitten? Zumindest ließ sich aus den Unterlagen in seiner Hand ein schneller Onlinebeitrag für die HNP machen. Er folgte Krüger durch den Raum, bis dieser hinter zwei Kollegen stehen blieb.

„Übertragung steht", bestätigte ein Polizist dem Kollegen draußen am Alexanderplatz. Dieser meldete zurück: „Überwachung der Schließfachanlagen scharfgeschaltet. Over and out."

Markus sah auf dem Monitor ein Aktionsteam aus zwei Uniformierten und zwei in Blaumännern. Einer hob die Kabeltrommel auf und verschwand aus dem Blickfeld, der zweite schulterte eine Ausziehleiter und folgte wie in Zeitlupe.

Auf dem Bildschirm darüber, im Blickfeld des Monitors Dorotheenstraße, erschien eine Hundestaffel der Bundespolizei. Die zwei Dobermänner spitzten die Ohren, während der Hundeführer ihnen Befehle erteilte und gingen sofort an die Arbeit. Schließfach für Schließfach arbeiteten sie sich schnüffelnd vor.

„Friedrichstraße / Dorotheenstraße ist sauber", bestätigte der Hundeführer nach wenigen Minuten, und das Team verschwand aus dem Monitorbereich.

„Hier Hundestaffel Bravo Zwei. Ich glaube, wir haben was am Alexanderplatz gefunden."

Krüger deutete auf den letzten Monitor. Ein Rottweiler hatte angeschlagen und bekam nun ein Lob vom Hundeführer. Am Halsband des Tieres ließ sich die erfolgreiche Hundestaffel erkennen.

„Eins zu null für die Kollegen vom Zoll", kommentierte Krüger.

„Das riechen die durch die geschlossene Tür?", fragte Markus beeindruckt.

„Die finden jeden militärischen oder gewerblichen Sprengstoff. Eine leere Patronenhülse im Schließfach reicht, und die Hunde schlagen an."

„Bravo Zwei. Verdächtiges Schließfach untersuchen. Das Schließfach muss aber hinterher wieder unbeschädigt aussehen. Nach spätestens einer Stunde will ich kein Räumkommando und keine Absperrung mehr sehen. Wenn Sprengstoffe gefunden werden, diese unschädlich machen, zurücklegen und Schließfach verdeckt mit zivilem Team überwachen. Auf weitere Befehle warten. Over."

Die Kamera deckte einen Bereich von etwa zwanzig Metern um die blaue Schließfachanlage ab. Die Polizei verschwand aus dem Blickfeld. Mehr ließ sich auf dem Monitor nicht erkennen. Die blaue Schließfachwand wirkte wie ein Standbild.

„Verstanden. Der Köder bleibt anschließend drin. Over and out", schallte die Antwort aus dem Lautsprecher.

Kurz darauf meldeten auch die Bundespolizei am ZOB und das Team am Bahnhof Zoo einen Fahndungserfolg bei Schließfächern.

Das Räderwerk der Staatsmacht lief auf vollen Touren.

Vom Olympiastadion nichts zu hören.

Die Hauptstadtpresse gab sich mit den Antworten der Polizei nicht zufrieden und bombardierte das Innenministerium mit Anfragen. Der Innenminister, dem Druck nachgebend, versprach, sich in einer außerordentlichen Pressekonferenz zu Wort zu melden.

„Pressekonferenz im Innenministerium um 15:30 Uhr", rief jemand in den Raum.

Krüger schaute auf die Uhr und rechnete schnell die Fahrzeit durch. Die Strecke Alexanderplatz/Alt-Moabit war in zehn Minuten nicht zu machen.

Er zog Markus weiter und zeigte auf einen Stuhl neben sich. „Der Tisch ist frei." Er schaltete den Monitor ein. „Die PK schauen wir uns von hier an."

Die Ankündigung ließ nichts Gutes erwarten.

*

Berlin, Polizei Dahlem. „Bereitet sich Berlin etwa auf einen Atomschlag vor?", rief Kaja Grote ihren Kollegen zu, als sie mit schnellen Schritten das Großraumbüro zu ihrem Schreibtisch hin durchquerte.

Alle schauten sie an, als hätte sie einen falschen Film auf dem persönlichen Display. Hier draußen in Dahlem war alles ruhig.

Nachdem sie den halben Vormittag vergeblich versucht hatte, telefonisch an Peter Redman heranzukommen, hatte sie eine Dienstfahrt genutzt, um der Amerikanischen Botschaft einen Besuch abzustatten. Vielleicht würde ihr jugendlicher Charme zum gewünschten Termin verhelfen. Erfolglos!

„In Berlin Mitte wimmelt es von Bundespolizei", stieß sie leicht außer Atem hervor. „An jeder Ecke Teams mit Spürhunden."

Kollege Christoph hockte schon am Computer und checkte die Gefährdungseinschätzung der Terrorabwehr. „Grün", sagte er, „nichts los."

Er stand auf und ging hinüber zu Kaja Grote.

„Vielleicht eine Übung", sagte er.

„Müssten nicht zumindest wir das wissen?", fragte sie.

Träum weiter, dachte er.

„Alarmstufe wird gerade auf Gelb hochgesetzt", rief ein Kollege von hinten.

„Gelb hatten wir seit Anis Amri nicht mehr", ergänzte aufgeregt ein anderer.

„Ja, Gelb passt besser zu den Maßnahmen", murmelte Kaja Grote. „In *Mitte* wird jede Pommesbude gesichert."

In diesem Augenblick erschien Polizeioberrat Friedrichs und winkte die Kollegen ins Besprechungszimmer.

„Lageverschärfung", sagte er ernst. „Alle verfügbaren Kräfte werden sofort zur Überwachung möglicher Terrorziele gebraucht. Die Gefahrenlage wird als *grenzwertig* eingestuft."

„Aus welcher Richtung droht die Gefahr?", wollte Kaja Grote wissen.

„Wurde uns nicht mitgeteilt", antwortete Friedrichs gerade, als die Tür aufflog.

„Schnell, BerlinTV einschalten, Pressekonferenz, der Innenminister äußert sich", rief jemand herein.

„Wenn der Innenminister sich zu Wort meldet, muss es etwas Ernstes sein, sonst macht er sich unglaubwürdig", sagte Kaja Grote unruhig.

„Oder sie versuchen, die aktuelle Gefahr herunterzuspielen", ergänzte Kollege Christoph.

Alle versammelten sich vor seinem Bildschirm und warteten gespannt, wie der Innenminister sich zur gegenwärtigen Lage äußern würde.

„Wir haben es mit einer neuen Bedrohungslage zu tun", verkündete er zu Beginn seines kurzen Statements. „Es gibt sehr konkrete Spuren."

Natürlich würden symbolträchtige Objekte im Fokus stehen. Teilweise würden sich die verschiedenen Hinweise der Behörden jedoch widersprechen. Der Innenminister bezeichnete die Lage als „diffus".

„Kommt der konkrete Hinweis wie immer von unseren Freunden aus den USA?", bohrte ein Journalist.

Zur Verwunderung der Anwesenden verneinte der Innenminister.

„Ich möchte die Bevölkerung bitten, alles, was verdächtig erscheint, der Polizei zu melden."

Insbesondere auf herrenlose Taschen und seltsames Verhalten von Personen solle geachtet werden. Aber im Augenblick bestehe keine unmittelbare Gefahr für die Bevölkerung, sagte der Minister und beendete die Pressekonferenz.

„Wir müssen unbedingt mehr Fleisch haben", hatte er zum Schluss hinzugefügt – und damit die Headline der Abendzeitung für das vegane Berlin kreiert.

Bevor die Übertragung endete, erblickte man Journalisten, die sich verdutzt anschauten. *Was wollte der Minister damit genau sagen?*

„Was war d a s denn?", fragte auch Kaja Grote unbedarft.

„Ist doch völlig klar."

„Mir nicht", sagte sie.

„Diffus", betonte jemand, „die haben Angst und wissen nicht wovor."

Polizeioberrat Friedrichs befahl alle zurück in den Besprechungsraum und setzte die Verteilung der Aufgaben fort.

Der Bereich ihrer Polizeidirektion deckte den Berliner Südwesten ab. Wenig bekannte Ziele dort, weshalb man sie sofort zur Verstärkung von Direktion 2 abstellte. Hier befanden sich mit Kurfürstendamm, Bahnhof Zoo, Breitscheidplatz, Olympiastadion und dem Internationalen

Congress Centrum gleich mehrere symbolträchtige Ziele.

Polizeioberrat Friedrichs setzte seine Kräfte wie folgt ein: Team Eins verstärkte die Sicherung öffentlicher Einrichtungen und Bahnhöfe, Team Zwei sollte die Kontrollen bei öffentlichen Veranstaltungen unterstützen.

Die Meldung zur Lageverschärfung besagte weiterhin, dass das Bundeskriminalamt die zentralen Ermittlungen an sich gezogen hatte und seinen Krisenstab im zentralen Terrorismusabwehrzentrum in der Keibelstraße bündele.

„Die haben anscheinend gesehen, dass wir im Todesfall Bundespräsident Röhler auch wegen Mordes ermitteln. Nun übernehmen die Kollegen mit der bundesweiten Lizenz, und wir sind raus", sagte Friedrichs, leicht angefressen.

„Das heißt für uns?", fragte Kaja Grote.

„Wir stellen Sie für ein paar Tage zu den Kollegen vom BKA ab. Melden Sie sich sofort in der Keibelstraße bei Präsident Zicke, der leitet den Krisenstab." Mit diesen Worten drückte er ihr zu den Überwachungsfotos alles in die Hand, was sich in den letzten beiden Tagen zum Fall Bundespräsident Röhler / Dr. Schulz angesammelt hatte.

„Heute?", fragte sie nach einem Blick auf die Uhr.

„*Sofort* lässt wenig Interpretationsspielraum, oder? Und bestellen Sie Herrn Präsident Zicke Grüße von mir", ergänzte Friedrichs im Hinausgehen, „wir kennen uns von der Polizeischule."

Hatte das BKA sie anforderte, genau sie, oder war ihr Einsatz POR Friedrichs zu verdanken? Egal, die vor ihr liegende Aufgabe erfüllte die junge Polizistin mit Stolz. Sie beschlich das Gefühl, dass Kollege Christoph sie neidisch anschaute. „Wo liegt die Keibelstraße?", fragte sie ihn im Vorbeigehen.

„Am Alexanderplatz", antwortete er mürrisch, „das ehemalige Polizeipräsidium für Ost-Berlin."

Los geht's. Rein ins Auge des Orkans, freute sich Kaja Grote. *Krisenstab! Wenn das kein Karriere-Sprungbrett werden könnte.*

*

Berlin, KaDeWe. Sechs Bundespolizisten bildeten an der Ecke Tauentzienstraße/Wittenbergplatz eine Gasse. Wer ins Kaufhaus hineinwollte, musste durch ihr Spalier hindurch.

Sie suchen uns! durchzuckte es Azad. Instinktiv senkte er den Kopf und starrte aus den Augenwinkeln auf den wie eine Skulptur dastehenden Polizisten, dem sie inmitten der Menschenmasse Meter um Meter entgegendrifteten. Azads Blick blieb wie hypnotisiert an der schwarzgrauen Maschinenpistole hängen. Der hünenhafte Polizist ließ seinen Blick ruhig über die Menschen gleiten, ohne seinen Stand zu verändern. *Fixiert er mich?* Azad duckte sich tiefer und umklammerte Dilaras Hand. Die Menschenmenge schob die beiden langsam zwischen den Polizisten durch.

Plötzlich stürzten sich zwei Polizisten in die Menge, wie Adler auf ihre Beute. Sie ergriffen einen jungen Mann neben Azad und zerrten ihn heraus. Azad versuchte nicht hinzusehen.

Das Meer von Menschen schob sie weiter Richtung KaDeWe. Sie wurden durch das Eingangsportal gedrängt.

Endlich im Warmen, endlich muss Dilara nicht mehr frieren, dachte Azad.

Als er den Durchgangsscanner erkannte, war es zu spät. Dilara stand schon mit dem Kinderwagen direkt neben der Plastiksäule. Zu spät um auszuweichen, die Menge drückte sie unaufhörlich vorwärts. Einer nach dem anderen passierte die dichten Maschen des unsichtbaren Scannernetzes, die sich über den Eingang des Kaufhauses spannten.

Verdammt! Er hatte einen Fehler gemacht. Die Pistole im Kinderwagen! Gleich würde die rote Signalleuchte, jetzt direkt neben Dilara, ihnen ihr zuckendes Licht entgegenschleudern und sie verraten.

Die Menge schob sich weiter vorwärts. Jetzt passierte der Kinderwagen die Schleuse!

Aber alles blieb ruhig.

Keine blinkende Signalleuchte. Kein kreischender Warnton.

Vielleicht der stille Alarm eines Metalldetektors, dachte Azad. Setzte gerade in irgendeinem Kontrollraum Hektik ein? Griffen Sicherheitsleute in Zivil zu ihren Waffen und stürmten Richtung Eingangsbereich?

Er rückte dicht neben Dilara und fasste mit einer Hand den Griff des Kinderwagens. Beim kleinsten Anzeichen würde er den Wagen herumreißen.

Vorsichtig blickte er um sich. Aber niemand stürzte sich auf sie. Um sie herum war auf einmal alles hell erleuchtet, es roch nach Lavendel, wenige Schritte weiter nach Bonbons und nach frischem Tannengrün.

Dilara schob ruhig den Kinderwagen und ignorierte eine aufdringlich geschminkte Frau, die ihr Proben eines neuen Damenparfüms entgegenstreckte.

Azad atmete tief ein und kontrolliert wieder aus.

Jetzt nicht die Nerven verlieren!

Ein Pulk drängelnder Menschen formierte sich vor den Aufzügen. Jemand drückte auf einen Knopf und die Tür des mittleren Aufzugs öffnete sich. Noch mehr Drängelei.

„Hey Digger!"

Ein heftiger Rempler, Azad stolperte, verlor das Gleichgewicht und stürzte in einen Stand mit Damenbekleidung. Während er sich wieder aufrappelte, sah er, wie sich der Jugendliche, der ihn so rüde von der Seite angerempelte hatte, durch die sich langsam schließende Aufzugtür ins Innere drängelte. Zwei weitere junge Männer mit kurzgeschorenen Haaren folgten ihm.

Azad hatte keine Zeit, Dilara durch den Spalt der Aufzugtür etwas zuzurufen. Was hätte er ihr auch sagen sollen?

„Alles okay?" hörte er eine freundliche Stimme neben sich. „Der nächste Aufzug kommt gleich", sagte ein älterer Herr beruhigend.

Azad erwiderte kein Wort, sondern starrte auf die Anzeige über der Tür.

Dilara!

Die Anzeige war auf Eins gesprungen.

Der überfüllte Aufzug setzte sich gerade in Bewegung.

„Upps", sagte der Blonde, dessen Unterarme mit schlecht gestochenen Tattoos in Frakturschrift übersät waren, und drückte sich eng an Dilara.

„Hast grad dein' Mann verlor'n, wa?"

Der Aufzug hielt im ersten Stock, ohne dass jemand ausstieg. Als sich die Türen schlossen, drängelten sich auch die anderen beiden Jugendlichen zum Kinderwagen durch.

„Kevin, hat dit Baby ooch so feurige Knopfoogen?"
Er schaute Dilara provozierend an, gleichzeitig streckte
er seine Hand in Richtung Babydecke aus.

Dilara hatte sich seit Betreten des Aufzugs nicht bewegt, mit gesenktem Blick schaute sie in den Kinderwagen.

„Süße, kiek ma an, wenn ick mit dir rede", setzte er
nach und strich Dilara ihre vor die Augen gerutschten
Haare hinters Ohr.

Sie bewegte sich nicht.

Im Aufzug erklang das leise Summen einer Melodie.

„Da ist schon der nächste", sagte der Mann zu Azad und
zeigte auf den linken Aufzug, dessen Türen sich gerade
öffneten.

Was sollte er tun? Hinterherfahren? Wo würde Dilara
aussteigen? Azad schüttelte den Kopf. Vielleicht hatte er
Glück und Dilara blieb im Aufzug. Wo sollte sie auch
aussteigen?

Die Anzeige war auf Stockwerk drei gesprungen.

„Jetzt reicht's", schimpfte eine korpulente Frau, eine
vollgepackte Einkaufstüte in der Hand, und schob sich
schützend zwischen die Jugendlichen und Dilara.
„Schämt euch", setzte sie energisch nach, als sich die
Tür öffnete, und drängte die Jugendlichen mit ihrer Kör-
perfülle aus dem Aufzug.

„Locker Mutti, nu mach ma' langsam", sagte der, den
sie Kevin nannten. „Woll'n eh hier raus!" Er schnappte
sich seine beiden Kumpane und zog sie in Richtung der
bunt blinkenden Videospiele.

„Dumme Jungs", sagte die Frau, stellte ihre Einkaufstüte ab und legte beruhigend ihre Hand auf Dilaras Schulter. „Na, wo wollen Sie denn hin?"

Dilara schien die Frage nicht zu hören, blickte weiter geradeaus und sang etwas lauter.

Der Aufzug erreichte die Restaurantetage auf der Sieben.

„Ich hol Ihnen ein Glas Wasser", sagte die Frau und schob Dilara, die keine Anstalten machte auszusteigen, vor sich her aus dem Aufzug.

Steht die junge Mutter unter Schock und braucht Hilfe?, rätselte die Frau. Sie meinte, Dilaras anfangs nur leichtes Zittern wäre stärker geworden und drückte sie direkt neben dem Aufzug sanft auf einen freien Stuhl.

„Ich hol' ein Glas Wasser", wiederholte sie mitleidig, beugte sich im Weggehen in den Kinderwagen, schob die Decke beiseite, um nach dem Baby zu schauen. Aber keine Spur von einem Kind, stattdessen eine Pistole aus kaltem Stahl.

„Oh, Gott", flüsterte sie schockiert und zog ihre Hand zurück, als hätte sie sich verbrannt.

Dilara starrte weiter regungslos in den Kinderwagen und machte nicht den Eindruck, als hätte sie etwas bemerkt. Nur ihr Singen war lauter geworden.

Gleich hinter der Restaurantabtrennung riss die Frau ihr Handy aus der Handtasche.

Dann stockte sie.

Noch nie hatte sie den Notruf benutzt.

Welche Nummer muss man wählen? 110? 112?

*

Berlin, Krisenstab Keibelstraße. Krüger nutzte die Gelegenheit, Markus zu beeindrucken, indem er exklusive Einblicke in die Polizeiarbeit gewährte.

„Bei der Jagd auf die RAF-Terroristen in den 70er Jahren war Geld ein knappes Gut", erklärte er. „Banküberfälle entpuppten sich meist als heiße Spur." Heutzutage, fuhr er fort, hätten Terroristen keine Geldsorgen. Reiche Sponsoren, nicht nur Ölländer, stünden ausreichend zur Verfügung.

„Früher konnten wir auch an der Rückzugsplanung ansetzen. Nach begangener Tat brauchte man viele Unterstützer, man brauchte Fluchtfahrzeuge, Geld, Unterschlupf. Heute dagegen haben wir es mit Selbstmordattentätern zu tun. Die brauchen keine Überlebenslogistik mehr."

Markus hörte aufmerksam zu.

Im Alter von fünf Jahren wird Krüger garantiert keine RAF-Terroristen gejagt haben. Viel älter wird er in den 70ern nicht gewesen sein. Trotzdem interessante Fakten.

Sein Handy vibrierte.

Er nahm das Gespräch an und sprach leise hinter vorgehaltener Hand. Als er aufgelegt hatte, schaute er Krüger irritiert an.

„Alles okay?", fragte Krüger.

„Ja, ja", erwiderte Markus schnell.

Lenas Verhaltensänderung kam für ihn wie aus heiterem Himmel. Ihre Maschine war vor wenigen Minuten in Berlin-Tegel gelandet. Ein spontaner Besuch in der Zentrale von Geißen & Mapitier, sagte sie, Sicherheitssysteme vor Ort checken. Die Adresse, die sie ihm genannte hatte, war in seiner Nähe. Das konnte er locker in dreißig Minuten schaffen.

Lena hatte eine Idee, wie sie den Stick auf gelöschte Dateien untersuchen könnten. Manchmal ließen sie Rückschlüsse auf den ursprünglichen Besitzer zu.

Markus freute sich auf sie. Am Anfang des Gesprächs schien ihre Stimme komisch zu klingen, irgendwie verändert. Aber vielleicht täuschte er sich. Auf dem Weg würde er eine Rose oder eine Margerite für sie besorgen.

Er musste los, wenn er sie pünktlich treffen wollte. Er griff seinen Rucksack, drückte Krüger die Hand und entfernte sich.

Im Hotel *Angelo* in München drückte Lena das Gespräch erst weg, als vom anderen Ende kein Ton mehr kam. Markus hatte aufgelegt, aber sie brauchte Zeit zum Durchatmen. Sie schaute hoch.

Die beiden Männer hatten sich während des Telefonats nicht bewegt. Der Hüne neben ihr zog den Knopf aus dem Ohr, mit dem er das Gespräch mitgehört hatte und ließ ihn in seiner Jackettasche verschwinden. Sein Blick blieb starr auf Lena gerichtet, seine Pistole ebenso.

Der kleine Dicke trug ein aus der Form geratenes Sakko zur ausgeblichenen Jeans und hatte es sich im Fernsehsessel bequem gemacht. Seine Füße ruhten auf dem Glastisch neben seiner schweren Smith & Wesson. Auch er ließ Lena keine Sekunde aus den Augen, im rechten Arm hielt er Snoopy, dem ein Ohr fehlte, mit links kraulte er sich ungeniert.

„Bravo, Schneckchen. Bravo", sagte er und klatschte provozierend langsam die Handflächen gegeneinander, riss Snoopy dann mit einem Ruck das zweite Ohr ab und legte es ordentlich über die Sessellehne.

„Miese Schweine", fauchte Lena. Ihre Augen funkelten voller Hass. Sie ärgerte sich über sich selbst. Warum hatte sie auch mit Markus keinen Code für den Notfall ausgemacht: Einen Treffpunkt zu dem man nie gehen würde, weil es eine Falle wäre, oder etwas Ähnliches. Sie hatte für fast jede Situation etwas vorbereitet. Hierfür nicht. Ihr einziger Hinweis: Es gab keine Zentrale von Geißen & Mapitier in Berlin. Ob Markus das verstanden hatte?

Jetzt war es zu spät.

„Greg, sag unserem süßen Schneckchen, sie soll sich geschmeidig machen", sagte der Dicke scharf.

Der angesprochene Hüne packte Lena an der Schulter und drückte sie in den Sessel dem Dicken gegenüber.

Lena überlegte, ob sie laut schreien sollte. Würde jemand kommen und ihr helfen?

„Miese ..."

„Einfach mal die Fresse halten", unterbrach sie der Dicke. „Hat unser leckerer Köder funktioniert?", die Frage war an den Hünen gerichtet.

„Hat angebissen! Ganz sicher."

„Wäre auch gesünder für die beiden." In der Zwischenzeit fummelte er sein Handy aus dem Sakko und wartete auf die Verbindung. Mit ruhigen Worten bestätigte er dem Angerufenen Ort und Zeit des Treffens.

„Jetzt haut ab", zischte sie, „ihr habt, was ihr wollt."

„Schneckchen, wir gehen, wann wir wollen", sagte der Dicke gezwungen ruhig. „VERSTANDEN?", brüllte er hinterher.

Lena zuckte zusammen und nickte. „Ihr habt versprochen, ihm nichts zu tun ...", sagte sie vorsichtiger.

„Greg, hast du so etwas dem Schneckchen versprochen? Ich kann mich gar nicht erinnern", sagte der Dicke und grinste selbstgefällig.

„Nur den USB-Stick", brummte Greg, dem Lena leidtat.

Fast eine Stunde später kam der Anruf.

Der Dicke streckte den Daumen nach oben, nahm seine Füße langsam vom Glastisch und stand auf. Er beugte sich zu Lena, leckte ihr langsam über die Wange. „Schneckchen, die Geschichte glaubt dir keine Polizei. Spar dir also die Mühe", flüsterte er ihr ins Ohr.

Der Ekel verschlug Lena die Sprache und lähmte sie für Minuten.

*

Berlin, Krisenstab Keibelstraße. „BOMBENALARM IM KADEWE", brüllte jemand durch den Raum. Nach einer Schrecksekunde verwandelte sich der Krisenstab in einen brodelnden Kessel.

*

Berlin, KaDeWe. Die Polizistin sprach in ruhigem Tonfall und gab der Anruferin detaillierte Anweisungen. Sie solle jetzt zurückgehen. Zeit gewinnen, jede Minute zähle, um das Gebäude zu evakuieren. Es ginge um hunderte von Menschenleben.

Zwei Minuten später war die korpulente Frau zurück. Sie reichte Dilara ein Glas Wasser, bemüht, nichts zu verschütten. Die schwappende Oberfläche verriet deutlich ihre Nervosität.

Die ersten Kunden wurden von einer Kaufhaus-mitarbeiterin zum Notausgang geführt.

„Nein", antwortete diese mechanisch, „es besteht keine Gefahr."

Die Gruppe verschwand im Treppenhaus. Die Anzeige der Fahrstühle war auf *Außer Betrieb* gesprungen.

Die Alarmkette zwischen Polizei und KaDeWe funktionierte. Alle Etagen gleichzeitig zu räumen, schien die richtige Entscheidung zu sein.

Bisher keine Panik.

Ein Sicherheitsbeauftragter öffnete die Stahltüren zum Dach. In wenigen Minuten würde hier ein Sondereinsatzkommando der Bundespolizei abgesetzt werden. Der lange befürchtete Ernstfall war eingetreten.

Die Frau betrachtete Dilara. Warum hatte die junge Frau eine Waffe? Im Kinderwagen! War sie verrückt? Drogen? Erst jetzt fiel ihr auf, dass Dilara kein einziges Wort gesprochen hatte.

Weitere Kunden strömten an ihnen vorbei zu den Treppenabgängen. Einige schauten sie im Vorbeigehen irritiert an. Das lauter werdende Singen der Frau mit dem Kinderwagen in einer orientalisch anmutenden Sprache machte ihnen Angst. Die junge Frau war doch hoffentlich keine Selbstmordattentäterin die eine Bombe an ihrem Körper trug.

Azad hatte die Aufzuganzeige keine Sekunde aus den Augen gelassen. Bei Etage sieben hatte der Aufzug gestoppt und bewegte sich jetzt Etage um Etage wieder herunter. Dann endlich öffneten sich die Türen und Menschen strömten ihm entgegen.

Von Dilara keine Spur.

Azad riss die Tür zum Treppenhaus auf und sprintete los, immer zwei Stufen auf einmal. Er stieß die Tür zur ersten Etage auf, stürzte in den Verkaufsraum und lauschte einige Sekunden.

Nichts. Also zurück ins menschenleere Treppenhaus und weiter zu Etage zwei. Ihm blieb keine Zeit. Auf der vierten Etage wurde es Gewissheit, alle Fahrstühle waren abgeschaltet worden und man führte die Kunden zu den Notausgängen.

Räumung des Kaufhauses!

Sie waren aufgeflogen!

Das Treppenhaus füllte sich schnell. Für Azad wurde es immer schwerer, gegen den Strom der hinabdrängelnden Menschen anzukommen. Stufe um Stufe musste er sich hochkämpfen, immer den Handlauf festklammernd, um nicht mit nach unten gerissen zu werden. Er hatte Etage sechs fast erreicht, als er die vertraute Melodie hörte. Sie kam von oben.

Dilara, endlich!

Er kämpfte sich weiter aufwärts, Schritt für Schritt, bis er die Tür erreichte.

Die korpulente Frau saß auf dem Stuhl vor dem Aufzug und berichtete der Polizei, was auch die Bilder der Überwachungskameras bestätigten: Ein junger Mann mit südländischem Aussehen hatte die Tür aufgerissen und war aus dem Treppenhaus auf sie zugestürzt.

Ob er eine Waffe hatte, wisse sie nicht. Die junge Frau mit dem Kinderwagen habe sofort aufgehört zu singen, als er ihr über die Wange streichelte.

Nein, er habe sie nicht bedroht. Er habe sich den Kinderwagen geschnappt und sei sofort mit dem Mädchen im Treppenhaus verschwunden.

„Mehr kann ick Ihnen ooch nich sag'n, Herr Wacht-meester …"

Der Polizeibeamte nickte, während ihm immer mehr Fragen durch den Kopf jagten. *Was haben die beiden Verdächtigen wirklich im KaDeWe vor? Und warum nimmt der Mann nicht die Pistole und lässt den Kinderwagen zurück, sondern schleppt ihn bei seiner Flucht mühsam sieben Etagen durch das Treppenhaus nach unten? Irgendetwas im Kinderwagen ist extrem wichtig! Aber was?*

*

Berlin, Amerikanische Botschaft. *Bombendrohung im KaDeWe!* Die Meldung brauchte nur wenige Minuten bis zur Amerikanischen Botschaft. Gunter berichtete über die im Moment laufenden Maßnahmen.

Peter Redman zeigte keine Reaktion.

Bei der Information zehn Minuten später, dass es sich bei den potentiellen Tätern um ein junges Paar handeln solle, vermutlich irakischer Herkunft, wurde er hingegen sofort hellwach.

Dilara und Azad, beide tot, murmelte er.

Gunter hing noch am Telefon, als sein elektronischer Postkorb mit einem *Pling* den Eingang einer Mail bestätigte. Die Security-Abteilung des KaDeWe hatte mittels Gesichtserkennungssoftware einen automatischen Zusammenschnitt des Bewegungsprofils der potentiellen Täter auf ihrem Weg durch das Kaufhaus angefertigt.

Im Schnelldurchlauf schaute er sich zusammen mit Redman die Aufzeichnung an. Die Qualität der Bilder war ordentlich, die Gesichter gut zu erkennen. Redman verstand nicht, warum die beiden Täter getrennt im Ka-

DeWe agierten und ließ das Band zurücklaufen. Die letzten Bilder stammten von einer Kamera am südlichen Notausgang.

Die Täter waren ihnen entwischt.

Mohameds Beschreibung passte auf die beiden wie die Faust aufs Auge. Die junge Frau zierte eine fürchterlich große Narbe. *Mal sehen, ob das tatsächlich unsere beiden Zombies sind.* Redman stoppte das Video und kopierte einen Bildausschnitt, auf dem die Gesichter von Azad und Dilara gut zu erkennen waren. Mit zwei Klicks fügte er das Bild in eine vorgefertigte Einladung ein: *Save the Date*.

Unter dem Bild stand als Antwort zur Wahl: *Ja, wir kommen,* oder *Nein, wir können leider nicht teilnehmen.* Die gegenüberliegende Seite der Einladungskarte zeigte den Ausschnitt eines Stadtplanes und *die Trauung findet statt in der St. Hedwigs Kapelle.*

Redman schmunzelte, als er den Namen der Französischen Straße mit *Zweibenutztegegenstände* überschrieb. Die Botschaft dieser Einladungskarte würden selbst Profis nicht erkennen. Mohamed dagegen würde die verschlüsselte Frage sofort zu deuten wissen: *Sind das die beiden Gesuchten? Ja oder Nein?*

Um 17:25 Uhr stellte Gunter zwei in Gefrierbeutel eingepackte benutzte Teegläser vor Redman auf den Tisch. Auf der Einladungskarte war *Ja* angekreuzt. Mohamed bestätigte damit eindeutig, dass es die von ihm Gesuchten waren. In wenigen Minuten könnten sie Fingerabdrücke und DNA in allen verfügbaren Datenbanken der Welt abgleichen.

Gleich haben wir euch, murmelte Redman und verließ die Botschaft.

*

Redman wunderte sich über sich selbst. Er hatte tatsächlich überprüft, wann genau der kolumbianische Botschafter mit Gattin eintreffen würde. Jetzt wartete er seit fast zwanzig Minuten in der Lobby des Adlon Hotels und beobachtete die ankommenden Gäste. Er hob die Zeitung etwas höher, um nicht erkannt zu werden. Mit jeder Minute, die verstrich, kam ihm sein Verhalten seltsamer vor. Benahm er sich nicht wie ein pubertierender Jugendlicher?

Aber dann … Redman zuckte zusammen. Er hätte sie fast nicht erkannt. Sie ging bis zum Aufzug hinter ihrem Mann her, den Blick nach unten gerichtet. Beide sprachen kein Wort miteinander. Luisas Augen verdeckte eine große Sonnenbrille. Der erkennbare Bereich ihres Gesichts wirkte aufgequollen und starr. Die Begrüßung durch den Portier hatte sie mit einem maskenhaften Lächeln beantwortet. Ihre jugendliche, anmutige Bewegung und ihr ganzer Stolz waren verschwunden, sie bewegte sich geradezu hölzern und unsicher.

Redman fröstelte und duckte sich hinter seine Zeitung. Nein, das war nicht mehr *seine* Luisa.

Als hinter dem Paar auch der Hotelpage mit dem Gepäck im Aufzug verschwunden war, verließ Redman hastig das Hotel.

Nein, er würde sie nicht warnen!

Das Schicksal hatte freien Lauf …

*

Zurück in der Botschaft, betrachtete Redman lange den USB-Stick, der zwischen seinen Fingern baumelte. Gut, dass sie das Teil jetzt zurück hatten. Wenn die Polizei jetzt noch etwas in den Händen hielt, waren es bestenfalls Kopien der Dateien.

Der Stick pendelte ruhig vor seinen Augen hin und her.

Die versteckten Dateien, die Lavrow ihnen als Denksportaufgabe hinterlassen hatte, waren mit Sicherheit niemandem bei der deutschen Polizei aufgefallen. Und kopierfähig waren sie auch nicht. Kurz darauf bestätigte das Summen der Tresorbolzen den sicheren Verschluss des Sticks.

Redman drehte sich um und blickte aufmerksam aus dem bodentiefen Fenster hinunter auf die Straße. Hier aus dem vierten Stock der Botschaft hatte er einen guten Überblick: Berlin rüstet gerade massiv auf.

Soeben krochen rechts neben dem Stelenfeld mehrere gepanzerte Radfahrzeuge im Schritttempo die Ebertstraße Richtung Brandenburger Tor hoch. Bundespolizei, erkannte er an den typischen Scheinwerfern und den Fahrzeugumrissen im zuckenden Blaulicht. Mindestens ebenso viele Mannschaftstransportwagen folgten.

Die Staatsmacht gaukelt der Bevölkerung Sicherheit vor!

Redman nahm die mit *vertraulich* überschriebene Liste mit aktuellen Meldungen vom Schreibtisch und blätterte sie im Stehen durch. Die deutschen Behörden tappten vollkommen im Dunkeln, wurden zunehmend unruhiger. Die gemeldete Verhaftung von zwei sogenannten Gefährdern am KaDeWe – kaum mehr als Show, nur kleine Fische, die beiden standen seit über zwölf Monaten auf der Überwachungsliste. Die Aktion sollte Handlungsfähigkeit demonstrieren, sorgte aber für noch mehr Fragen bei der mit wilden Schlagzeilen um sich werfenden Presse. Polizei und Presse schaukelten sich mit ihren Spekulationen und Aktionen gegenseitig weiter hoch.

Die Terrorwarnstufe war gerade auf Orange erhöht worden.

Ungewöhnlich!

Ohne konkrete Terrorhinweise auf Orange zu gehen, das hatten die deutschen Behörden bisher noch nie gemacht. Und eine konkrete Warnung lag nicht vor, zumindest nicht von der CIA.

Was ging da vor?

Gab es Informationen, die er nicht kannte?

Nicht gut, murmelte er und ließ die Papiere auf seinen Schreibtisch fallen. Es würde eine lange Nacht werden.

Er trat wieder ans Fenster. Vier Mannschaftstransportwagen waren neben den Quadern des Mahnmals zum Stehen gekommen. Schwerbewaffnete Polizisten bildeten vor den Fahrzeugen kleine Gruppen, während zwei Wasserwerfer langsam an ihnen vorbei Richtung Brandenburger Tor rollten.

Redman musste an Luisa denken.

Er brauchte dringend frische Luft, um den Kopf frei zu bekommen. Er warf sich seinen Mantel über und verließ die Botschaft durch den Hinterausgang. Der diensthabende Offizier grüßte, ohne die andere Hand von der Waffe zu nehmen.

Dann umhüllte ihn die kalte Abendluft. Er atmete tief ein, schlug den Mantelkragen hoch und ging zügig los. Unter den Linden bog er nach rechts ab. Trotz des kühlen Wetters waren in Berlin Mitte noch zahlreiche Menschen unterwegs.

Wenige hundert Meter weiter schob sich ein gepanzertes Polizeifahrzeug langsam rückwärts neben einen

Kiosk. Eine ideale Position, um die Straße bis zum Brandenburger Tor zu überwachen. Der Kioskbesitzer nahm davon keine Notiz, schleppte die zusammengeschnürten Zeitungen des Vortages an die Straße.

Redman erblickte im Vorübergehen die Titelseite der *Berliner Morgenpost*: *NOCO-Net Aktivisten von Kohlelobby entführt!* schrie ihn die Headline an, darunter das Bild zweier entführter Aktivisten.

Ruckartig blieb er stehen.

„JAKE!", brüllte er voller Zorn.

Mit erschrockenem Gesicht eilte der Kioskbesitzer herbei.

„Allet jut meen Herr? Ham se sich wehjetan?"

„Kann ich ein Exemplar haben?", entgegnete Redman schroff.

„Sind aber von jestern."

Redman zog die oberste Zeitung aus dem Stapel, drückte dem verdutzten Mann zwei Euro in die Hand und machte sich zurück auf den Weg in die Botschaft.

„Jake, dieser Vollidiot!", murmelte er verstimmt. Das Gesicht und der Name der Frau neben seinem Sohn sagte ihm nichts, aber die rührselige Geschichte im Artikel, der abgetrennte Finger, das war genau Jakes Handschrift. Genau wie früher. *Zu blöd einer ordentlichen Arbeit nachzugehen, aber jede Menge schräge Ideen im Kopf für diese Umweltkacke!*

Es würde ihn nicht wundern, würden die beiden ein paar Tage später wieder auftauchen. Und jeder mit zehn intakten Fingern.

Das war Jake!

Bei Jake steckte immer ein Plan dahinter.

Redman gab sich eine Stunde, um herauszufinden, welchen Mist der Junge dieses Mal ausheckte.

„NOCO-Net ist fast pleite", berichtete Gunter mit Blick auf einen Computerausdruck in seinen Händen. „Die brauchten dringend Geld, sonst wäre aus der Aktion am Freitag nichts geworden. *Sundowner* nennen sie ihre Show."

Der Bericht führte auf, dass NOCO-Net tonnenweise rote Lebensmittelfarbe aufkaufte, diverse Fahrzeuge mietete, und sogar versucht hatte, einen Hubschrauber zu chartern.

„Die Aktion läuft morgen."

„Hab ich schon verstanden!"

„Hier in Berlin!"

Redman riss Gunter das Papier aus den Händen und las selbst weiter: Berliner Dom … Trauergottesdienst … weltweite CO_2-Lobby ...

Diese Umwelt-Freaks haben sich das schlechteste aller weltweit verfügbaren Ziele ausgesucht. Zumindest für Freitag.

Redman wusste, was zu tun war.

Er hasste Umweltaktivisten.

*

Berlin, Krisenstab Keibelstraße. „Alarmstufe Gelb? Huuuuh!", machte Kaja Grote, als würde sie jemanden erschrecken wollen, musste dann aber selbst lachen. Sie war bester Laune. Heute Abend hatte sie eh nichts vorgehabt, und die Fahnder vom BKA kennenzulernen, das kam ihr vielversprechend vor.

Sie sprang in ihren Corsa und schaltete die Nachrichten an. Nichts, was sie nicht schon wusste. In Berlin war dies und das passiert. Nur eine kurze, allgemein gehaltene Meldung zur Bedrohungslage, keine Gefahr für die Bevölkerung.

Sie war keine zehn Minuten aus Dahlem heraus, da brachte der Polizeifunk die erste Lagemeldung an alle Einsatzkräfte: „Bombendrohung im KaDeWe." Sie drehte die Lautstärke hoch: *Kurfürstendamm Vollsperrung, Lietzenburger Straße Vollsperrung, Kurfürstenstraße Umleitung ...* Eine Meldung nach der anderen prasselte herein.

Am Potsdamer Platz stauten sich die Fahrzeuge längst kilometerweit. Dann stand der Verkehr.

Potsdamer Platz: Vollkontrolle aller KFZ, meldete der Polizeifunk.

Sie drängelte sich mit ihrem Dienstfahrzeug an den Wartenden vorbei bis zur Absperrung. Mit schussbereiten Maschinenpistolen in den Händen sicherten zwei Polizisten den Kollegen, der Fahrzeuge und Insassen kontrollierte. Sie hielt ihren Dienstausweis hoch und durfte passieren.

Nach über einer Stunde bog sie endlich in die Keibelstraße ein. Der rote Klinker des riesigen Gebäuderiegels erinnerte sie stark an ihre Dahlemer Polizeiwache. Zwar mit acht Geschossen etwa doppelt so hoch, aber der gleiche Fünfziger-Jahre-Charme.

Außen ließen sich keine besonderen Sicherungsmaßnahmen erkennen: Keine massiven Betonklötze, keine Sandsäcke, kein Stacheldraht. Der Pförtner grüßte, ließ sich ihren Dienstausweis zeigen, tippte etwas in seinem Rechner.

„Die Kollegen sitzen im fünften Stock. Gleich der erste Aufzug hier rechts. Den Ausweis bitte immer sichtbar um den Hals tragen."

Sie hängte sich das blaue Band um, an dessen Karabinerhaken eine Schlüsselkarte mit der Aufschrift *Polizei* hing. Der Pförtner beobachtete, wie sie die Karte von beiden Seiten betrachtete und weder einen Scancode noch einen Magnetstreifen fand.

„Unsere neuen RFID-Karten", erklärte er. „Die Terminals erkennen sie im Vorbeigehen."

Sie verließ den Aufzug in der fünften Etage. Der Eingang zum Großraumbüro wirkte auf sie wie eine verglaste Cola-Dose. *Personenvereinzelungsschleuse, hier kommt nicht mal ein Hamster mit zu spitzen Zähnen unentdeckt durch,* spöttelte sie, und trat näher. Die vordere Tür drehte sich automatisch zur Seite, sie betrat die Dose, die Tür schloss sich hinter ihr.

Dann gab die vordere Tür ihren Weg ins Krisenzentrum frei. Sie ließ ihren Blick durch den Raum schweifen. Die riesige Halle erinnerte sie an die Zentrale eines Atomkraftwerkes. An der hinteren Wand prangten mehrere Großbildschirme, gut sichtbar für alle Anwesenden. Der Monitor in der Mitte zeigte den Eingang des Berliner Doms und das weitläufige Areal davor, auf der linken Seite auf mehreren Monitoren: Schließfachanlagen. Die Monitore rechts zeigten Menschenmassen, die sich durch Treppenhäuser nach unten drängelten, aus Eingängen ins Freie strömten, und Straßensperren.

Vor der Überwachungswand etwa zwanzig Tische mit Computern, in geraden Reihen ausgerichtet, alle mit Blick auf die Mega-Monitore. Auf der rechten Seite eine Gruppe von vielleicht zehn Polizisten, die die aktuelle Bedrohungslage anscheinend kontrovers analysierten, den Blick dabei immer auf die Bildschirmwand gerichtet.

Ein junger Polizist eilte quer durch den Raum auf sie zu und begrüßte sie mit Namen. Er stellte sich als Adjutant von BKA-Präsident Carsten Zicke vor. Sie vermutete, dass der RFID-Chip um ihren Hals ihre Ankunft verraten hatte.

„Hier, bitte", sagte er und deutete auf einen freien Platz an einem Vierertisch. „Die Einweisung beginnt in zehn Minuten. Ich hole Sie ab."

„Bombenalarm im KaDeWe, Kollegin Grote", empfing Krüger sie und stellte sich als Pressesprecher der Bundespolizei vor. Ihm entging nicht ihr forschender Blick Richtung Monitorwand: „Kommen Sie, ich zeige Ihnen den aktuellen Stand der Dinge."

Krüger ging alle Bildschirme durch. Ein Monitor zeigte als Endlosschleife den animierten Weg der potentiellen Attentäter durch das KaDeWe. Ein Standbild *Zentralaufzug 7. Etage* zoomte in einen Kinderwagen, in welchem gut erkennbar eine Pistole lag.

„Beretta 92." Krüger genoss die offensichtliche Aufmerksamkeit der neuen Kollegin. „Wir vermuten eine Bombe in dem Kinderwagen. Das größte Kaufhaus Europas ist vor wenigen Minuten nur knapp an einer Katastrophe vorbeigeschrammt."

Ihr Blick fixierte schon den nächsten Bildschirm, der die Fotos der potentiellen Attentäter zeigte.

„Das sind doch Kinder", schaute sie Krüger bestürzt an.

Der zuckte die Schultern.

„Wurden sie festgenommen?", fragte sie.

Krüger schüttelte den Kopf. „Noch flüchtig!"

„Eines verstehe ich nicht", zweifelte die Polizeikommissarin, die gern im KaDeWe einkaufen ging. „Alle Ein- und Ausgänge werden elektronisch überwacht. Da kommt man doch mit einer Pistole oder Bombe nicht durch."

„Good Point!" Krüger zeigte sich beeindruckt von der neuen Kollegin. „Das haben wir uns auch gefragt." Er zeigte auf einen Monitor, der die beiden mit dem Kinderwagen genau zwischen den Säulen der Scanner zeigte. Krüger berichtete, dass das KaDeWe genau in diesem Zeitschnipsel ein IT-Update ihrer Durchgangsscanner durchgeführt hatte, exakt von 15:36 Uhr bis 15:43 Uhr.

„Aber Updates dürfen nicht während der Öffnungszeiten durchgeführt werden", warf sie ein.

„Stimmt", bestätigte Krüger und nahm ihre nächste Frage schnell vorweg. „Woher die Täter dieses Zeitfenster kannten, wissen wir nicht! Wir überprüfen gerade alle Security-Mitarbeiter. Vielleicht gibt es eine Verbindung."

Ein letzter Blick auf die anderen Monitore. Durch die Vollkontrollen war der Verkehr im Bereich Charlottenburg, Wilmersdorf, Tiergarten komplett zusammengebrochen. Sie folgte Krüger zurück zu ihrem Platz.

Über dem Raum hing eine gedrückte Stimmung. Zwei flüchtige Attentäter, bewaffnet und mit einer scharfen Bombe im Berliner Nachmittagsverkehr. Die Terrorwarnstufe stand auf *Orange*.

„Was ist Ihre Aufgabe?", fragte Krüger direkt.

Bevor Kaja antworten konnte, winkte der Adjutant sie ins *Aquarium*, halboffizieller Spitzname für den rundum von Glaswänden umgebenen Besprechungsraum.

BKA-Präsident Zicke stellte die dem Krisenstab Zugeordnete kurz vor: Den Leiter des Katastrophenschutzes und „Kaja Grote von der Berliner Polizei". Anschließend gab er eine kurze Zusammenfassung der Lage. Das unmittelbare Anschlagrisiko stuften die Behörden als hoch ein. Die Sicherheitsmaßnahmen für Berlin und das restliche Bundesgebiet seien inzwischen ausgeweitet worden.

Alle kommunalen Genehmigungsbehörden würden im Moment schriftlich aufgefordert, für morgen und auch für Samstag aus Sicherheitsgründen alle Veranstaltungen abzusagen, die sich – mit vorgeschobenen Gründen – absagen ließen, ohne noch mehr Unruhe zu stiften: Konzerte, Ausstellungen, Märkte und der sonstige Kleinkram.

Hierdurch gewann die Polizei freie Kräfte, um sich auf die hochkarätigen Veranstaltungen zu konzentrieren beispielsweise das UEFA Europa Leaguespiel im Olympiastadion.

Zickes Blick blieb an Kaja Grote hängen, die aufmerksam alles um sie herum beobachtete.

„Frau Grote, könnten Sie den Stand der Ermittlungen zum Tod des Bundespräsidenten zusammenfassen?"

Sie nickte, rückte etwas näher an den Konferenztisch heran und präsentierte ihre Fakten: Die Untersuchung nach dem Tod des Bundespräsidenten. Seine unter Schock stehende Frau. Dr. Schulz, der sich verdächtig verhaltende Leibarzt. Dessen gewaltsamer Tod. Das Tatfahrzeug, das wenige Stunden vorher gestohlen worden war.

„Hat man die Täter gefunden?" wollte Zicke wissen.
„Nein!"

Das alles brachte nicht wirklich einen Fortschritt, aber Kaja Grote konnte zufrieden sein. *Nicht schlecht für den Einstand*, resümierte sie ihre erste Aktion.

Als sich das Aquarium geleert hatte, fiel es ihr wieder ein: Sie hatte vergessen, BKA-Präsident Zicke die Grüße von ihrem Chef auszurichten.

*

Berlin, Charité. Auf dem Überwachungsmonitor entdeckte er Lena, wie sie einsam auf einem riesengroßen Platz stand. Sie schaute sich um. Sie suchte jemanden.

Er spürte die Gefahr, er musste sie warnen.

Die Kamera wich zurück.

Die Menschheit ist schlecht, orakelte der Polizist neben ihm. *Das Jüngste Gericht ist nahe, und es wird die meisten von uns vernichten ...*

Mit dem richtigen Knopf könne er sie warnen. Nur sie. Die anderen nicht.

Hektisch schaute er nach unten. Das Pult vor ihm, übersät mit hunderten Knöpfen. Alle unbeschriftet. Er drückte den ersten, den zweiten, immer mehr, immer schneller ...

Jetzt strömten Menschen auf den Platz. Von allen Seiten Menschen. Schnell war der Platz überfüllt, überall Menschen, und es wurden immer mehr. Lena stellte sich auf die Zehenspitzen und schaute suchend umher.

Eine Frau mit einem Baby auf dem Arm kämpfte sich zu ihr durch.

Nein! schrie er, *nimm es nicht!*

Sie hörte ihn nicht.

Lena, Lena, komm da weg! Er brüllte noch lauter, aber die Frau hatte ihr das Baby schon in den Arm gelegt.

Jetzt war der Platz wieder menschenleer. Nur Lena, mit dem Baby im Arm, stand in der Mitte und wartete auf jemanden.

Dann die Explosion. Das Feuer. Der Qualm.

Der Platz färbte sich blutrot. Langsam trug der Wind den Qualm in die Stadt.

Stille.

Geblendet vom grellen Licht der Explosion, blinzelte Markus hilflos. Er wollte sich aufrichten, aber eine unsichtbare Kraft drückt ihn zurück. Alles um ihn herum drehte sich.

Das Licht wurde schwächer. Er öffnete die Augen einen Spalt weit. „Ruhig liegenbleiben", bestimmte eine weibliche Stimme mit sanftem Ton. Dann steckte die Frau eine Taschenlampe zurück in ihren weißen Kittel.

Neben der Ärztin stand Krüger, seine Stirn in Falten gelegt.

Markus schloss die Augen. Sein Schädel schmerzte. Sein Kopf fühlte sich glühend heiß an.

Der Traum ging weiter.

Wie durch wattigen Nebel gedämpft hörte er: *Verdacht auf Gehirnerschütterung ...*

Er riss die Augen auf.

Krüger und die Ärztin waren immer noch da.

Kein Traum!

*

Lena hatte sofort die Polizei alarmiert, berichtete Krüger. Die Beamten waren innerhalb weniger Minuten nach dem Anruf zu der besagten Stelle geeilt, konnten aber nicht mehr eingreifen. Der Überfall auf Markus war schon geschehen. Unbekannte hatten ihn niedergeschlagen, beraubt, und waren dann geflüchtet. Passanten und ein Notarzt kümmerten sich bereits um den Bewusstlosen.

„An was können Sie sich erinnern?", Krüger legte sich seinen Schreibblock zurecht.

Markus platzte fast der Kopf vor Schmerzen. Der Anruf von Lena. Er hatte das Gebäude verlassen, war zu Fuß Richtung Alexanderplatz abgebogen. Dann fehlte ihm die Erinnerung, einfach geplatzt.

„Keine Chance! Die haben auf Sie gewartet." Krüger berichtete alles, was Lena erzählt hatte. Jetzt war auch er überzeugt, dass der Stick mit den Informationen wichtig war. Für einige Leute sogar so wichtig, dafür Straftaten zu begehen.

Aber was zum Teufel ist an den Informationen so immens wichtig?

„Frau Eck ist auf dem Weg nach Berlin." Krüger schaute auf die Uhr: „Könnte in ein bis zwei Stunden hier sein." Dann verabschiedete er sich. Der Krisenstab wartete.

Markus öffnete die Augen. Wie lange hatte er geschlafen? Dann bemerke er Krüger, der am Fenster stand. *Der war doch gerade erst gegangen?* Markus schaute auf die Uhr. *Verdammt, seitdem waren schon wieder über zwei Stunden vergangen.*

Krüger drehte sich zu ihm um und kam nach einigen bedauernden Bemerkungen zu Markus' Befinden gleich zum Thema. „Das Telefonat auf dem Stick macht überhaupt keinen Sinn", stellte er fest, denn sie hatten diese Datei gerade entschlüsselt. Er legte einen alten Laptop auf den rollbaren Nachttisch. Alle Dateien, die ihm Markus gemailt hatte, waren aufgespielt.

„Gute Besserung?", verabschiedete er sich. „Ich muss wieder zurück zum Krisenstab."

Nachdem Krüger gegangen war, zog Markus den Nachttisch zu sich heran. Er hörte sich die wenigen Minuten des Gesprächs mehrmals an. Dann schrieb er den Dialog so gut es ging auf. Seine Handschrift kam ihm noch krakeliger vor als sonst. Gehirnerschütterung!

Mit 'A' markierte er den Anrufer mit dem amerikanischen Akzent, mit 'B' die angerufene Person.

Jetzt las er das Telefonat zum dritten Mal. Das Gespräch machte immer noch absolut keinen Sinn.

Eine Krankenschwester brachte heißen Kamillentee. Er solle doch liegen, schimpfte sie. Sitzen sei in seinem Zustand nicht gut.

Markus gab sich einsichtig, und nachdem er der Schwester das Versprechen abgenommen hatte, ihm das aufgeschriebene Telefonat vorzulesen, ließ er sich wieder auf das Kopfkissen sinken.

Er schloss die Augen und lauschte.

Der Angerufene meldete sich nicht mit Namen.

B: Ja?

Das war nicht ungewöhnlich. Komisch aber, dass auch der Anrufer keinen Namen nannte, bevor er fragte:

A: Wie sieht's bei euch aus?

B: Endlich schöne Aussichten!

Vielleicht erkennen die sich an der Stimme, oder alles ist nur Geplänkel zur Ablenkung, dachte Markus.

A: Germania kann nicht länger warten!

B: Geht's ihr gut?

A: Bestens. Läuft.

B: Dann sag Germania, wir kommen.

Nach ein paar weiteren Sätzen:

A: Ach noch was, Nummer Eins ist soweit. Will auf jeden Fall auch mit ... Klappt das?

B: Klar. Wir holen Nummer eins ab. Haben einen guten Platz reserviert ... Sehen wir uns bald mal?

Kurz darauf hatte die Schwester zu Ende gelesen und sah ihn verwundert an.

„Schreiben Sie einen Roman?"

Markus schaute extrem verdattert.

„An dem Dialog sollten Sie noch etwas feilen!" kommentierte die Schwester, „zu viele Wiederholungen."

Markus fuhr hoch und setzte sich ruckartig aufrecht hin.

„Hab ich was Falsches gesagt?"

„Im Gegenteil."

Es stimmte. Einer gab ein Stichwort, der andere nahm es im nächsten Satz auf, wie vereinbarte Codewörter.

„Ich weiß auch, wovon ihr Roman handelt", fügte die Schwester hinzu, während sie sich Richtung Tür bewegte. „Es geht um den Bundespräsidenten."

Markus war baff. Er schnappte sich sein Gekritzel und las erneut. Wenn Nummer eins der Bundespräsident ist, dreht sich alles um ihn … Diese Kopfschmerzen! Er fühlte die dicke Beule am Hinterkopf …

Wozu wollen die beiden den Bundespräsidenten abholen? Machten die letzten Sätze jetzt Sinn?

A: Nummer Eins gibt bald seinen Ausstand.

B: Zwangsläufig!

A: Dann lassen wir es dort mal richtig krachen.

B: Hab's verstanden. Wann genau?

A: Die Einladungen sind noch nicht raus.

Mit einem Male dämmerte es ihm. Sie lagen mit ihren Vermutungen bisher vollkommen falsch! Es ging nicht um das Stadion, es ging um den Ex-Bundespräsidenten, ehemals die politische Nummer eins in Deutschland. Das Titelblatt der Berliner Morgenpost war heute voll mit Informationen zum Ablauf der Trauerveranstaltung. Der Bundespräsident sollte morgen nach einem Staatsakt im Dom beigesetzt werden.

Nummer eins gab seinen Ausstand.

Wie konnte er das übersehen haben!

Er schnappte sich sein Handy und wählte Krügers Nummer. Als der nächste Gedanke ihn durchfuhr, zitterte seine Hand. *Wie kann man vor dem Tod einer Person von deren Beerdigung wissen? Außer ...* Markus vollendete den Gedanken nicht.

Kurz nach 21 Uhr. Alles, was an internationalen Politikern Rang und Namen hatte, traf zur Stunde in Berlin ein.

*

Berlin, Krisenstab Keibelstraße. Der Krisenstab war nicht wiederzuerkennen. Markus fingerte eine Ibuprofen aus der Tasche, ließ sich auf den freien Stuhl neben Krüger fallen. Sein Kopf dröhnte.

Krüger schüttelte den Kopf über Markus' Verhalten, aus dem Krankenhaus zu türmen und direkt in die Keibelstraße zu kommen.

Markus schaute sich vorsichtig um.

Eine extrem angespannte Stimmung, alle wieselten umher, viele telefonierten, andere diskutierten aufgeregt, und manche fluchten. Allesamt klebten sie mit ihrem Blick an der magischen Wand im Hintergrund wie an einer modernen Glaskugel, auf der sich die Zukunft ablesen ließ.

Fragend deutete er mit dem Kopf Richtung Monitorwand, wo auf mehreren Bildschirmen Innen- und Außenaufnahmen vom KaDeWe liefen.

„Im KaDeWe sind wir nur ganz knapp an einer Katastrophe vorbeigeschrammt", klärte er Markus auf. Er wies auf einen Monitor, der eine Hundestaffel im Eingangsbereich des Kaufhauses zeigte. Seit der Räumung am Nachmittag durchkämmten Polizeikräfte das Gebäude. Jedes Lager, jeden Kellerraum, jede Toilette ... Die Bombe hatten sie nicht gefunden. Noch nicht! Freitag blieb das KaDeWe auf jeden Fall geschlossen.

Gerade wollte Krüger Markus und Polizeikommissarin Grote, die mit ihnen am Tisch saß und gespannt den Ausführungen folgte, miteinander bekanntmachen, als BKA-Präsident Zicke auf sie zukam und von weitem auf das Aquarium deutete: Besprechung. Er hatte seinen Adjutanten und Gmeiner vom BND im Schlepp.

„Briefing."

Krüger stand auf, Markus und Kaja Grote folgten ihm.

Eine Frage pendelte penetrant im Raum umher: *Was bedeuteten der Überfall auf Markus und die Informationen auf dem USB-Stick hinsichtlich der Bedrohungslage?*

Markus schilderte jedes Detail: Die Bedrohung von Lena, der Überfall auf ihn, der Inhalt des USB-Sticks, das verschlüsselte Telefonat.

„Ihre Schlussfolgerung?", forschte Zicke.

„Die Beerdigung des Bundespräsidenten. Das ist das Anschlagsziel!"

„Das wäre in knapp zwölf Stunden", folgerte Zicke mit Blick auf seine Armbanduhr.

„Eines verstehe ich nicht", unterbrach Gmeiner. „Wir haben uns die Dateien angesehen, die Herr Manx an Krüger geschickt hat. Die Dateien wurden letzten Samstag aufgespielt. Wie kann jemand von einer Beerdigung wissen, wenn die Person zu dem Zeitpunkt noch lebte?"

„Vielleicht war der Todestag gar nicht so zufällig, sondern langfristig geplant. Vielleicht hat der Vertrauensarzt Dr. Schulz etwas mit dem Timing des Ablebens des Bundespräsidenten zu tun", mischte sich Polizeikommissarin Grote ein, bevor Markus antworten konnte.

„Gibt es hierfür Ansatzpunkte von der Autopsie?"

„Nein", antwortete sie, „aber das heißt nichts. Oder?"

„Ermordung des Bundespräsidenten?"

„Den Vertrauensarzt, Dr. Schulz, können wir leider nicht mehr befragen, da er gestern umgebracht wurde", fuhr sie fort. „Aber wir sollten uns diesen Peter Redman mal genauer ansehen. Der hat ihn vermutlich als Letzter lebend gesehen."

232

Markus steckte so tief in seinen Gedanken, dass der Name *Peter Redman* an ihm vorbeirauschte, ohne dass seine Alarmglocken ansprangen. Trotz seines schmerzenden Schädels nahm das Gesamtbild immer klarere Konturen an. Angenommen, der Anrufer hatte den kurzfristigen Tod des Alt-Bundespräsidenten geplant, dann waren Ort und Prozedere der Beisetzung ziemlich leicht vorherzusagen: Staatsakt im Berliner Dom. Die Planung für einen Anschlag konnte beginnen. Da der Bundespräsident zum Zeitpunkt des abgehörten Telefonats noch lebte, stand der genaue Beerdigungstermin natürlich nicht fest.

Das passte!

„Ich finde Ihre Argumente nicht zwingend", unterbrach Zicke. „Vor wenigen Stunden hatten wir noch Angst um fünfundsiebzigtausend Zivilisten. Im Dom ist kein einziger Zivilist. Nur geladene Gäste."

„Und wie passt der Anschlag auf das KaDeWe zu dieser These?", widersprach auch Gmeiner.

„Es gibt doch auch gar keinen Hinweis, dass der Anschlag morgen stattfindet", setzte Zicke nach.

Sie wurden unterbrochen, die Zentrale stellte einen dringenden Anruf des israelischen Botschafters zum BKA-Präsidenten durch.

Nein, ... brauchen sich keine Sorgen zu machen ... Jawohl, ... hat der Innenminister bereits angeordnet ... die Synagogen sind in die Überwachung einbezogen ... Nicht ausreichend? ... Stadion, Bahnhöfe, Brandenburger Tor und vierhundertzweiunddreißig Ziele der Kategorie orange ... Nein, mehr geht nicht!

„Sorry." Zicke hatte aufgelegt und wandte sich wieder den Anwesenden zu.

„Überzeugt hat mich alles nicht", meinte Gmeiner. „Neben Olympiastadion, KaDeWe und Dom kommen für mich viele andere Ziele in Betracht."

Das Risiko, die Einsatzkräfte allein hierauf zu konzentrieren, war zu hoch. Die Faktenlage reichte nicht. Und das Staatsbegräbnis vorsorglich absagen? Ausgeschlossen!

Markus beschlich ein mulmiges Gefühl.

Nummer Eins gab morgen seinen Ausstand! Ging es noch deutlicher? Warum ignorieren intelligente Menschen systematisch die offensichtliche Wahrheit? haderte er. Für ihn war das Anschlagsziel klar, aber die Polizei nahm seine Warnung nicht ernst. Und vielleicht war der Anschlag auf das KaDeWe einfach nur als Ablenkung gedacht?

Eine Glaskugel mit Bildern aus der Zukunft, das würde jetzt vieles vereinfachen ...

*

„Es ist nie vorbei, nicht wahr?", stellte sie eher fest, als zu fragen, als Markus seine Umarmung lockerte. Lena war direkt zu ihm in die Keibelstraße geeilt und stand mit ihm unten in dem kleinen Besucherzimmer.

Er schüttelte bedächtig den Kopf.

„Nein ..."

„Bringen wir's hinter uns." Sie klappte ihren Laptop auf und deutet auf einen Screenshot.

Markus fuhr wie von einer Tarantel gestochen zurück. „Das kann nicht sein! Sag, dass es nicht d e r CIA-Redman ist!"

„Doch", bestätigte sie. „Jake ist der Sohn von Peter Redman."

„Sagtest du nicht, er heißt Jake Liebert?"

„Der Sohn von Peter Redman aus erster Ehe. Aus zweiter Ehe hat er noch eine kleine Tochter."

„Da schau her", entfuhr es Markus.

„Jake ist bei seiner deutschen Mutter aufgewachsen. Trägt ihren Namen."

„Jake Liebert, der Umweltaktivist, Freund von Rabea und Sohn von CIA-Redman. Schwer verdauliche Kost."

„Warst du bei NOCO-Net in Treptow?"

Markus musste seine Gedanken sortieren. Die letzten Stunden, reines Chaos.

„War ich", bestätigte er.

„Und …?"

Bei seiner Stippvisite bei NOCO-Net war ihm sofort aufgefallen, dass dort irgendetwas nicht passte. Auf der einen Seite die Schaufenster und die Wände voll mit Zeitungsartikeln über Rabeas Entführung, daneben Kommentare von Unterstützern ... Aber nirgends verweinte Augen, kein Schluchzen, keine Anzeichen von Trauer oder Angst. Vielmehr ein buntes Kommen und Gehen. Die Mitarbeiter wirkten konzentriert. Als wenn sie ein festes Ziel verfolgten.

„Jake oder Rabea waren nicht dort?"

„Keine Spur von den beiden. Aber dann hat Jonathan angerufen. Rabea hat sich bei ihm per SMS gemeldet: Es gehe ihr gut. Das spricht nicht für eine Entführung, oder?"

„Was heißt das für uns?"

Pling! Ein gerade hereinkommender Alert hatte den Weg in ihr Handy gefunden: *Berliner Polizei verhaftet Umweltaktivisten Rabea Schreiber und Jake Liebert.*

Sprachlos blickten sich Markus und Lena an.

*

In der Amerikanischen Botschaft schaute Peter Redman auf sein Handy und las ebenfalls die Meldung über die Verhaftung zweier Umweltaktivisten wegen Vortäuschung einer Straftat. Ein leichtes Grinsen spielte um seine Mundwinkel. Zufrieden steckte er das Gerät ein.

Im Grunde hatten die beiden kein schlechtes Versteck. Aber eben auch kein gutes. Die zwei zu finden, war für ihn einfach gewesen. Er selbst hatte die Wohnung für seinen Sohn vor ein paar Jahren angemietet. Ein anonymer Hinweis seinerseits hatte die Fahndung der Berliner Polizei erheblich beschleunigt.

Jetzt konnte der Junge in den nächsten Tagen wenigstens keinen Scheiß mehr machen.

Samstag würden er Jake rausholen.

*

Berlin, Alexanderplatz. Leise trug die Nachtluft die Glockenschläge der Marienkirche von der Karl-Liebknecht-Straße herüber. Mitternacht, der neue Tag begann.

Es war Freitag.

Eine dürre Katze streifte misstrauisch über den dunklen Alexanderplatz auf der Suche nach Essbarem, ohne sich von der massiven Polizeipräsenz ablenken zu lassen.

Azad ging langsam neben Dilara her. Um jede Polizeikontrolle zu vermeiden, hatte er nur kleine Straßen und Fußwege an der Spree oder durch dunkle Parks gewählt.

Sie hatten den Fluss hinter sich gelassen und näherten sich von Süden her dem Alexanderplatz. Mit seiner kalten Hand umklammerte Azad den Schließfachschlüssel in seiner Hosentasche wie einen imaginären Rettungsring.

Sie hatten ihr Ziel fast erreicht, als er die Absperrung sah. Vorsichtig versuchte Azad, den Kinderwagen zu wenden und gleichzeitig Dilara festzuhalten. Er befürchtete, wenn er sie losließe, würde sie zusammensacken, so kraftlos fühlte sie sich an.

Zehn Minuten später näherten sie sich von der Alexanderstraße, immer nah an den Hauswänden bleibend. Der Kernschatten der Gebäude gab ihnen etwas Deckung. Azad beäugte jeden Hauseingang kritisch, bevor sie daran vorbeigingen.

Eine Gruppe von Polizisten stand auf der gegenüberliegenden Seite des Platzes neben einem Polizeicontainer, ihre Stimmen wehten leise herüber. Beim Aufglühen ihrer Zigaretten konnte Azad für Sekunden Schatten und einzelne Gesichter erkennen. Die Polizisten schienen sie nicht zu beachten.

Dann endlich erblickte Azad die Schließfachanlage. Die Laternen tauchten sie in fahles Licht. Seine Faust zog sich enger um den Schlüssel zusammen.

Sie kamen näher.

Nur zwei Laternen trennten sie noch vom Ziel, da fiel es ihm auf: saubere Kabel schraubten sich an einem schmuddeligen Laternenpfahl hoch. Für Azad ein kapitaler Anfängerfehler.

Er schaute möglichst diskret hoch und entdeckte zwei Kameras, welche offenbar die Schließfächer und vermutlich den toten Winkel daneben überwachten.

Gab es einen anderen Weg, an das Fach zu kommen?

Sie verließen die Deckung der Hauswand und gingen unmittelbar unter den Kameras entlang. Langsam, ohne stehenzubleiben, schoben sie den Kinderwagen an den Schließfächern vorbei.

Alle Schlüssel waren abgezogen!

Höchste Alarmstufe!

Mehr Bestätigung brauchte er nicht: Die Fächer wurden überwacht. Keine Chance, an den brisanten Inhalt zu kommen. Der Sprengsatz blieb unerreichbar.

Dilara hustete.

Wie sollte das Ganze enden? Sie wurden von der Polizei gejagt. Jede Polizeistreife hatte jetzt ihr Foto. Das Netz zog sich enger. Ihre Situation wurde immer aussichtsloser.

Geräuschlos versenkte er den Schließfachschlüssel im nächsten Mülleimer.

Freitag

Berlin, Krisenstab Keibelstraße. Die Luft in der Einsatzzentrale roch so verbraucht, wie sich die Polizisten fühlten. Den meisten waren die langen Stunden ununterbrochenen Einsatzes unter Hochspannung deutlich anzusehen.

Markus stand hinten in der fensterlosen Ecke und betrachtete das Whiteboard:

11:00 Uhr Dom: Trauergottesdienst

11:45 Uhr Dom: Staatsakt

12:45 Uhr Dom: militärisches Abschiedszeremoniell

Plötzlich fühlte er sich unglaublich müde. Er ließ sich auf seinen Stuhl fallen und schaute ermattet in den Raum. Sein Kopf schmerzte wieder stärker.

BKA-Präsident Carsten Zicke schaute auf die Uhr, schnappte sich seinen Laptop und ging hinüber zum Aquarium. 05:57 Uhr. In fünf Stunden würde die Trauerfeier im Berliner Dom beginnen, in neun Stunden das Fußballspiel.

Markus sah, dass Zicke ihn herüberwinkte und auf den Glaskasten zeigte. Er sollten an der Besprechung teilnehmen.

„Die Zeit läuft uns davon", begann Zicke sofort und schaute nervös von einem zum anderen.

Olympiastadion?

Gesichert. Keine Spuren. Das Fußballspiel konnte stattfinden.

Dom?

Gesichert. Keine Auffälligkeiten. Die Trauerfeier konnte stattfinden.

Schließfächer?

Gesichert. Niemand hatte sich in den letzten Stunden an den Fächern zu schaffen gemacht. Keine Festnahmen. Um 02:30 Uhr waren alle identifizierten Sprengstoffe in den Schließfächern entschärft oder kontrolliert gesprengt worden.

Strom- und Wasserversorgung?

„Alles, was an professionellen Wach- und Ordnungskräften verfügbar ist, haben wir zur Sicherung aufgeboten. Ein perfekter Schutz ist aber unmöglich", teilte der Leiter des Katastrophenschutzes mit.

Jedem im Raum war klar: alle Starkstromleitungen, die Berlin aus Brandenburg oder der Lausitz mit Strom versorgten, ließen sich nicht schützen, ebenso wenig alle Berliner Umspannwerke. Ausgeschlossen!

„GAU-Szenario?", fragte Zicke rhetorisch in die Runde. „Wenn drei Hauptleitungen gleichzeitig beschädigt werden, bricht das Netz zusammen. Es gibt keine Notfallversorgung für eine Großstadt." Zur Beruhigung fügte er hinzu: „Berlin lag aber nach 1945 nie ganz im Dunkeln."

Markus überlegte. Ein totaler Stromausfall zur Vorbereitung weiterer Anschläge würde sie böse erwischen, ganz böse sogar! Wie lange es wohl dauerte, bis Berlin wieder Strom hätte. Tage? Oder brach vorher in der Stadt das Chaos aus? Weder er noch einer der Anwesenden stellte die Frage laut.

Gmeiner vom BND schüttelte den Kopf. „Ich wusste, das ganze Geld für die sogenannte Notversorgung hätten wir uns getrost sparen können."

„Stimmt wahrscheinlich", murmelte jemand.

„Was soll das heißen?", fauchte der Leiter des Katastrophenschutzes zurück.

Gmeiner winkte müde ab.

„Ich habe Sie etwas gefragt, Herr Kollege."

„Es heißt genau das: Wir hätten uns das Geld sparen sollen", wiederholte Gmeiner.

„Können wir den Streit vertagen?", sprang Zicke dazwischen.

Betretene Pause.

„Gut", entschied schließlich BKA-Präsident Zicke, und blickte zu Kaja Grote, „dann weiter."

Sie berichtete, sie habe zu dem letzten Kontakt von Dr. Schulz, einem Peter Redman, bisher keinen Kontakt aufnehmen können. Die Amerikanische Botschaft blockiere.

Also keine neuen Erkenntnisse.

Jetzt war Markus an der Reihe, der mit dem gefundenen USB-Stick die Ermittlungen erst ins Rollen gebracht hatte. Bei dem Namen *Peter Redman* war er sofort wieder hellwach. Er fasste die letzten Tage zusammen: Überfall auf den Goldtransport. Lenas Bedrohung in der amerikanischen Botschaft. Und Peter Redman. Auch hinter dem gestrigen Überfall auf ihn vermutete er die amerikanische Botschaft. Kaja Grotes Bericht passte genau ins Gesamtbild!

Weiter kam Markus nicht, da ein Polizist die Tür zum Aquarium aufriss: „Feuergefecht in der Amerikanischen Botschaft!"

Markus' Puls schnellte in die Höhe.

„Ein Anschlag?"

„Bisher nur ein unbestätigtes Gerücht", erklärte der Polizist. „Die Amerikaner mauern mit Informationen."

Alle Anwesenden sprangen auf, stürmten aus dem Aquarium und schauten gespannt auf die Monitore an der Wand. Auf der linken Seite, wo gestern Abend mehrere Bildschirme die Berliner Schließfächer im Visier hatten, wurden soeben Live-Bilder der amerikanischen Botschaft eingeblendet, auf dem größten Wandmonitor die Eingangsfront der Botschaft.

„Die Amis scheinen das Problem im Griff zu haben", kommentierte Zicke trocken. Keine Anzeichen von Panik oder einer Räumung des Komplexes. Einzelne Personen kamen ohne Hast aus dem Gebäude und entfernten sich. Offenbar alles normal. Im Hintergrund begann die Bundespolizei, das Gelände weiträumig bis zum Dom abzusperren.

Zicke ging als Erster zurück und setzte sich, die anderen folgten.

„Wie sieht unser nächster Schritt aus?"

„Der Name Peter Redman kommt mir irgendwie zu häufig in unserem Puzzle vor", sagte Gmeiner, jetzt doch nachdenklich. „Der Tod unseres Bundespräsidenten und das Gespräch auf dem USB-Stick deuten auf den Dom hin. Der übergebene Sprengstoff macht die Sauerei komplett. Ich tippe jetzt doch auf die Amis."

„Was wäre, wenn Peter Redman der Drahtzieher ist?" warf Zicke ein. Er befürchtete, Gmeiner könnte Recht haben.

Gmeiner stand auf und tigerte durch den Glaskasten. „Wir haben keine Zeit, um philosophisch zu werden. Wir müssen an Redman ran."

„Kennt sich einer mit dem CIA Act aus?", fragte der BKA-Präsident.

„An CIA-Mitarbeiter kommt man nicht ran. Die stehen quasi außerhalb des Rechts", half ihm Gmeiner.

„Das bringt uns nicht weiter."

„Die Gedanken braucht ihr nicht zu vertiefen. Redman hat Diplomatenstatus." Der Adjutant des BKA-Präsidenten deutete auf seinen Laptop. Redman war ordentlich dem Auswärtigen Amt gemeldet.

„Verdammt!" Zicke schlug sich wütend gegen die Stirn. „Redman hat Diplomatenstatus. Verdammter Mist."

„Wie vermutlich jeder der anderen zweihundert US-Geheimdienstmitarbeiter in Deutschland auch", folgerte Gmeiner trocken. „Rosige Aussichten!"

„Immunität, Unverletzlichkeit der Person, Befreiung von der deutschen Gerichtsbarkeit, keine Festnahme, keine Haft ...", las der Adjutant laut vor.

„Haben wir verstanden", unterbrach ihn Zicke ungehalten. „Kann man denn rein gar nichts gegen Diplomaten machen?"

„Strafanzeige nach dem Völkerstrafgesetzbuch!", sagte der Adjutant spontan.

„Witzig", entgegnete Zicke. „Soweit ich weiß, haben die Bundesanwälte in Karlsruhe bisher alle Anzeigen gegen amerikanische Verantwortliche abgelehnt."

„Und der Antrag dauert mindestens vier Jahre", ergänzte ein Kollege zynisch. „So sieht Staatsräson gegenüber den USA aus!"

„Aber dieser Fall liegt doch ganz anders. Ein Anschlag auf den vollbesetzten Dom, das wäre Massenmord!", mischte sich Markus verzweifelt ein.

„Man könnte einzelne Personen des Landes verweisen. Ein politischer Prozess", sagte Zicke mehr zu sich selbst.

„Wen brauchen wir dafür?", fragte Markus vorsichtig nach.

„Zumindest den Kanzleramtsminister", erwiderte Gmeiner. „Was halten Sie selbst von der Idee?", fragte er Zicke und stellte sich dicht neben ihn.

„Die Mühe können wir uns vermutlich sparen. Reine Zeitverschwendung bei unserem Minister."

Zicke griff trotzdem zum Nottelefon und erreichte tatsächlich den Minister auf dem Weg ins Kanzleramt.

„Nein, Herr Minister", sagte er in die abhörsichere Direktleitung. „Ja, wir sind ziemlich sicher ... Daran scheint kein Zweifel zu bestehen."

Zicke wartete auf die Antwort des Kanzleramtsministers. Sein Blick glitt durch das Krisenzentrum. Mindestens fünfzig Beamte mit und ohne Uniform starrten auf Monitore, diskutierten in kleinen Gruppen oder liefen aufgeregt durch den Saal. Einige konnten sich kaum noch auf den Beinen halten.

„Was sagt er?", flüsterte Gmeiner.

„Jawohl, Herr Minister", sagte Zicke und legt kopfschüttelnd auf.

„Weitere Vorschläge? Ich höre."

Ein Wort gab das andere. Die Diskussion wurde immer gereizter. Eines war inzwischen jedem klar: Ohne Mithilfe der Amerikaner war in der Kürze der Zeit nichts zu machen. Gar nichts!

Markus schaute auf die Uhr: 06:27 Uhr. Dann ein Blick auf die Monitore mit dem Berliner Dom. Draußen war es dunkel. Am Rand des abgesperrten Vorplatzes verloren sich einige wenige Menschen. Bald würde die Trauerfeier beginnen.

Dann war hier die Hölle los.

*

Berlin, Pariser Platz. Eine Stunde vorher. Vor dem Brandenburger Tor bezog eine Reiterstaffel der Bundespolizei Stellung. Rechts und links des Mittelportals standen respekteinflößend zwei kräftige braune Wallache mit aufgesessenen Polizisten. Protektoren schützten Kopf und verwundbare Stellen der Pferde, die durch ihre Plexiglasvisiere starrten.

Azad blieb stehen. Er zögerte. Wie sollte er mit Dilara an den riesigen Tieren vorbeikommen? Ein weißer Polizeihelm drehte sich langsam in seine Richtung. Azad zog den Kopf ein. Ein Blick über die Schulter bestätigte, auch hinter ihnen näherte sich eine Polizeistreife. Trotz seiner panischen Angst vor Pferden setzte sich Azad langsam Richtung Brandenburger Tor in Bewegung, Dilara fest an der Hand haltend. Jetzt nur nicht auffallen. Langsam geradeaus weitergehen. Als würde das Pferd seine Angst spüren, dreht es seinen Kopf ihm entgegen und blähte die Nüstern. Aus zwei schwarzen Höhlen schnaubte ihm der Wallach seinen warmen, nassen Atem entgegen, der in der kalten Morgenluft zu feinem Nebel kondensierte. Ein feuerspeiender Drache.

In Zeitlupe schoben sie sich an dem Tier vorbei.

Sie hatten das schützende Hotel Adlon noch nicht erreicht, da schüttelte Dilara ein weiterer Hustenanfall. Azad nahm sie in den Arm und klopfte leicht auf ihren Rücken. Sie fühlte sich eiskalt an. Länger würde sie nicht durchhalten, das war offensichtlich.

Azad spürte, egal was er nun tat, es würde vielleicht sein letzter Schritt sein. Aber er würde ihn gehen. Auch ohne Bombe. Immerhin hatte er noch die Pistole.

Vor seinem geistigen Auge tauchte Aarons Gesicht auf. Das Gesicht des skrupellosen Mannes, der so viel Unglück über Dilara und über seine ganze Familie gebracht hatte. Mit der Bombe hätte er alle gerächt. Aber jetzt … die Pistole … Dilara … die Botschaft … seine Gedanken zerflossen zu Nebelschwaden. Azad agierte nicht mehr zielgerichtet, nur noch ein diffuser Gedanke trieb ihn an: Er musste in die Botschaft, dorthin, wo er diesen Mann vielleicht fand. Was könnte er auch sonst tun? Heute? Die nächsten Tage? Mit Dilara? Es wurde allerhöchste Zeit …

Es dauerte eine Ewigkeit, bis sie das Gebäude erreicht hatten. Jetzt standen sie im Halbschatten des Hotel Adlon. Angespannt beobachtete Azad den Eingang der Amerikanischen Botschaft. Er zögerte vor dem finalen Schritt.

Es schien, als sei das ganze Gebäude um diese Uhrzeit schon hell erleuchtet. Einzelne Personen näherten sich dem Eingang, die Wache grüßte, und sie verschwanden im Inneren.

Während Azad den Eingang beobachtete, sackte Dilara auf einmal lautlos an der Hauswand zusammen. Sie hatte seit Stunden nichts gegessen, auch nichts getrunken.

Azad hatte kaum die Kraft, sie hochzuziehen, aber er mobilisierte seine letzten Reserven. Jetzt nur nicht aufgeben, nicht so kurz vor dem Ziel.

Kurz darauf erblickte die Wache ein junges Paar mit Kinderwagen, das sich langsam dem hell erleuchteten

Eingang näherte. Schritt für Schritt kamen sie näher. Nur noch wenige Meter bis zum Eingang.

Es begann zu nieseln.

Die Wache schlug den Kragen der Uniformjacke hoch und suchte etwas näher an der Wand Schutz vor dem Regen.

Azad versuchte sich zu konzentrieren.

Jetzt hatte er die Tür erreicht. Ein kräftig ausgeführter Stoß ließ den Guard rückwärts taumeln. Azad stieß die Tür auf. Sie standen in der hell erleuchteten Lobby.

„VORSICHT BOMBE!", brüllte der Guard auf dem Boden liegend und deutete auf den Kinderwagen.

Dilara, durch das Geschrei aufgeschreckt, schaute sich ängstlich um. Wo war ihr Baby?

Azad konnte sie nicht halten.

Sie riss ihre Hand von ihm los, taumelte die wenigen Schritte zurück zur Eingangstür und griff in den Kinderwagen.

„SIE HAT EINE WAFFE!", schrie der Guard.

Azad erreichte Dilara mit wenigen Schritten und zog sie zurück in die Lobby.

Plötzlich ein Knall, und er spürte einen stechend heißen Schlag gegen die Hüfte. Im Fallen schaute er über die Schulter, der Guard zielte erneut. Unmöglich, das andere Ende der weiträumigen Lobby zu erreichen.

Der Aufzug neben ihnen öffnete sich.

„AUS DEM WEG!", hörte er den Guard schreien.

Hysterisch kreischend rannte eine Frau aus dem Aufzug Richtung Empfang.

Azad zog Dilara hinter sich in den Aufzug hinein. Gerade noch rechtzeitig ließ er sich auf den Boden fallen. Der nächste Schuss traf den Spiegel an der Rückseite, der laut klirrend zersplitterte.

Es erschien ihm wie eine Ewigkeit, aber dann schloss sich endlich die Aufzugtür.

*

Berlin, Amerikanische Botschaft. Redman schaute auf die Uhr: Noch viereinhalb Stunden.

Plötzlich ertönte ein nervtötendes Fiepen aus dem Lautsprecher über der Tür. Die Security-Anzeige sprang auf Rot.

Bewahren Sie Ruhe und bleiben Sie in Ihren Büros, vernahm er die Alarmdurchsage.

Mit einem Satz war er an seinem Telefon, drückte eine Schnellwahltaste.

Sekunden später flog die Tür auf, und der Security-Officer der Botschaft betrat ohne zu grüßen den Raum. In seinem Fahrwasser führte er einen jungen Mann mit Rastazöpfen und regenbogenbunter Ethno-Kapuzenjacke hinein, den eine um den Hals hängende Plastikkarte als *Jeb* identifizierte.

„Die Botschaft wird angegriffen!", unterrichtete ihn der Officer, lautstark, aber nüchtern im Ton. „Zwei bewaffnete Terroristen haben sich auf der ersten Etage verschanzt. Ziele sind unklar."

Jeb reagierte als Erster. Nach einem zustimmenden Kopfnicken Redmans brauchte er nur wenige Klicks an dessen Computer und der Bildschirm zeigte die Livebilder von zwei Überwachungskameras.

„Forderungen?", fragte Redman und fixierte die beiden Personen auf dem Bildschirm.

Der Security-Officer schüttelte den Kopf.

Da seid ihr also, dachte Redman, der Azad und Dilara sofort erkannte. Blieb die Frage, was wollen die beiden hier in der Botschaft? Wollen sie sich stellen? Wollen sie Asyl beantragen? Oder spielte Mohamed die ganze Zeit ein doppeltes Spiel? Wollte er die beiden gar nicht unschädlich machen, sondern von vornherein mit den US Waffen US Ziele angreifen?

Vermutlich aber war bei der Irak-Mission etwas schiefgelaufen. Kollateralschaden! Oder hatte Aaron in Mossul wieder mal Scheiße gebaut? Rache war bekanntlich ein starkes Motiv.

Redman spürte nicht mal einen Hauch von Motivation, den wirklichen Grund für das Auftauchen der beiden herauszufinden.

Egal, was soll ich Zeit mit der Ursachenanalyse verplempern, wenn ich die Lösung des Problems kenne: Schießbefehl! Um alles andere sollen sich nachher die Sesselfurzer kümmern.

„Schießbefehl erteilt", schnarrte er im Befehlston.

„Sollen wir nicht erst verhandeln und Zeit gewinnen?", warf der Security-Officer ein.

„Skrupel?", knurrte Redman. Nach seinen Erfahrungen warfen tote Attentäter wenig Fragen auf und zogen keine langwierigen Ermittlungen nach sich.

„Die beiden sehen aus wie Kinder", gab der Security-Officer zu bedenken.

„Und?" Redman krempelte die Ärmel seines Hemdes hoch, ließ aber den Monitor, der den Flur überwachte, keine Sekunde aus den Augen.

Azad drehte sich soeben um, schaute direkt in die Kamera, zielte kurz und schoss. Der Monitor wurde schwarz.

„Kids?", rief Redman sarkastisch. „Tough Kids, aren't they?" Er kochte vor Wut, konnte sich aber gerade noch bremsen, den Ärger am Telefon auszulassen. Dass beide Überwachungskameras nach einem einzigen Schuss gleichzeitig ausfielen, hieß, sie waren nicht unabhängig angebunden.

Ärgerlich stierte er den Security-Officer an: „Haben wir die beiden da unten auch auf anderen Kameras?"

Der Mann kniff die Lippen zu einem Strich zusammen, während Jeb unterschiedliche Bilder auf den Monitor hievte. Doch keine weitere Kamera konnte den Flur auf der ersten Etage einsehen.

„Super!", kommentierte Redman ironisch. „Wissen wir wenigstens, ob es Fluchtmöglichkeiten für die beiden gibt?"

Der Officer, jetzt hektisch, blätterte in einem Gebäudeplan. Alle Türen des hinteren Flures führten zu fensterlosen Räumen mit Kopierern, Büromaterial und Toiletten, fand er heraus.

Nach den Klimaschächten brauchte Redman nicht zu fragen, sie hatten nur Oberschenkelbreite. Also keine Fluchtmöglichkeit.

Er riss den Telefonhörer an sich: „Sie haben keine Geiseln. Schickt die Defence-Squad los! Jetzt! Schießbefehl ist erteilt."

*

Wenige Minuten vorher hatte Azad Dilara in den Aufzug gezogen. Nach einer gefühlten Ewigkeit hatte sich die schützende Tür hinter ihnen geschlossen, endlich bewegte sich der Fahrstuhl.

Plötzlich stoppte der Aufzug mit einem rüden Ruck. Von einer Sekunde auf die andere starrte Azad ins Dunkle. Er wusste sofort, was das bedeutete: Die Security hatte den Strom abgedreht.

Sie hingen fest. Eingesperrt!

Ein letztes metallisches Knirschen des stählernen Kastens, der seitlich gegen die Führungsschienen schlug, dann gespenstische Ruhe.

In Azads Hüfte pochte es heftig. Sie fühlte sich warm an und feucht, aber er empfand keinen Schmerz. Auf dem Boden liegend robbte er sich Stück für Stück vorwärts, tastete nach den Einkerbungen der Wandverschalungen, dann hatte er die Aufzugtür erreicht. Im Liegen versuchte er mit aller Kraft, die Aufzugtür einen Spalt weit auseinanderzuziehen. Endlich, die Türbacken bewegten sich.

Ein schneller Blick nach beiden Seiten: Keine Lobby, sie hatten eine andere Etage erreicht.

Azad rang nach Luft. Vor seinen Augen bildeten sich Schlieren. Er musste sich konzentrieren. Er blinzelte, aber es half nichts, seine Augen waren wie ausgetrocknet.

Ein zweiter Blick.

Auf dem Flur niemand zu sehen. Er drückte den Spalt weiter auf. Jetzt passten sie vielleicht hindurch.

Azad schob Dilara vor sich in den Flur. „Kriech schnell auf die andere Seite", flüsterte er.

„WIR HABEN SIE!", grölte jemand, die Treppe hochstürmend. „Auf der ersten Etage!"

Dilara hatte die gegenüberliegende Seite des Flur gerade erreicht, als sich Azad durch den Türspalt zwängte. *Schnell raus hier!*

Das nächste Projektil schlug knapp neben ihm in die Wand ein.

Ungezielt gab er einen Schuss in Richtung des vermuteten Schützen ab, dann suchte er in der kleinen Nische vor dem Fahrstuhl Deckung. Azad drehte langsam seinen Kopf und schaute kurz rüber zu Dilara, während er sich noch enger in die schmale Einbuchtung drückte.

Auf der anderen Seite bot ein Mauervorsprung besseren Schutz, aber keine Chance jetzt auf die andere Seite des Flurs zu Dilara zu kommen.

Der Flur hatte eine Breite von vielleicht drei Metern und maß etwa fünfzehn Meter in der Länge, hinten, am Ende, sah er zu beiden Seiten Türen.

Lag hinter den Türen eine Fluchtmöglichkeit?

Azad verwarf die Überlegung sofort wieder, ohne Deckung bedeutete selbst diese kurze Distanz ein möglicherweise tödliches Risiko.

Er schaute nach oben. An beiden Seiten des Flurs hingen Überwachungskameras an der Decke. Er blinzelte mit den Augen, bis er etwas deutlicher sah. Pulsierende rote Punkte unterhalb der Linse verrieten die Aktivität der Kameras.

Sie sehen genau was wir tun!

Die Waffe in seiner Hand fühlte sich auf einmal unglaublich schwer an. Dennoch umklammerte er den Griff so fest, dass seine Knöchel weiß hervortraten. Er riss die Pistole hoch, zielte auf die erste Kamera und schoss. Die ausgeworfene Patronenhülse flog im Bogen durch die Luft und blieb vor Dilara liegen. Er zielte auf die zweite Kamera. Bevor er abdrückten konnte, erlosch das rote Pünktchen ebenfalls.

Jetzt war es ganz still.

Kein Geräusch drang mehr aus Richtung der Treppe zu ihnen.

Totenstille.

Die Stille vor dem Sturm, dachte Azad. *Gleich werden sie kommen.* Jetzt spürte er den Schmerz der Schusswunde, der ihm brennend bis in den Bauch fuhr und ihm die Luft abschnürte. Einen Augenblick lang glaubte er, das Bewusstsein zu verlieren. Die Schlieren vor seinen Augen wurden größer.

Los, weiter! trieb er sich an, *du musst weiter, rüber auf die andere Seite, zu Dilara!*

Ihm blieb nicht viel Zeit. Er versuchte sich aufzurappeln, aber es gelang ihm noch nicht einmal, auf die Knie hochzukommen.

Doch er gab nicht auf. Noch nicht.

Auf dem Bauch liegend rollte er sich, alle Kraft zusammennehmend, zweimal über die Schulter und überwand den Flur. Endlich!

Wieder durchfuhr ihn ein stechender Schmerz, als er direkt neben Dilara zum Liegen kam. Reflexartig drückte er seine Hand auf die Wunde. Er spürte, wie das Blut warm und unaufhaltsam durch Hose und Pullover sickerte. Er musste die Augen schließen, sonst hätte er das Bewusstsein verloren. Lange würde er nicht mehr durchhalten.

Er rollte sich leicht auf die weniger schmerzende Seite und ließ seine Hand in die Hosentasche gleiten. Dann drehte er sich zu Dilara und streckte ihr langsam seine geschlossene Hand hin. Seine Lippen waren trocken, er konnte kaum sprechen.

„Für dich!", sagte er leise und wollte seine Hand öffnen. Aber die krampfenden Finger versagten ihm den Gehorsam.

Dilara ergriff seine Hand und löste behutsam seine Finger von dem Gegenstand, den er ihr geben wollte.

Sie blickte ihn mit strahlenden Augen an. Die warme Kastanie lag jetzt in ihrer Hand.

Sie ist glücklich, dachte Azad.

Er versuchte seinen Fuß zu bewegen, vergeblich. Sein rechtes Bein spürte er nicht mehr. Die Lähmung verdrängte langsam den Schmerz. Seine Kraft war verbraucht.

Es wurde Zeit.

„Komm, ich erzähl dir, wie es sein wird …"

Sie schmiegte sich noch enger an ihn und legte ihren Kopf an seine Brust, ihre schmale Hand fest um die Kastanie geschlossen.

„Ja, bald werden wir frei sein. Keiner kann uns mehr wehtun. Die Eltern sind da, auch alle unsere Freunde. Wir werden ein kleines Haus haben."

Azad stockte. Das Atmen fiel immer schwerer.

„Wenn es von den Bergen kalt herunterweht, holen wir Holz und heizen den Ofen an. Wir rücken nah ans Feuer, bis uns warm wird. Jeder bekommt ein großes Glas mit Tee und zwei Löffeln voll Honig. Wir werden ein paar Hühner haben ...", sagte er zitternd. Eisige Kälte kroch ihm jetzt die Beine hoch.

Draußen klarte das Wetter auf, einige Sonnenstrahlen fielen durch die schmalen Fensterschlitze hinter ihnen.

Immer eine Position suchen, in der man keine Schussbahn gegen das Licht hat, so hatten sie es gelernt. Er lag richtig und konnte den Flur gut einsehen. Azad war stolz, dass er sich alles gemerkt hatte. Ein letztes Mal drehte er seine Augen zu den Fensterschlitzen. Als Jesiden verehrten sie die Sonne, das helle Licht als Zeichen Gottes, als Symbol ewigen Lebens.

Von der Treppe her drangen leise Geräusche. Azad blieb ganz ruhig liegen und lauschte. Es klang wie ein Rascheln. Die Geräusche näherten sich. Er vernahm jetzt ein immer lauter werdendes Hecheln und Schnüffeln.

Sie kommen mit Hunden.

Azad spürte Dilara dicht an seiner Seite. Sie atmete ganz ruhig. Was sollte aus ihr werden, wenn … Er umfasste die Pistole fester. Jetzt wurde auch er ruhig. Sein Körper schien ihm nicht mehr zu gehören. Während ihm die Tränen über das Gesicht rannen, schob er den Sicherungshebel mit dem Daumen langsam nach oben.

*

Berlin, Krisenstab Keibelstraße. „Aktuell: Null-Siebenhundert", rief jemand quer durch den Raum. Markus schaute instinktiv auf seine Uhr. *Nur vier Stunden bleiben uns*, dachte er, *und wir haben nichts in der Hand.*

In der Telefonzentrale des Krisenstabes, in der Mitte des Raumes um eine der tragenden Säulen angeordnet, waren alle sechs Personen damit beschäftigt, den amerikanischen Botschafter aufzutreiben.

„PRÄSIDENT ZICKE", brüllte ein verschwitzter Telefonist, und streckte einen Telefonhörer in die Luft, „der Botschafter auf Leitung drei!"

Zicke riss den Hörer an sich.

„Der Botschafter ist in zehn Minuten hier", sagte er, als er aufgelegt hatte, „kommt direkt vom Flughafen zu uns."

Es wurde still im Saal, als der Botschafter, Richard A. Mandell zusammen mit zwei Bodyguards das Krisenzentrum betrat und von BKA-Präsident Zicke direkt zum Aquarium geführt wurde.

Das Kernteam wartete schon gespannt.

Mandell wirkte mit seinem mächtigen Äußeren und seinen dichten grauen Haaren sehr präsent, auch wenn er die siebzig schon überschritten hatte.

Nach kurzer Begrüßung begann er seine Leistung herauszustellen: *In kürzerer Zeit als alle seine Vorgänger habe er erstaunliche Resultate in der europäischen Terrorismusbekämpfung geliefert.*

Gut zehn Minuten nahm sich Mandell Zeit, um sich Bestnoten in allen Kategorien zu geben.

Klingt ganz so, als ob er die ganze Zeit am Twitter des US-Präsidenten hängt, dachte Markus genervt.

Richard A. Mandell schaute von Zeit zu Zeit forschend über seine rahmenlosen Brillengläser, ob er noch die ungeteilte Aufmerksamkeit der Teilnehmer hatte.

Zicke rutschte unruhig auf seinem Stuhl hin und her.

07:55 Uhr, die Zeit lief ihnen davon.

Zicke kannte den Botschafter aus dessen früherer Funktion als US-Pressesprecher. Mandell braucht die Zeit. Und sie brauchten Mandell.

„Wir machen uns Sorgen ...", begann der BKA-Präsident, als Mandell sich gesetzt hatte. „Wir brauchen Ihre Hilfe."

Er legte eine schriftliche Zusammenfassung der bisherigen Erkenntnisse auf den Tisch.

Richard A. Mandell machte keine Anstalten, einen Blick in die Papiere zu werfen.

„Wir glauben, dass ein Anschlag unmittelbar bevorsteht", fuhr Zicke fort und deutete auf die Papiere. „Nach unseren bisherigen Erkenntnissen laufen alle Fäden in der US-Botschaft hier in Berlin zusammen."

„Es ist nicht ihre verdammte Aufgabe, sich in die Angelegenheiten der USA einzumischen", schimpfte

Mandell los. „Was bei uns in der Botschaft passiert, hat Sie nicht zu interessieren. Verstanden?"

Zicke schwieg.

Doch Mandell legte lautstark nach. „Meine Herren", bellte er, „hoheitliche Aufgaben der USA liegen allein in der Verantwortung ..."

Zicke hörte nicht mehr richtig zu. Das überhebliche Geschwafel langweilte ihn, und, noch schlimmer: es brachte sie in der Sache kein Stück weiter. Er war todmüde und schielte an Mandell vorbei zum Fenster: Draußen begann der Morgen zu dämmern.

„Und was empfehlen Sie?", fragte der Botschafter überraschend.

Nichts! hätte Zicke, jetzt wieder hellwach, ihm am liebsten entgegengeschleudert. Konkrete Empfehlungen, das lehrte die politische Erfahrung, konnten schnell zum Absturz erfolgversprechender Karrieren führen.

„Ich höre ...", setzte der Botschafter mit Blick auf den BKA-Präsidenten nach.

Zicke gab eine präzise Zusammenfassung, während er mehrmals auf das Papier deutete.

„Bei jeder einzelnen Spur taucht der Name Peter Redman auf ..."

„Sie haben keine sicheren Informationen über den Anschlagsort!", fuhr Mandell dazwischen, „Sie haben keine Informationen über den Zeitpunkt! Woher wollen Sie dann wissen, dass Peter Redman etwas damit zu tun hat?"

Schiere Ablenkungsrhetorik, vermutete Markus.

Innerlich kochte Mandell. Er wusste nur zu gut, dass die Herren von der CIA machten, was sie wollten. Er würde erst aus der Zeitung davon erfahren. Er traute ihnen alles zu, aber er hatte keine Kontrolle über ihre Aktionen.

„Uns liegt keine Warnung des Geheimdienstes vor", startete er einen letzten Angriff auf die Argumentationsbasis des BKA-Präsidenten.

Kann ich mir vorstellen, dachte Zicke. *Eine Warnung der CIA vor sich selbst dürfte in ihrer Häufigkeit gegen null tendieren.* Er wunderte sich, dass Mandells Reaktion so moderat ausfiel. Er hatte schon entschieden Heftigeres von ihm erlebt. ... Vielleicht ein Anzeichen von Sinneswandel?

Mandells äußere Performance täuschte. In seinem Inneren machte sich Empörung breit! Er, Richard A. Mandell, Botschafter der Vereinigen Staaten von Amerika, hatte bereits zugesagt, an den Trauerfeierlichkeiten teilzunehmen. Das war jedem bekannt, der es wissen wollte. Und Peter Redman und das eigene CIA planten möglicherweise etwas, das seine Sicherheit gefährdete? Ohne ihn zu warnen?

Das Leben des amerikanischen Botschafters als Kollateralschaden?

Geopfert für einen höheren CIA-Zweck?

Mandell spürte, wie pure Wut in ihm hochkochte. Aber hier saßen die falschen Adressaten.

„Herr Botschafter, in wenigen Stunden versammeln sich die wichtigsten Staats- und Regierungschefs der Welt im Berliner Dom. Eintausendvierhundert geladene Gäste ... Übernehmen Sie persönlich die Verantwortung, wenn etwas passiert?"

Mandell wusste zumindest eines: Er persönlich würde nicht an den Trauerfeierlichkeiten teilnehmen.

„Was schlagen Sie vor?"

„Ziehen Sie Peter Redman aus dem Verkehr."

„Der CIA untersteht nicht meinen Befugnissen. Dazu brauche ich die Genehmigung des Präsidenten der Vereinigten Staaten."

Mandell ließ insbesondere ein Detail nicht mehr los, das er soeben erfahren hatte: Was hatte Peter Redman mit dem Leibarzt des deutschen Bundespräsidenten zu tun? Was zum Teufel war hier los? Die Sache stank. Wenn die Vermutungen auch nur ansatzweise zutrafen, drohte den USA ein außenpolitischer Schaden ungeahnten Ausmaßes.

„Wenn ich Redman festnehmen lasse, und es entpuppt sich als falsch, bin in meinen Job los", polterte er schließlich.

„Vermutlich", wagte sich Gmeiner aus der Deckung. „Aber wenn wir nichts machen, und es passiert ein Anschlag, dann auch."

„Wir sollten die Möglichkeit zumindest prüfen", schlug der Botschafter unerwartet einsichtig vor. „Ich versuche, den Präsidenten zu erreichen." Er schaute auf seine Uhr, in Washington D.C. war es jetzt mitten in der Nacht.

„Was halten Sie vom Botschafter?", fragte Zicke und deutete mit dem Daumen Richtung Ausgangstür, in der Mandell soeben mit seinen Bodyguards verschwand.

„Ein Dilemma für ihn. Wenn ich sein Verhalten richtig lese, will er zumindest seinen eigenen Arsch retten", spekulierte Gmeiner. „Der holt sich Rückendeckung in Washington. Hoffentlich schnell."

„Aktuell: Null-Achthundert", rief erneut jemand. „Trauerfeier beginnt in drei Stunden."

*

In der Keibelstraße wartete der Krisenstab schon über eine Stunde.

Endlich sah Markus, wie Zicke, Gmeiner und die anderen Richtung Aquarium gingen und folgte ihnen.

„Verdammt. Wo bleibt der Botschafter?", ätzte Zicke in die versammelte Runde. Mandell hätte sich längst melden müssen. Heute brauchte er ihn dringender denn je.

Zickes Blick wanderte zwischen den Anwesenden hin und her. „Wieviel Zeit haben wir noch?"

Markus fühlte sich unwohl. Er schaute in die Runde. Gmeiner vom BND machte den Eindruck, als sei das Ganze für ihn keine bittere Realität, sondern ein Strategiespiel. Der Leiter des Katastrophenschutzes saß mit reglosem Gesicht daneben und sah aus, als wolle er möglichst schnell wieder hier raus. Kaja Grote und der Adjutant verfolgten aufmerksam die Worte des BKA-Präsidenten. Zicke selbst wirkte zunehmend nervöser.

„Etwas über eine Stunde", antwortete der Adjutant. „Vielleicht konnte der Botschafter den amerikanischen Präsidenten nicht erreichen."

„Dann blasen wir die Trauerfeier sofort ab", rief Gmeiner.

„Hat noch jemand einen so wertvollen Vorschlag", erwiderte Zicke scharf. „Werft doch nur mal einen verdammten Blick auf die Bildschirme."

Alle traten an die verglasten Seiten des Besprechungsraumes und schauten angespannt auf die Großbildschirme. Die Chor-Kamera mit zentralem Blick durch das Hauptschiff des Doms zeigte die ersten Besucher durch das Portal kommen. Ordonnanzen begleiteten sie zu den reservierten Plätzen. Innen zeigte sich der Dom noch wenig gefüllt, doch der Domplatz, das übertrugen die Außenkameras, quoll über von Menschen. Tausende drängten gegen die Metallabsperrungen, um einen Blick auf die Staatsgäste und die Abschiedszeremonie zu ergattern.

Im Schritttempo krochen mehrere schwere Limousinen die Straße *Unter den Linden* herunter. Die Polizei hatte sichtlich Mühe, den Staatsgästen eine Gasse freizuhalten.

„Der kolumbianische Botschafter", kommentierte Markus, als eine Ordonnanz die Fahrzeugtür eines schwarzen A8 öffnete.

„Kennen Sie den etwa persönlich?", fragte Krüger.

„Nein, aber die Farben der Standarte, die kennt jeder Fußballfan. Gelb - Blau - Rot. Kolumbien!"

Alle setzten sich wieder.

Ratloses Schweigen breitete sich aus.

„Der amerikanische Botschafter auf Leitung drei", brüllte der verschwitzte Telefonist wieder so laut, dass es durch die Glaswand zu hören war und fuchtelte dabei wild mit den Armen.

Die Spannung im Krisenstab ließ sich fast mit Händen greifen. Kein Wunder, die Uhr tickte, die Trauerfeierlichkeiten liefen an, unwiderruflich.

*

Berlin, Amerikanische Botschaft. Es konnte jetzt jederzeit passieren. Langsam wuchs auch bei Peter Redman die Anspannung. Gleich würde der Trauergottesdienst beginnen, dann schloss sich der Staatsakt im Dom an, nahtlos gefolgt vom militärischen Abschiedszeremoniell vor dem Dom.

Mit einem Schlag wurde die Tür zu seinem Büro aufgerissen. Hinter Botschafter Richard A. Mandell stürmten vier bewaffnete Sicherheitskräfte herein und postierten sich rechts und links an der Tür.

Redman hob langsam den Kopf.

„Richard! Ich wusste nicht, dass wir ein Date haben?" Er sah, dass der Botschafter schwitzte. Sein Gesicht wirkte heute grauer als seine Haare.

„Peter, ich verhafte Sie wegen ..."

„Verdammt, was wollen Sie, Richard?"

Redman saß bewegungslos hinter seinem Schreibtisch, die Hände für die Sicherheitskräfte sichtbar auf der Tischplatte.

„Wir werfen Ihnen vor, einen terroristischen Anschlag zum Schaden der Vereinigten Staaten vorbereitet zu haben, Gefährdung der Sicherheitslage der Bundesrepublik Deutschland und Übertretung Ihrer hoheitlichen Befugnisse", fuhr der Botschafter irritiert fort.

„Richard, wovon reden Sie eigentlich?"

Mandell stand noch immer im Türrahmen, es schien, als befürchte er, dass ihm jeden Moment einer der berüchtigten Wutausbrüche Marke Redman entgegenschlug wie ein Orkan.

„Peter, dafür drohen Ihnen mindestens dreißig Jahre Haft. Oder die Todesstrafe . Wollen Sie reden?"

„Worüber?"

„Peter, wir wissen alles!"

In knappen Worten zählte Mandell auf, was die Zusammenfassung des BKA-Krisenstabes enthielt.

„Machen Sie reinen Tisch. Das erspart Ihnen zumindest die Todesstrafe."

Der Wutausbruch ließ noch immer auf sich warten. Peter Redman schien von den Fakten und der Strafe unbeeindruckt. Hingegen fand er es beeindruckend dass die deutschen Kollegen sich einiges gut zusammengereimt hatten.

Nicht schlecht.

Er spürte, der Botschafter wollte etwas von ihm. Und zwar jetzt! Sonst hätte er ihn erstmal ein paar Tage in irgendeiner Zelle schmoren lassen und ihn morgen oder nächste Woche dort besucht.

Redman schwieg.

„Sagen Sie den Anschlag ab!"

Hatte neben Lavrow noch jemand Wind bekommen? Oder bluffte der Botschafter? Redman spürte, es war ein Fehler, das interne Informationsleck nicht aufgespürt und eliminiert zu haben. Jetzt war zumindest klar, was genau Mandell von ihm wollte.

Er schwieg weiter.

„Wenn Sie den Anschlag nicht absagen, droht Ihnen der elektrische Stuhl!"

Wunschdenken, dachte Redman und wies auf das Papier, das Mandell die ganze Zeit in der Hand hielt. Ohne eine formale Vollmacht hätte sich der Botschafter im Leben nicht in sein Büro getraut. Er spürte das starke Bedürfnis, Mandell auf der Stelle in den Boden zu rammen. Doch er riss sich zusammen.

„Wollen Sie mir das Schreiben des Präsidenten aushändigen?"

„Peter, hören Sie auf mit den Spielchen. Mir macht das Ganze auch keinen Spaß."

Dann zog der Botschafter seinen letzten Trumpf:

„Wir haben Ihren Sohn Jake wegen Entführung und Vortäuschung einer Straftat verhaftet."

Mandell sah, wie Redman zuckte. Blattschuss. Er hatte ihn!

Redman schaute auf die Uhr: 09:42 Uhr. Noch eine Stunde!

„Richard, wenn Sie verhandeln wollen, schicken Sie die Gorillas vor die Tür", sagte er seltsam ruhig.

„Keine Tricks?"

Redman schüttelte den Kopf.

„Ihre Dienstwaffe!"

Redman öffnete den Tresor hinter seinem Schreibtisch, zog mit zwei Fingern langsam seine Waffe am Lauf hervor und reichte sie dem Botschafter.

Mandell gab den Sicherheitsleuten ein Zeichen, vor der Tür zu warten.

„Peter, machen Sie keine Zicken. Sie kämen nicht heil aus der Botschaft."

„Ich weiß", entgegnete Redman unaufgeregt. „Reden wir."

„Nennen Sie Namen. Wer steckt mit Ihnen unter einer Decke?"

Redman schwieg eine Weile. In ihm arbeitete es. *Was denkt sich dieser Diplomatenschwätzer eigentlich? Wenn Not am Mann ist, sind Patrioten gefragt, die etwas auf eigene Faust riskieren. Wie sonst sollte man die Deutschen aus ihrem Dornröschenschlaf aufrütteln als mit einem großen Knall? Glaubte dieser Narr wirklich, dass er, Redman, solche Männer ans Messer lieferte? Abgesehen davon: Sie würden doch sowieso das ganze Feuerwerk dem IS in die Schuhe schieben. Die CIA würde wieder mit weißer Weste davonkommen. So what?*

Er konnte sich ein leichtes Grinsen nicht verkneifen.

„Richard, bitte. Sie kennen mich besser. Ich liefere mein Umfeld nicht ans Messer. Was wollen Sie von mir persönlich?"

„Sagen Sie den Anschlag ab. Dann setze ich mich dafür ein, dass Ihnen keine Todesstrafe droht."

„Das reicht nicht", schnappte Redman.

Dennoch spürte Mandell die Verhandlungsbereitschaft des CIA-Cracks.

Redman erhob sich. „Ich mach' den Anruf. Unter folgender Bedingung: Ich darf meinen Jungen sofort sehen, und ich darf mich noch kurz von einem Freund im Dom verabschieden. Wenn ich aus dem Dom komme, werden die Anschuldigungen gegen Jake fallengelassen und er kommt sofort frei. Dann können Sie über mich verfügen."

Mandell nickte: „Ich glaube, das kriege ich hin."

„Nein", entgegnete Redman schroff. „Das reicht nicht. Habe ich Ihr Ehrenwort?"

„Das haben Sie", versprach der Botschafter, „aber wir begleiten Sie bei jedem Schritt."

Redman ging auf Mandell zu, nahm ihm den Haftbefehl aus der Hand. Ein schneller Blick auf das Dienstsiegel und die Unterschriften reichte ihm: signiert vom DCIA und dem amerikanischen Präsidenten.

Er ließ das Dokument auf seinen Schreibtisch fallen. „Den Anruf mach' ich von hier", bestimmte er und wartete, bis Mandell verstanden hatte.

Kaum hatte er den Raum verlassen, klebte der Botschafter mit einem Ohr an der Tür. Redman sprach langsam und laut in den Hörer. Bruchstückhaft erkannte Mandell arabische Wörter.

Kaum hatte Redman aufgelegt, stürmten Mandell und die vier Guards in den Raum. Redman saß ruhig wie ein Stein hinter seinem Schreibtisch. Widerstandslos ließ er sich Handschellen anlegen.

„Meine Versprechen habe ich erfüllt", stieß er hervor. „Jetzt sind Sie an der Reihe."

Der Botschafter nickte. Während die Guards Peter Redman zu einem wartenden Van brachten, hastete er ins Büro des Security-Officers.

„Können Sie die angerufene Nummer lokalisieren?"

Der Security-Officer zeigte auf den Bildschirm.

„09:57 Uhr ausgehendes Gespräch Peter Redman. Mehr haben wir nicht. Absolut abhörsichere Leitung. Das wissen Sie!"

Mandell verließ nachdenklich das Büro des Security Officers. Er hatte sein Ziel erreicht, der Anschlag war abgesagt. Aber irgendwas passte nicht. Konnte er Redman wirklich trauen? Oder heckte der schon die nächste Schweinerei aus?

*

Berlin, Krisenstab Keibelstraße. „Der amerikanische Botschafter wieder auf Leitung drei!"

Mit einem Sprung war BKA-Präsident Zicke am Telefon und riss den Hörer ans Ohr.

Gmeiner und die anderen hatten sich um ihn versammelt und warteten gespannt.

„Und?", fragte jemand.

„Es ist vorbei", sagte Zicke leise und ließ sich erschöpft auf den Stuhl sinken. „Die Amerikaner haben Redman gerade verhaftet." Er spürte die Anspannung der letzten Tage. Auf einmal war er unendlich müde.

„Und weiter?"

„Es ist vorbei", wiederholte Zicke, „der Anschlag wurde verhindert. Der Botschafter kommt in wenigen Minuten zu uns rüber."

Sie hatten es geschafft.

Sie hatten die Krise überwunden.

*

Ich bin auch ein stabiles Genie, feierte sich Mandell, als er kurz nach elf die Keibelstraße betrat. Zu Zicke sagte er laut: „Eine perfekte Idee, ihn in den Dom gehen zu lassen." Etwas Eigenlob konnte nicht schaden, fand er. „Redman persönlich ist unser Garant, dass kein Anschlag passiert."

Zicke nickte sichtlich beeindruckt. Irgendetwas musste Mandell als Trumpf in der Hand haben, sonst hätte er einen harten Hund wie Redman nicht geknackt. Respekt!

Der BKA-Präsident ging diesmal nicht in das Aquarium, sondern nach vorne zur Monitorwand und stellte sich direkt hinter den für die Kamerasteuerung zuständigen Beamten.

„Ich will alle Kameras im Berliner Dom sehen."

Im Sekundentakt sprangen acht Bildschirme um. „Domplatz - Eingangsportal - Mittelschiff - Seitenschiff links ..." Zicke kommentierte jede veränderte Kameraperspektive. Die halbe Monitorwand zeigte den Berliner Dom.

Der Trauergottesdienst hatte bereits begonnen.

Störungen hatte es bisher keine gegeben.

Die Anspannung im Krisenstab ließ langsam nach.

Der große Monitor vor ihnen zeigte das geschlossene Eingangsportal des Doms. Im Schritttempo rollte ein gepanzerter Van mit Diplomatenkennzeichen über den Vorplatz und hielt direkt vor den Eingang.

„Sie sind da", flüsterte Zicke dem Botschafter zu, gerade in dem Moment, als einer der Bewacher Redman die Handschellen abnahm.

Alle schauten gespannt auf die Monitore.

Der Van setzte rückwärts zurück, nur so viel, um nicht die Aufstellung des militärischen Abschiedszeremoniells vor dem Dom zu behindern.

Redman ging, ohne sich zu seinen Bewachern umzudrehen, die wenigen Schritte zum Eingangsportal. Ein Bundespolizist tastete ihn ab, hängte ihm eine Security Badge um und öffnete die Tür zum Dom.

„Lasst ihn nicht aus den Augen. Er darf uns nicht durch die Lappen gehen", drängte Mandell, an Zicke gerichtet.

„Keine Sorge. An jedem Ausgang stehen unsere Leute. Selbst in der Hohenzollerngruft haben wir vier Mann vom SEK Berlin positioniert." Zicke deutete auf einen etwas kleineren Monitor an der Seite, der einen Raum mit Marmorsäulen und Gewölbedecke zeigte.

„Und wir haben seinen Sohn als Pfand", ergänzte grinsend Mandell, sichtlich stolz auf das Ergebnis.

Das also war der Trumpf, dachte Zicke. Er kritzelte etwas auf einen Zettel und schob ihn seinem Adjutanten zu, der sich damit entfernte. Zwei Minuten später war der Mann zurück und reichte ihm eine Meldung. Zicke lief vor Wut rot an. Er hatte es geahnt. Nicht die Amis, die Berliner Polizei hatte Redmans Sohn verhaftet. Sein Pfand saß bei ihnen im Gefängnis. Aber diese verdammte Information hatte es nicht einmal innerhalb Berlins bis zu ihm geschafft! Und vor nicht einmal einer Stunde war Redman bei seinem Sohn im Gefängnis gewesen, auf Wunsch der Amerikanischen Botschaft. Auch davon war kein Sterbenswörtchen bis zu ihm gedrungen. Zicke kochte.

„Was macht Redman denn jetzt?", fragte der Adjutant, der sich wieder zu ihnen gestellt hatte.

„Keine Ahnung", sagte Zicke unwirsch.

„Was ist denn los?", wollte jetzt auch Krüger wissen.

„Siehst du doch. Er ist im Dom, er geht langsam immer weiter nach vorne durch. Er schaut sich um."

Alle rückten näher an die Bildschirme heran.

„Der sucht doch was, oder?"

„Und was genau, verdammt noch mal?", giftete jetzt der Adjutant.

Ungläubig schob sich Zicke noch näher an den Monitor, der das linke Seitenschiff großformatig heranzoomte.

Auf einmal gefiel auch dem hinzugekommenen Gmeiner die Situation gar nicht mehr. „Der plant doch schon wieder was. Ich kenne diese Typen. Die geben nie auf!", zischte er.

Mandell drehte sich zu Zicke um.

„Ich gehe davon aus, dass Sie den Luftraum über dem Dom überwachen!"

Zicke stürmte zum ersten Schreibtisch: „Geben Sie mir die Luftüberwachung, sofort", schnauzte er den Beamten an, „und stellen Sie mich direkt zum nächsten Piloten durch."

Sekunden später knackte es in der Leitung, Zicke hörte die Stimme einer Pilotin: „... bestreife Spree Richtung Süd-Ost, Höhe Flutgraben."

„Drehen Sie sofort um! Neuer Auftrag: Sicherung des Luftraumes über Berliner Dom." Zicke wartete.

„Jawohl", kam es aus dem Lautsprecher. „Bin in einer Minute da. Over and out."

Die Pilotin der Bundespolizei riss den Steuerknüppel zur Seite und zwang den Eurocopter in eine Kampfkurve. Dann drückte sie die Nase des Hubschraubers nach unten, *Pirol Berlin* donnerte mit Höchstgeschwindigkeit über die Spree in Richtung Dom. Kurz vor dem Ziel zog die Pilotin den Eurocopter bis auf einhundertfünfzig Meter nach oben. Dann schwebte die Maschine genau über der Kuppel des Doms. Die Sicht war ausgezeichnet.

„Ziel erreicht", meldete sie, „Luftraum gesichert."

Zicke legte den Hörer auf den Tisch, wischte sich diskret mit dem Handrücken über die feuchte Stirn und ging zurück zu Mandell und den anderen.

In der Zwischenzeit hatte Peter Redman das Seitenschiff fast bis ganz vorne durchschritten, jetzt blieb er stehen und schaute die Sitzreihen entlang.

„Ich traue dem Frieden nicht", orakelte Gmeiner.

„Jetzt setzt er sich", kommentierte Mandell erleichtert.

„Endlich." Auch Zicke entspannte sich.

„Zoomen Sie diese Frau neben ihm ran."

Der Beamte folgte dem Befehl, und die Kamera fokussierte auf die gezeigte Person.

„Seht ihr das?" Der Adjutant deutete hektisch auf das Mittelschiff. „Seine Hand!"

Redman hatte seine Hand auf die Hand der Frau neben sich gelegt.

„Was zum Teufel soll das?", bellte Gmeiner. „Eine Übergabe?"

„Er hält nichts in der Hand. Seine Hand liegt ganz ruhig auf ihrer."

„Seltsam!"

Jemand blätterte nervös in den Sitzplänen.

„Und?"

„Luisa Rodrigez, die Frau des kolumbianischen Botschafters." Er zuckte mit den Schultern. „Sagt mir nichts."

„Warum zieht sie ihre Hand nicht weg?"

„Irgendetwas stimmt hier nicht!" Zicke schaute in die Runde. Über fünfzig Mitarbeiter hockten vor ihren Überwachungsmonitoren. Draußen hunderte von Polizisten.

„Hat er vorhin seine Frau anrufen wollen?"

Die Frage ging an Mandell.

„Seine Ex-Frau", verbesserte dieser und fügte hinzu: „Nein, hat er nicht."

„Überrascht Sie das nicht?", fragte Zicke.

„Ich würde meine Ex auch nicht anrufen, wenn ich für die nächsten dreißig Jahre in den Bau muss", spöttelte Mandell etwas halbherzig.

Eine kurze Pause trat ein.

Hatten sie etwas übersehen?

Zicke spürte, wie sein Herz auf einmal hämmerte.

„Was hat er mit seinem Sohn besprochen?"

Keiner reagierte.

Jetzt setzte Zicke lauter nach: „Es muss doch Aufzeichnungen von dem Gespräch geben!"

„Jakes Anwalt war dabei", gab der Adjutant nach einem kurzen Blick in die vor ihm liegenden Unterlagen zu bedenken.

„Ich weiß, ich weiß. Anwaltsgespräche abzuhören, ist verboten. Aber dieses ist ein Notfall!", polterte er.

Der Adjutant und ein weiterer Kollege hatten verstanden, sie stürzten zu ihrem Schreibtisch, setzten sich hektisch Kopfhörer auf und luden das Band hoch. Wenig später standen beide wieder vor dem BKA-Präsidenten. Ihre Mienen verhießen nichts Gutes.

„Also raus damit, welchen Ausbruchplan haben die beiden abgesprochen?", fragte Zicke scharf. Man hörte die Anspannung an seiner Stimme sägen.

Schweigen.

Ein Schauer raste Zicke über den Rücken.

*

Peter Redman atmete ganz ruhig, als er den Dom betrat. Er massierte die Druckstellen der Handschellen auf seinen Unterarmen.

Die letzten Töne der Orgel hallten im Gewölbe nach.

Dann andächtige Stille.

Redman meinte, das leise Schlagen von Rotorblättern hören zu können. Er ging langsam durch das linke Seitenschiff in Richtung Apsis. Er hatte keine Augen für den in einem Meer von Blumenkränzen und mit einer Deutschlandflagge bedeckten Sarg. Seine Gedanken kreisten um die Tatsache, dass er das Geburtstagsgeschenk für sein Engelchen vergessen hatte. Und, er musste kurz schmunzeln, Jakes Verhaftung, um ihn vor sich selbst zu schützen. Ein kleiner Hinweis an die Behörden, und sie hatten Jake in der Wohnung in Neukölln gefunden.

Als er fast das Seitenportal erreicht hatte, blieb er stehen. Seine Augen überflogen die neben ihm liegenden Reihen, Platz für Platz. Es musste eine dieser vorderen Reihen sein: Reihe vier oder fünf, meinte er sich zu erinnern. Dann hatte er sie erblickt und steuerte die vierte Reihe an.

„Entschuldigung", flüsterte er, „darf ich ..."

Die angesprochene Dame rückte ein wenig nach rechts und machte Platz auf der Kirchenbank, gerade genug, dass er sich setzen konnte. Ein schneller Blick bestätigte ihm: Luisa hatte ihn erkannt.

Das Musikkorps setzte zum Klarinettenquintett von Mozart an, als er mit seiner Hand Luisas zierliche Finger vorsichtig umschloss.

Ihre Mundwinkel deuteten ein Lächeln an.

Er atmete tief ein. Wie sehr wünschte er sich die wenigen Tage mit Luisa in Bogotá zurück ...

*

„Nochmal, Leute: welchen Ausbruchplan haben die beiden abgesprochen? Raus mit der Sprache!"

Die Angesprochenen standen noch immer regungslos da, die Kopfhörer wie Halskrausen umgelegt.

„Warum seht ihr beide so verdammt aschfahl aus?"

„Die haben nichts abgesprochen", antwortete der Adjutant fast unhörbar.

„Sondern?"

Der Adjutant hielt sein Notebook hoch und drückte die Wiedergabetaste. Die Stimme von Peter Redman war deutlich zu verstehen: „Jake, bitte hör dieses eine Mal auf mich. Ich weiß von eurer geplanten Aktion am Berliner Dom. Ihr müsst diese Aktion unbedingt absagen. Ihr dürft dort nicht vor Ort sein, euch nicht in Gefahr bringen. Es gibt Hinweise auf einen terroristischen Anschlag. Ich will nicht, dass ihr in der Gefahrenzone seid oder man euch den Anschlag nachher in die Schuhe schiebt."

„Und?" Zicke schaute fragend seinen Adjutanten an. „Und dann?"

„Peter Redman hat seinen Sohn umarmt und sich von ihm verabschiedet."

Totenstille im Raum.

„Sag das nochmal", stammelte Gmeiner.

„Verdammter Mist", hauchte Krüger.

„WO IST REDMANS TELEFON?", brüllte Zicke durch den Raum. Um seinen Magen spürte er einen Knoten, der sich immer mehr zuzog.

Leicht irritiert hielt der amerikanische Botschafter einen Klarsichtbeutel mit Peter Redmans Utensilien hoch.

„Keine Chance. Eigentum der Vereinigten Staaten von Amerika."

„Nur ein Blick."

Zicke drückte durch den Plastikbeutel auf das Display.

Aus den Augenwinkeln erkannte Gmeiner, dass der Botschafter sich langsam auf einen Stuhl sinken ließ.

Im Raum wurde es mucksmäuschenstill.

Alle Augen schauten abwechselnd auf den Botschafter dann auf Zicke.

Ungeduldig warteten alle, dass einer von beiden endlich etwas sagte.

Verpasster Anruf 09:57 Uhr von Peter Redman zeigte das Telefondisplay.

Markus wurde es eiskalt.

Alle sahen sich unruhig an.

„Redman hat das Attentat nicht abgeblasen", presste Zicke die bittere Vermutung heraus. „Er hat uns getäuscht. Er hat sich selbst angerufen ..."

Weiter kam er nicht.

Auf einen Schlag wurden alle Monitore schwarz.

Eine gewaltige Detonation ließ die Fensterscheiben erzittern.

Dann absolute Stille.

Samstag

Berliner Morgenpost

ANSCHLAG AUF DEUTSCHLAND: ÜBER 100 TOTE

Berlin im Schockzustand! Wenige Stunden nach dem verheerenden Anschlag auf den Dom mit über 100 Toten ist das Motiv der Täter noch immer unklar.

Während der Trauerfeierlichkeiten zu Ehren des verstorbenen Bundespräsidenten Matthias Röhler explodierten gestern Mittag zwei Bomben. Mehr als 100 Menschen starben, in den umliegenden Krankenhäusern kämpfen die Ärzte um das Leben von weiteren 280 Opfern. Unter den Toten befinden sich die Bundeskanzlerin, der amtierende Bundespräsident und zahlreiche hochrangige Politiker unserer Verbündeten.

Die Berliner Morgenpost rekonstruierte den Ablauf des Anschlages: Kurz vor Ende des Staatsaktes, als die Bundeskanzlerin gegen 12:30 Uhr ans Rednerpult trat, explodierte hinter dem Dom eine Bombe, die den Altarraum und Teile des Mittelschiffs zum Einsturz brachte. Als die Trauergemeinde panisch durch den Hauptausgang auf den Domplatz drängte, wo sich gerade die Formation zum militärischen Abschiedszeremoniell aufbaute, explodierte ein weiterer Sprengsatz.

Kanzleramtsminister Sven Stahl, der nach dem Tod der Bundeskanzlerin die Regierungsgeschäfte übernahm, forderte die Bevölkerung auf, unbedingt Ruhe zu bewahren. Stahl sicherte zu, alles Menschenmögliche zu unternehmen, um die öffentliche Sicherheit wieder herzustellen.

Unvermindert geht die Suche nach Überlebenden weiter. Hunderte von Rettungskräften tragen die Trümmer des Doms ab. Suchmannschaften aus anderen NATO-Staaten unterstützen seit gestern Abend die Rettungsaktion. Sie arbeiten unter ständiger Lebensgefahr, denn den die Seitenwände des Doms sind hochgradig einsturzgefährdet.

Hessische Neueste Presse

MITTEN IN DER TRAUERFEIER: VERHEERENDER BOMBENANSCHLAG IM BERLINER DOM!

Alles ging sehr schnell, berichteten Augenzeugen, die auf dem Platz vor dem Berliner Dom auf das militärische Abschiedszeremoniell warteten. Zunächst erschütterte eine gewaltige Explosion den Dom, dann gerieten die Besucher in Panik, als Teile des Gewölbes einstürzten. Als sich die Menge aus dem Hauptausgang presste, zerriss eine zweite Explosion ein Seitenschiff.

Die US-Behörden berichten, dass sie einen weiteren Anschlag nur knapp vereiteln konnten. Beide Attentäter, ein Mann und eine Frau, seien bei dem Versuch, in die Amerikanische Botschaft einzudringen, getötet worden.

BUNDESWEHR RÜCKT IN BERLIN EIN!

Die zuständigen Behörden setzten die Warnstufe auf ROT und verhängten für die nächsten achtundvierzig Stunden ein absolutes Flugverbot. Öffentliche Einrichtungen und Schulen bleiben in den folgenden zwei Tagen geschlossen. Kanzleramtsminister Sven Stahl, der nach dem Tod der Bundeskanzlerin die Regierungsgeschäfte übernommen hat, warnte, weitere Angriffe in den nächsten Tagen könnten nicht ausgeschlossen werden.

Im Rahmen der Amtshilfe übernehmen gepanzerte Einheiten der Bundeswehr die Sicherung von wichtigen Versorgungsknoten der Bundesrepublik und Regierungsgebäuden in Berlin. Innenminister und Verteidigungsminister betonen gleichermaßen, dass es sich lediglich um Maßnahmen zur Sicherheit und Wiederherstellung der öffentlichen Ordnung handelt, und nicht um einen Kampfeinsatz der Bundeswehr im Inneren. Auf Nachfrage bestätigte der Verteidigungsminister, die Bundeswehr sei in Alarmbereitschaft versetzt worden, bei den laufenden Maßnahmen handele es sich aber nur um verteidigungsfremde Hilfsleistungen im Rahmen der Gefahrenabwehr.

Washington Post

Nach dem verheerenden Bombenanschlag in Berlin fordert der US-Präsident, den Verteidigungsfall auszurufen, damit die US-Armee auch im Inneren eingesetzt werden darf. Die NATO-Verteidigungsminister beraten in Brüssel zur Stunde, ob dieses für die ganze Allianz gelten soll. Auch aus den meisten NATO-Staaten erhielt Deutschland überwältigende Unterstützung.

Der US-Präsident persönlich drückte Deutschland sein Beileid aus und bekräftigte die unerschütterliche Deutsch-Amerikanische Freundschaft.

Er ließ verlauten: „Dieses war ein erneuter Angriff auf die gesamte westliche Zivilisation. Ich bin sicher, dass wieder die Schurken des IS ihre schmutzigen Hände im Spiel hatten. Wir werden zurückschlagen und die Verantwortlichen ausrotten."

Im Handel ab Herbst 2020

John Kellermann
CREE - Die Weissagung

... wenn der letzte Baum gerodet, der letzte Fluss vergif-tet, der letzte Fisch gefangen ist, werdet Ihr merken, dass man Geld nicht essen kann!

Leseprobe: **CREE - Die Weissagung**

Freitag, München, German Re. Dr. Rainer Bahlo riss die Tür auf. Wie von einer Tarantel gestochen stürzte er aus seinem Büro ins Klimazentrum des größten Rückversicherers der Welt.

„KRISENSITZUNG!", brüllte er in den Raum.

„Was ist los?" Sarah Helland, Head of Risk Solutions, und zuständig für alle neuen Versicherungslösungen der Großindustrie, blickte entgeistert von ihrem Bildschirm auf.

Dr. Bahlo war normalerweise die Ruhe selbst, unabhängig davon, ob Waldbrände den halben Planeten vernichteten oder eine gebrochene Ölpipeline den Golf von Mexiko verseuchte. Ihr Chef war Kopf des berühmten Klimateams der German Re, und zudem der weltweit angesehenste Atmosphärenphysiker. In den letzten zehn Jahren hatten sie gemeinsam viele Krisen durchstanden. So außer sich, wie jetzt, hatte Sarah ihn noch nie erlebt.

„Sarah, Peter, Jan, ...", rief Dr. Bahlo, als er durch die Schreibtischreihen hechtete. „In drei Minuten im großen Besprechungsraum! In voller Ausrüstung. Und sagt schon mal alle privaten Termine für heute Abend ab."

Verdutzt blickten sich die Fachanalysten an.

Plötzlich war es mucksmäuschenstill im Raum.

Hier stimmte etwas nicht.

Alle wussten, was Dr. Bahlos exzellenten Ruf begründete: Man sagte, er könne Katastrophen „sehen", bevor sie eintraten. Und das hatte weniger mit Prophezeiung als mit logischer Kombination verschiedener Faktoren zu tun.

Sarah Helland schnappte sich ihren Laptop und hastete in den Besprechungsraum.

Vorne tigerte Dr. Bahlo bereits unruhig auf und ab.

„Biskaya-Tief auf die große Projektionsfläche!"

Sarah tippte eilig auf ihre Tastatur, bis nach wenigen Sekunden auf dem zweimal zwei Meter großen Wandmonitor das gewünschte Bild erschien. In der Zwischenzeit hatten auch die übrigen Fachanalysten ihre Computer eingestöpselt.

Dr. Bahlo deutete auf eine Region, an der die Isobaren bereits eng zusammenlagen. Über dem Seegebiet zwischen Frankreich und der Nordküste Spaniens schoben sich blaue Linien immer mehr zusammen.

„Der Luftdruck ist unter neunhundert Hektopascal abgerutscht und fällt viel zu schnell weiter!"

Sarah warf einen kurzen Blick aus dem Fenster über die Dächer auf die im Hintergrund leuchtenden Alpen. Heute war ein warmer Augusttag, der Himmel über München strahlte blau. Keine Spur von einem Unwetter, während sich tausend Kilometer weiter westlich riesige Regenmengen wie für eine Schlacht formierten.

„Peter, sofort Stratosphärentemperatur hochladen!" Dr. Bahlo zeigte auf den Monitor hinter sich.

„Jan, Plattentektonik Zentraleuropa daneben!"

„Peter, zuerst deine Einschätzung."

Peter ging nachdenklich nach vorn und begann die Fakten zu analysierten.

„Über der Biskaya haben wir minus dreißig Grad in fünf Kilometer Höhe. Die Temperatur liegt ungewöhnlich tief ... Bei einer aktuellen Oberflächentemperatur des Nordatlantiks von plus vierundzwanzig Grad ..." Peter vollendete seinen Satz nicht.

Auch Sarah Helland hatte im Kopf mitgerechnet: Die Temperaturdifferenz betrug unglaubliche vierundfünfzig Grad Celsius! Bildete sich jetzt auch bei uns ein Monster-Hurrikan?

„Das bedeutet Unwetter, wie wir sie noch nie erlebt haben. Sturm, Gewitter, Tornados, das ganze Programm. Und Regen, Regen ohne Ende." Peter war schon wieder auf dem Weg zurück zu seinem Laptop. „Eine Apokalypse."

In der Zwischenzeit war Jan, Experte für europäische Plattentektonik, nach vorn gegangen. Sein Blick wanderte von einem Monitor zum anderen, während die Kollegen unruhig auf seine Risikoeinschätzung warteten. Auf einmal erkannte Jan, was Dr. Bahlo vermutlich in den Daten gelesen hatte.

„Aachen ... Roermond ... Köln", sagte er ganz langsam. „Die Niederrheinische Bucht wird weich."

„Wir müssen sofort eine Katastrophenwarnung rausgeben!", unterbrach Sarah die Stille, die sich im Raum ausgebreitet hatte.

„Und was soll da drinstehen? Ungewöhnliche Temperaturen in der Stratosphäre? Ein Monstersturm der Spannungen in der Erdkruste löst und weichen Schollen zerbrechen lässt? Europa ist unverzüglich zu evakuieren! Frauen und Kinder zuerst. Bitte benutzen Sie die Rettungsboote!", schnauzte Dr. Bahlo sie an.

Sarah Helland gingen viele Gedanken durch den Kopf: Gerade erst hatten sie zwei Jahre mit verheerender Trockenheit und Schäden in Milliardenhöhe überstanden. Durch den lang ersehnten Regen der letzten Monate waren die Stauseen endlich mal wieder randvoll. Endlich! Alle waren glücklich. Aber Stauseen dürfen nie überlaufen. Das war ihr bewusst. Jetzt eine Warnung zum Ablassen des kostbaren Wassers rausgeben? Und was, wenn der Sturm dann gar nicht bis zu ihnen kam?

„Dieses gefährliche Gemisch über der Biskaya trifft in zwei Stunden auf Bordeaux und die Pyrenäen. Übermorgen könnte der Sturm uns erreichen."

*

Freitag, in der Nähe von Aachen-Herzogenrath. Tiefhängende Zweige schlugen Rabea entgegen, sie kämpfte sich, immer wieder die Hände schützend vorm Gesicht, weiter durch das Dickicht. Der Trampelpfad war kaum noch zu erkennen, nur die dunklere Färbung des nassen Laubes auf dem Waldboden deutete den Weg an.

Der Journalist Markus Manx ging dicht hinter ihr. Mit gesenktem Kopf versuchte er, den zurückschlagenden Zweigen auszuweichen.

„Bist du sicher, dass wir noch richtig sind?"

Wortlos bog Rabea vor ihm die nächsten Äste zur Seite.

„Keine Bewegung!", flüsterte plötzlich jemand.

Ganz nah an seinem Ohr spürte Markus feuchten Atem, in seinen Hals bohrte sich etwas Spitzes. Er erstarrte zur Salzsäule.

Rabea drehte sich um.

„Noah, du sollst uns nicht erschrecken! Nimm das Messer weg!"

„Ohne Ankündigung hier einzudringen, ist gefährlich, das weißt du", zischte der Angesprochene. Markus stand noch immer regungslos da. Endlich senkte sich die Hand mit dem Messer.

Rabea umarmte eine Person in gefleckter Tarnjacke, kaum von den Bäumen zu unterscheiden. „Das ist Noah.

Sieht zwar aus wie ein Prepper, der auf die Apokalypse wartet, ist aber ein Grüner, der seit über zehn Jahren im Wald lebt."

Markus drehte sich zu den beiden um. Er schätzte den schlanken Mann, braun gegerbte Haut, die schwarzen Haare zu einem Pferdeschwanz zusammengebunden, auf Mitte Dreißig. Markus' Blick blieb an dem blutigen Messer in dessen Hand hängen. Reflexartig fasste er sich an den Hals.

„Kaninchen!", reagierte Noah auf Markus' weit aufgerissene Augen. „Gibt's zum Mittag, wenn ihr mögt."

Noah gab ihnen ein Zeichen und sie folgten ihm.

Nach vielleicht hundert Metern versperrte ein kleiner Bach den Weg. Noah schob ein paar Äste zur Seite, die einen umgestürzten Baumstamm verdeckten. Sie überquerten den Bach und folgten Noah, bis er vor einer schmalen Felsspalte stehenblieb.

„Ich zeige Euch, was hier gerade los ist", sagte er und verschwand in einem fünfzig Zentimeter breiten Schlitz, Rabea folgte, als Letzter zwängte sich Markus zwischen den bedrohlichen Felswänden durch. Obwohl es Mitten am Tag war, wirkte es hier unten dämmerig. Nach nur wenigen Metern erweiterte sich der Weg wieder, und etwas mehr Sonnenlicht drang bis zu ihnen am Boden durch.

Rabea hatte die Autofahrt von Frankfurt genutzt, um ihm Noahs Nachricht sowie die geologischen Hintergründe zu skizzieren. Hier in der Nähe von Herzogenrath, kurz vor der holländischen Grenze, begann die Niederrheinische Bucht. Das allmähliche Zerbrechen und Einsinken der Erdschollen hatte vor vielen Millionen Jahren begonnen und die Gegend geformt.

Noah war stehengeblieben und deutete auf eine Stelle im Gestein.

„Hier geht die Bruchstörung seit dreißig Millionen Jahren fast schnurgerade durch den Felsen."

Markus konnte deutlich erkennen, dass sich die bunt übereinander gestapelten Gesteinsschichten auf beiden Seiten des Risses um über einen Meter verschoben hatten.

„Diese Senkung hat mehr als eine Million Jahre gedauert." Noah legte den Zeigefinger auf eine von ihm angebrachte Markierung. Ein feiner weißer Strich führte früher einmal gerade über die Bruchstelle. Jetzt war der Strich rechts um vier Zentimeter abgesackt. „Der Feldbiss lebt", flüsterte er. „Dieser Einbruch ist in den letzten zwei Wochen passiert!"

„Das ist unmöglich." Rabea starrte ungläubig auf die Stelle. „Wochen sind geologisch ein Wimpernschlag."

„Abwarten", warnte Noah. „Es kommt noch viel schlimmer."

Bisher erschienen:

John Kellermann
Das Gold-Komplott

Griechenland ist pleite. Die Finanzmärkte brechen zu-
sammen. Zur Beruhigung der Bevölkerung holt die Bun-
desbank ihre im Ausland gelagerten Goldbestände nach
Deutschland zurück. Auf dem Weg zur „Gold-
Pyramide" in Frankfurt wird ein militärisch gesicherter
Goldtransport überfallen.

Die Ermittlungen laufen an. Ein Journalist stellt tödliche Fragen. Gefälschte Goldbarren tauchen auf. Aber existiert unser Gold überhaupt noch? Welche Rolle spielt die CIA? Wurden wir alle betrogen?

Der Reporter Markus Manx und die IT-Hackerin Lena recherchieren in Frankfurt, Hamburg und Berlin. Sie geraten zwischen alle Fronten, gnadenlos gejagt von ihren mächtigen Gegnern.

Ein Wettlauf gegen die Zeit beginnt. Aber viel zu spät ...

„... hart an der Realität unserer Tage,
und exzellent recherchiert."

ISBN (dt.): 978-3-7412-6167-1 (Das Gold-Komplott)
ISBN (engl.): 978-3-7412-2652-6 (The Gold Conspiracy)

Videotrailer zum Buch:
https://www.youtube.com/watch?v=vwxRNfWH5Qw

Pressestimmen:

„ ... *durchgehend spannend, genau recherchiert und systematisch zu Ende gedacht."*

Handelsblatt

„... *ein beklemmend reales Bild ... kurzweilige Lektüre."*

€uro

„*Rasant, verstrickt, verschwörerisch ... In Manier eines Dan Brown treibt der Autor seinen Protagonisten durch die Bundesrepublik"*

Journal Frankfurt

„*Ein Polit-Thriller, dem nie die Puste ausgeht."*

Huffington Post

Leseprobe: Das Gold-Komplott

... eine Woche vorher.

Polen, Szczytno-Szymany, 01:00 Uhr. Lange Zeit war es geheim gewesen. Streng geheim. Vor 15 Jahren allerdings hatte das Barackenlager in der Nähe des kleinen Flugplatzes im Nordosten Polens eine zweifelhafte Berühmtheit erlangt. Damals kamen die illegalen Internierungen und Folterungen von Gefangenen ans Tageslicht – nach den Anschlägen von 9/11 hatte der polnische Geheimdienst das Lager der CIA überlassen. Inzwischen jedoch war der Skandal um Waterboarding, Schlafentzug, Schläge und andere Methoden, um Gefangene ohne Rechte zu zweifelhaften Aussagen zu bewegen, wieder in Vergessenheit geraten. Sowohl die polnische Regierung als auch die Amerikaner hatten wiederholt verlauten lassen, das Verhörzentrum mit dem damaligen Codenamen *Quarz* existiere nicht mehr.

Eine Lüge. *Vorübergehende Nichtnutzung bis erneut Bedarf besteht*, wäre treffender gewesen, wie die Geschehnisse der vergangenen Nacht verdeutlichten. Da landete eine kleine Maschine vom Typ Gulfstream G550 auf dem Flugplatz Szczytno-Szymany. Die Kennzeichnung auf den Rumpftriebwerken war unkenntlich gemacht worden. Klares Indiz für eine geheime Mission mit hoher Dringlichkeit, welche eine Reaktivierung des Verhörzentrums rechtfertigte. Zumindest in den Augen der Verantwortlichen.

Es ging auf Neumond zu, und um 01:00 Uhr nachts herrschte entsprechende Dunkelheit. Am Rande des Rollfeldes wartete ein schwarzer Chevrolet-Van mit verspiegelten Scheiben, bis aus dem Flugzeug mehrere

Personen ausstiegen. Eine Gestalt, die Hände auf den Rücken gefesselt, links und rechts flankiert von schwarz gekleideten Bewachern, wurde über die Landebahn Richtung Fahrzeug geführt. Über den Kopf hatte man ihr einen dunklen Sack gezogen. Es dauerte keine Minute, bis die Personen in den Van eingestiegen waren, der sich nun langsam in Bewegung setzte.

Die Fahrt zum Barackenlager war kurz. Es war umgeben von einem mannshohen, massiven Zaun, oben zusätzlich gesichert mit messerscharfem T-Draht. Hinter dem Zaun lag ein befahrbarer Kontrollstreifen, dann mehrere Reihen Tannen, die einen näheren Blick auf die dahinter liegenden Holzbaracken verwehrten. Erkennbar befanden sich die äußeren Sicherungseinrichtungen der Anlage, im Gegensatz zu den Holzbaracken, in gutem Zustand.

„Stopp!", rief der mit einer Maschinenpistole bewaffnete Wachposten am Eingangstor. An seinem Tarnanzug fehlten die Hoheitsabzeichen, so dass kein Hinweis auf die Nationalität möglich war. Langsam rollte der Van auf das Tor zu, der Fahrer hielt seinen Ausweis hoch, ohne das Fenster ganz herunterzulassen. Daraufhin salutierte der Posten zackig und ließ das Fahrzeug passieren. Offenbar war er über den Transport instruiert.

*

Fünf Stunden hatte das Verhör gedauert. Für den Spezialisten Ted Branigan normalerweise reine Routine. Er war zuständig für solche Aktionen in Zentral-Europa und hatte Derartiges schon hunderte Male durchgeführt. Je nach Situation wendete er verschiedenste Techniken an, um an die gewünschten Informationen zu kommen.

Doch heute war es nicht so gelaufen wie sonst immer. Das Problem war die Zeit. Die Informationen wurden dringend gebraucht.

„Verdammte Scheiße!", Ted Branigan zog seine blutverschmierten Lederhandschuhe aus und warf sie auf den Betonboden. Sichtlich sauer schnappte er sich sein Satellitentelefon.

„Peter soll mich auf einer abhörsicheren Leitung zurückrufen! … Ja! Sofort!"

Branigan wirkte angespannt, als er auf den Rückruf wartete. Einen Moment später klingelte das Telefon. Beim zweiten Klingelzeichen hatte er das Gerät bereits am Ohr:

„Ja?"

„Ted, was ist los?", fragte Peter Redman am anderen Ende.

„Du weißt, wo ich gerade bin?"

„Ja, an einem ruhigen Ort, um Informationen zu sammeln", antwortete Redman.

„Exakt. Ich habe versucht, Neuigkeiten aus dem Huntsman rauszuquetschen. Anfangs hat er wie erwartet auf die Behandlung reagiert", teilte Branigan seinem Kollegen mit. Sein Gesichtsausdruck zeigte keine Spur von Mitgefühl, für ihn war es einfach nur ein Job. „Er hat gewimmert und gefleht. Und in den ersten Stunden hat er unsere Fragen zufriedenstellend beantwortet."

„Welche Ergebnisse habt ihr?"

„Wir wissen nun, wo er die Unterlagen und Informationen versteckt hat. Aber in der Sache konnten wir nichts Neues aus ihm rauskriegen. Er hat genau das ausgepackt, was wir schon vorher wussten." Nach einer kurzen Pause fuhr Branigan fort: „Wir hatten nur noch gut zwei Stunden Zeit, darum haben wir härtere Methoden angewendet."

„Und? Was hat das gebracht?"

„Nun ja … Vielleicht habe ich ihn schlecht getroffen? … Vielleicht war er labil? … Mitten in der Vernehmung sackte er jedenfalls zusammen. Und das war's."

„Er ist tot?"

„Ja, verdammt. Ich konnte doch …"

Weiter kam Branigan nicht.

„Du Vollidiot!", zischte Redman wütend.

Dann war es still in der Leitung. Branigan wusste, dass er einen dramatischen Fehler gemacht hatte. Das hätte ihm nicht passieren dürfen. Aber bei Befragungen dieser Art, auch noch unter Zeitdruck, blieben immer Risiken. Und der Huntsman hatte offenbar ein schwaches Herz gehabt, das der brutalen Prozedur nicht standhielt.

„Ihr wisst also nicht mehr, als wir aus den Papieren schon kennen?", nahm Peter Redman das Gespräch nach ein paar Sekunden wieder auf.

„Nein."

„Hat er Namen genannt? Wer wusste außer ihm von der Gold-Geschichte?"

„Er erzählte etwas von einem Miller, der Kontakt zu ihm aufgenommen habe. Aber der Name ist vermutlich falsch, und beschreiben konnte er ihn auch nicht, weil er ihn nie persönlich getroffen hat."

„Und woher hatte er die Unterlagen?"

„Auch das wusste er angeblich nicht. Er sagte, sie seien an der Rezeption seines Hotels abgegeben worden."

„Verdammter Mist, das bringt uns nicht weiter!", fluchte Redman.

Er ließ sich von Branigan noch erklären, wo der Huntsman die Unterlagen und die Informationen versteckt hatte, dann gab er ihm neue Instruktionen: „Ted, ihr müsst ihn zurück nach Berlin schaffen, und das schnell. Nichts darf auf eine Befragung schließen lassen."

Er zögerte einige Sekunden … „Habt ihr einen Plan?"

„Ja, haben wir." Ted Branigan hatte mehrere Möglichkeiten im Kopf, wie man eine dermaßen übel zugerichtete Person loswurde, ohne viele Fragen zu provozieren. Liefe alles nach Plan, würde auf dem Totenschein nur stehen *Todesart: nicht natürlich durch Suizid*. Eine oberflächliche Inaugenscheinnahme durch einen Pathologen, der aus finanziellen Motiven nicht so genau hinsah, würde nichts anderes ergeben.

„Die nächsten Schritte besprechen wir, wenn das erledigt ist. Und jetzt keine Fehler mehr, verstanden?" Peter Redman beendete das Gespräch, ohne eine Antwort abzuwarten.

Ted Branigan steckte sein Telefon in die Hosentasche.

Ein zweiter Mann, er hatte etwas abseits in einer dunklen Ecke gesessen und das Verhör die ganze Nacht lang schweigend verfolgt, stand jetzt auf, drehte seinen Kopf leicht nach links. Ein deutliches Knacken seiner Halswirbel war hörbar. Zusammen mit Ted Branigan verließ er den Raum.

Ted musste sich jetzt darum kümmern, dass alles ordentlich aufgeräumt wurde.

*

Frankfurt am Main, Flughafen, 06:10 Uhr. Der Nachthimmel hatte schon einen Hauch ins Stahlblaue, die Luft war kalt und glasklar. Am Ende der Landebahn Süd zeigte sich ein orange leuchtender Strich, der langsam breiter wurde. Gleich würde die Sonne aufgehen …

Die *Otto Lilienthal* landete auf dem militärischen Abschnitt des Frankfurter Flughafens. Es war ein A310 der Bundesluftwaffe, der gerade aus New York zurückkam. Die Ankunftszeit entsprach exakt der generalstabsmäßigen Planung.

Das graue Langstreckentransportflugzeug von Airbus gehörte zur Flugbereitschaft des Bundesverteidigungsministeriums, es war für spezielle Aufträge bestimmt. Und dieser Auftrag war absolut speziell.

„Pass doch auf, du Vollpfosten!", brüllte der Frachtführer den Fahrer des Gabelstaplers an. Der war gerade dabei, eine Euro-Palette aus dem Flugzeug in einen gepanzerten Transporter umzuladen. „Die Fracht ist hochsensibel!", wurde der Gabelstaplerfahrer eindringlich auf die Bedeutung seiner Aufgabe hingewiesen. Es durfte kein Fehler passieren. Fehler konnten sehr teuer werden. Äußerste Vorsicht war angesagt.

Etwas abseits, auf einer eigens dafür aufgebauten Empore, warteten mehrere Journalisten, die das hochgradig gesicherte Umladen der wertvollen Fracht für die Öffentlichkeit aufzeichnen sollten.

„Die *Otto Lilienthal* ist mit einem laserbasierten Abwehrsystem gegen infrarotgelenkte Raketen ausgerüstet", ließ einer der Reporter, der mit seinem Teleobjektiv die Szene fotografierte, die anderen wissen, ohne dass ihn jemand danach gefragt hätte. „Und hat eine Reichweite von über 13.000 Kilometern. Schafft die

Strecke New York – Frankfurt folglich ohne Zwischenlandung."

„Klugscheißer!", murmelte sein fröstelnder Nebenmann, der solche Belehrungen am frühen Morgen nicht vertrug, und rieb sich die kalten Hände. Er wollte einfach nur den Job erledigen und dann unverzüglich zurück in sein warmes Büro.

Aber noch war es nicht so weit. Die Gruppe beobachtete das Umladen der wertvollen Ladung in einen gepanzerten Transporter. Sie hatten an diesem kalten Novembermorgen den Auftrag, Fotos von der kostbaren Fracht zu schießen. Möglichst viele und möglichst beeindruckende Fotos sollten es sein. Und damit alles schön kamerafreundlich glänzte, wurde die Kiste mit dem Gold sogar kurz geöffnet. Zehn Schichten mit jeweils 24 Goldbarren à 12,5 Kilogramm kamen zum Vorschein. Perfekt aufgeschichtet wie große goldfarbene Legosteine, abwechselnd um 90 Grad gedreht, damit der ganze Stapel Halt hatte. Nach einer Minute freien Blicks auf den Goldhaufen klappten zwei mit Sturmhauben vermummte Soldaten, die Seitenwände wieder hoch. Nach dem Arretieren der Metallschnallen hoben sie den Deckel wieder auf die Kiste. Nur wenige Minuten dauerte das Spektakel, und die Männer hatten die Palette verladen und sorgfältig in dem Transporter verstaut. Das Fotoshooting war beendet.

Rasch stiegen Fahrer und Beifahrer in das gepanzerte Fahrzeug und verriegelten die Fahrerzelle von innen. Langsam setzte sich das Gefährt in Bewegung, als Begleitschutz vorweg fuhr ein Jeep mit zwei Soldaten.

„Ankunft Eagle Null-Siebenhundert!", meldete der Kommandierende über sein Funksprechgerät. „Wir rücken ab! Over and out!"

Schnell wurden noch letzte Fotos von dem abrückenden Konvoi geschossen, dann kam Aufbruchsstimmung unter die Journalisten. Fünf von ihnen schleppten Profiausrüstungen mit großen Teleobjektiven. Nur Markus Manx hatte ein einfaches Equipment dabei, seine Uralt-Canon EOS 50D und ein mageres 300er Hobby-Tele. Er war von der *Hessischen Neuesten Presse* beauftragt worden, eine Reportage über den Goldrücktransport von New York nach Frankfurt zu schreiben. Und wenn er schon mal vor Ort war, dann sollte er auch gleich ein paar Fotos schießen. Das ersparte der Redaktion, diese später teuer von den Profikollegen kaufen zu müssen.

John Spencer der gerade sein schweres Stativ zusammenpackte war einer dieser Profis. Markus Manx kannte ihn recht gut. Früher hatten sie zusammen eine ganze Reihe Aufträge erledigt. John schoss die Fotos und Markus schrieb die Geschichte dazu. Dass sie sich heute hier begegneten, war reiner Zufall.

„Hallo John, soll ich dir beim Tragen helfen? Ich habe noch eine Hand frei", bot Markus seinem Kollegen an.

„Gerne. Ich parke nur ein paar hundert Meter entfernt. Allerdings im Halteverbot. Wenn du willst, kannst du auch gleich mit mir zurück in die Stadt fahren. Oder hast du dir zwischenzeitlich ein eigenes Auto angeschafft?"

Markus klemmte sich das zusammengeschobene Fotostativ unter den Arm.

„Du weißt ja, wie mager die Auftragslage noch immer ist und wie schlecht man freie Journalisten bezahlt. Klar, ich fahre gern mit." John Spencer nickte, und beide machten sich auf den Weg zu seinem Auto.

*

Markus, John und die übrigen Journalisten verließen die Plattform. Nur einer blieb zurück und verschickte mit seinem Notebook erste Fotos bereits an Ort und Stelle.

Als wenn es bei diesem Routineauftrag um Minuten ginge, dachte Markus, als er mit John den Schauplatz räumte. Er hatte keine Ahnung, wie dringend der Auftrag wirklich war.

Der Fotojournalist tippte auf seinem Notebook und dachte mit breitem Grinsen an die Äußerung des wichtigtuerischen Kollegen. *A310 mit laserbasiertem Abwehrsystem? ... Funktioniert fast immer, nur nicht im Einsatz – wie das Gewehr G36.*

Besonders erfreut war er über ein Foto, auf dem keine Spur von Gold zu sehen war. Es zeigte das auf ein Klemmbrett gespannte Papier, das der ranghöchste Offizier an den Oberleutnant überreichte. Dank des 800er Teleobjektivs ließ sich mühelos lesen, welche Route der Einsatzbefehl für den Konvoi vorgab.

„Das Päckchen ist abgeschickt", flüsterte er in ein abhörsicheres Satellitentelefon. „Es wird heute über Neu-Isenburg geliefert."

„Verstanden. Das Päckchen kommt über Neu-Isenburg", kam es aus dem Telefon zurück.

Der mysteriöse Fotograf verstaute das Telefon zusammen mit dem Notebook in seiner Ausrüstungstasche. Er schlug den Kragen seiner Pelzjacke hoch und verschwand in der Morgendämmerung.

Über den Autor

Hinter dem Pseudonym John Kellermann steht für dieses Buch der Autor Dr. Georg Friedrich Doll.

Dr. Georg Friedrich Doll studierte Betriebswirtschaft und ist Autor mehrerer Fachbücher zu Finanzthemen. Viele Jahre arbeitete er für Unternehmen und Banken. Seit über zehn Jahren ist er Unternehmensberater. Er lebt und arbeitet in Hamburg.

Danke!

Die Snow White Verschwörung ist Fiktion. Trotzdem wird man einige Handlungsstränge wiedererkennen, da sie seit meinem ersten Entwurf bereits eingetreten sind. Und Dinge, die wir heute noch für unvorstellbar halten, können bereits morgen Realität sein.

Jetzt, da das Buch gedruckt ist, möchte ich mich bei meiner Familie und meinen Freunden bedanken: Ohne Eure Hilfe würde das Buch nicht in dieser Form vorliegen. Den schwierigsten Part hatten wieder diejenigen, die früh noch nicht ausformulierte Manuskriptteile gelesen haben. Liebe Wera, Moritz, Wolfgang, Uli, Eberhard, Stefan, Ivonne, danke für Eure Hilfe, Eure Ideen, Eure Geduld und Eure Korrekturen.

John Kellermann

www.john-kellermann.de